SOBRENATURAL

KIERSTEN WHITE

SOBRENATURAL

Traducción de Mercè Diago y Abel Debritto

B DE BLOK

Barcelona • Madrid • Bogotá • Buenos Aires • Caracas • México D.F.
Miami • Montevideo • Santiago de Chile

Título original: *Supernaturally*
Traducción: Mercè Diago y Abel Debritto
1.ª edición: junio 2013

© 2011 by Kiersten White
© Ediciones B, S. A., 2013
    para el sello B de Blok
    Consell de Cent 425-427 - 08009 Barcelona (España)
    www.edicionesb.com

Publicado por acuerdo con Harper Collins Children's Books, un sello de Harper
Collins Publishers

Printed in Spain
ISBN: 978-84-15579-30-4
Depósito legal: B. 13.777-2013

Impreso por Bigsa
Av. Sant Julià 104-112
08400 - Granollers

*Para Natalie y Steph
por ayudarme a crear las historias
y para Michelle y Erica
por ayudarme a hacer los libros*

CAÍDO DEL CIELO

Oh, pi-pi. Iba a morirme.

Iba a sufrir una muerte horrible, dolorosa y espantosa.

La mano se me retorcía en el costado, en un intento por coger la táser que sabía que no estaba. ¿Por qué había deseado aquello alguna vez? ¿En qué estaba pensando? Trabajar en la Agencia Internacional para la Contención de Paranormales había sido parecido a estar contratada como aprendiz de esclava y, por supuesto, tuve unas cuantas peleas desagradables con vampiros, brujas y hadas asquerosas, pero aquello no era nada comparado con el peligro al que me enfrentaba en esos momentos.

Gimnasio de chicas.

Estábamos jugando al fútbol, sin espinilleras. La chica a la que supuestamente tenía que cubrir (una criatura tan mastodóntica que casi parecía un trol) se abalanzó sobre mí y yo diría que casi le salía vapor por la nariz. Me preparé para el gran choque.

Y entonces me maravillé ante la intensidad del azul del cielo otoñal. Ni una nube en el horizonte. Pero ¿por qué estaba mirando al cielo? Quizá guardara relación con mi repentina incapacidad para respirar. Venga ya, pulmones. Venga ya. En algún momento tenían que empezar a funcionar, ¿no? Veía puntos brillantes delante de los ojos y veía también mi obituario: «Tragedia durante un partido de fútbol.» Qué mortificante.

Al final un aire bendito se filtró en mi interior. Un rostro conocido, enmarcado por un pelo oscuro y largo, se inclinó encima de mí. Mi única amiga normal, Carlee.

—¿Estás bien? —preguntó.

—¡Green! —vociferó una voz de tenor. Estaba convencida de que la señorita Lynn tenía una voz más grave que mi novio—. ¡Levanta el culo y vuelve al partido!

Ah. Green. Me pareció un apellido monísimo cuando Lend se lo inventó para mi documentación falsa. Sin embargo, cuantas más veces lo gritaba la señorita Lynn, menos me gustaba.

—¡GREEN! —Carlee me tendió una mano y me ayudó a levantarme.

—No pasa nada. Yo también soy malísima jugando al fútbol. —Sonrió y se marchó corriendo. Para nada era mala jugando al fútbol.

No era justo. Ahí estaba yo de pie como una idiota en un campo embarrado mientras Lend se había marchado a la universidad. Menuda pérdida de tiempo. Y, de todos modos, ¿quién sabía cuánto tiempo me quedaba? ¿Y si estaba agotando los valiosos restos de mi alma con el fútbol?

A lo mejor podía conseguir un justificante del médico. Ya me lo imaginaba: «A quien concierna: Evie está aquejada de una enfermedad rara por la que no tiene alma suficiente para llevar una vida normal. Por consiguiente, debería ser excusada de forma inmediata y permanente de todo esfuerzo físico que implique sudar y acabar tirada por el barro.»

Ridículo. Pero, de todos modos, quizá valiera la pena intentarlo. El padre de Lend tenía algunos contactos en el hospital.

Me agaché cuando la pelota pasó silbando junto a mi cabeza. Una de mis compañeras de equipo, una pelirroja despiadada, soltaba juramentos mientras corría.

—¡Cabezazo, Green, cabezazo!

Carlee se paró.

—Finge calambres. —Guiñó un ojo con las pestañas embadurnadas de rímel.

Me llevé las manos al abdomen y fui arrastrando los pies hasta la señorita Lynn, que estaba en la línea blanca pintada en la hierba fresca, supervisando el partido como un general en la guerra.

Puso los ojos en blanco.

—¿Y ahora qué pasa?

Esperando que mi palidez me beneficiara por una vez, gimoteé.

—Calambres. Muchos.

No se lo tragó y las dos lo sabíamos, pero en vez de leerme la cartilla entornó los ojos y apuntó con el pulgar hacia la línea de banda.

—Pero la próxima vez juegas de portera.

Muchas gracias, Carlee. Una idea genial. Puse cierta distancia entre nosotras y me desplomé en el suelo a arrancar hierbas ralas y amarillentas.

El instituto no se suponía que era así.

No me malinterpretéis. Estoy superagradecida de estar aquí. Siempre quise ser normal, ir a un colegio normal, hacer cosas normales. Pero es todo tan, tan...

Normal.

Desde que empezaron las clases hace un mes no ha habido ni una sola pelea de chicas. Ni ninguna fiesta salvaje en la que acaban por llamar a la policía. Y con respecto a los bailes de disfraces y citas a la luz de la luna y besos apasionados en los pasillos... pues bueno, lo único que puedo decir es que la estima que tengo por *Easton Heights*, la que fuera mi serie de televisión preferida, ha bajado unos cuantos puntos.

De todos modos, sigo pensando que las taquillas son geniales.

Seguí con la mano en el vientre para continuar con la farsa. Estar tumbada en el suelo era una postura mucho mejor cuando se adoptaba de forma voluntaria. Observé un diminuto jirón de nube que cruzaba el cielo. Fruncí el ceño. Era una nube muy rara. Ella solita en un cielo totalmente despejado y tenía algo más... algo distinto. ¿Acaso era el destello de un rayo?

—He preguntado si vas a asistir a la próxima clase.

Sobresaltada, me incorporé y le hice una mueca a la señorita Lynn.

—Sí, por supuesto, gracias. —Corrí al interior. La cosa tenía que estar muy aburrida si resulta que me entretenía buscando nubes.

Me pasé la siguiente clase calculando el número exacto de minutos que me quedaban hasta el fin de semana, cuando vería a Lend. La respuesta era demasiados, pero calcularlos resultaba mucho más interesante que, pongamos por caso, prestar atención al discurso de mi profesora de Inglés sobre la representación de los géneros en *Drácula* y, por favor, ni se os ocurra hacerme empezar a hablar sobre ese libro. Bram Stocker no era precisamente un investigador meticuloso. Mi cabeza iba camino de colisionar irremediablemente contra la mesa cuando la puerta se abrió de repente y apareció una ayudante de la secretaría con una nota.

—¿Evelyn Green? —Levanté la mano, y ella asintió.

—Justificante de salida.

Me animé enseguida. Nunca me habían sacado del colegio con anterioridad. A lo mejor Arianna quería pasar el rato. Era lo bastante rara y voluble para inventarse una cosa así.

Pero bueno, no tanto. No saldría en un día tan radiante, sobre todo teniendo en cuenta su condición de vampiro. Se me cayó el alma a los pies. ¿Y si había pasado algo? ¿Y si Lend había sufrido un accidente en el campus, se había quedado inconsciente y se había vuelto invisible? ¿Y si el gobierno lo había apresado y lo estaban sepultando en alguna instalación de la AICP (Agencia Internacional para la Contención de Paranormales)?

Me esforcé al máximo para no correr, seguí a la ayudante, una mujer bajita con un pelo rubio sorprendentemente antinatural.

—¿Sabes quién ha venido a buscarme?

—Tu tía, me parece.

Ah, eso lo aclaraba todo. O por lo menos lo habría aclarado si tuviera una tía. Repasé la lista de mujeres, todas paranormales, que podían hacerse pasar por un familiar. La lista no era larga y no se me ocurría por qué una de ellas iba a estar allí. Irrumpí en la oficina. Una mujer con unos zapatos cómodos (léase, feos) y el pelo negro recogido en un moño severo estaba de espaldas a mí. No podía ser.

Raquel se volvió y sonrió.

El corazón me dio un vuelco. Por un lado era Raquel, y era lo más parecido que he tenido jamás a una madre. Por otro, era Raquel, y era una de las mandamases de la AICP, la organización que me tomaba por muerta. La organización que no quería que me encontrara de ninguna de las maneras. Y la organización de la que «pensaba» que Raquel me protegía.

—Hete aquí. —Se echó el bolso al hombro e hizo un gesto hacia las puertas dobles que conducían al exterior—. Vamos.

La seguí, totalmente confundida. Fuera, en aquel día espléndido de mi instituto normal, no me parecía bien estar con la mujer que representaba todo lo que había dejado atrás. Seguía teniendo ganas de inclinarme y abrazarla, lo cual era raro puesto que nunca habíamos mantenido una relación en la que abundaran los abrazos. Por supuesto, también tenía ganas de verlo desde la dirección opuesta. «Pertenecía a la AICP.»

—¿Qué haces aquí? —pregunté.

—A juzgar por tu sorpresa, voy a suponer que David no te ha pasado mis mensajes.

—¿El padre de Lend? ¿Qué mensajes?

Suspiró. Mis aptitudes interpretativas estaban oxidadas, pero me sonó a suspiro tipo «estoy cansada y esto tarda mucho en explicarse».

Una sombra se antepuso al sol y alcé la vista para ver mi jirón de nube. No cabía la menor duda de que había algo debajo, pero no era un rayo. Algo con un brillo trémulo. Algo paranormal. Algo con un glamour que solo yo podía atravesar con la mirada.

—¿Qué es...? —Mi propio grito me interrumpió cuando la nube cayó del cielo, me rodeó y voló de nuevo hacia el cielo azul.

CLASES DE VUELO

Todavía estaba gritando cuando me quedé sin aire. Engullendo una respiración, bajé la vista hacia el suelo. Unos jirones de nube se movían a mi alrededor, pero sin que lograran ocultar el hecho de que el paisaje boscoso estaba «demasiado» por debajo de nosotros.

Proferí otro grito forzado y me contemplé la cintura. Me rodeaban dos brazos con aspecto y tacto terroríficamente insustancial. No tenía ni idea de cómo era posible que algo tan liviano como la brisa me sostuviera allí arriba, pero en esos momentos no podía pensar en ello. Tenía problemas más acuciantes. Como adónde me llevaba la nube y por qué. Incluso peor, a nuestro alrededor había chispas diminutas y no me gustaban las posibilidades que tenía de evitar una electrocución. Tenía el vello de los brazos totalmente erizado, estremecido por la energía que crepitaba a nuestro alrededor.

Qué mal.

Estaba dispuesta a despedirme de la Tierra cuando vi mi ciudad por debajo de nosotros y algo cambió. Era mi ciudad. Se había acabado lo de que me manipularan los paranormales. Si aquella cosa podía tocarme, entonces seguro que yo podía tocarla. Y si podía tocarla...

15

Cerré los ojos y respiré hondo. Tenía que acabarse. No era porque yo quisiera, sino porque se trataba de un asunto de vida o muerte. De todos modos, lo más probable era que no funcionara. Quizá fuera una Vacía, capaz de absorber el alma de los paranormales, pero solo lo había hecho una vez. Y había sido distinto, las almas estaban atrapadas y habían «querido» venir conmigo. Aquella cosa probablemente no quisiera darme su energía vital. De todos modos valía la pena intentarlo. Eché el hombro hacia atrás, palpé alrededor y coloqué la mano plana contra la primera cosa sólida que noté, rezando para que, fuera lo que fuese, aquella criatura nubosa tuviera pecho.

Me di por vencida y deseé que el canal entre mi mano y el alma de Nube Rara se abriera. «Es lo que quiero —pensé. Mi mente gritaba de desesperación—. Lo necesito.»

Abrí los ojos de repente y conmocionada, el alma rebosaba un calor seco y cargado cuando me bajó por el brazo y entró en mi núcleo, filtrándose hacia fuera hasta que sentí un hormigueo en todo el cuerpo.

La criatura profirió un grito agudo de sorpresa y dolor. Se echó hacia atrás con brusquedad de forma que rompió el vínculo: la cabeza me daba vueltas, ebria del torrente de energía nueva y desconocida.

Y entonces nos caímos.

«Qué idea tan genial, Evie, vas y absorbes la energía de la cosa que te mantiene en el aire a cientos de metros de altura.» Pero en cierto modo seguía aguantando. Girábamos descontroladas pero no caíamos con tanta rapidez como debiera. Si llegábamos al suelo, no nos pasaría nada.

Me dejó caer. Grité e intenté agarrarla del pie. Chilló de frustración, intentó darme una patada pero yo no estaba dispuesta a soltarme. Estábamos juntas en aquello.

La tierra se nos acercaba vertiginosamente, una alfombra arbolada verde y naranja.

Antes de tener tiempo de prepararme, choqué contra las copas de los árboles, las hojas volaban a mi alrededor cuando reboté en una rama y solté el pie de mi nube. Otra rama me golpeó en la cadera y me enlenteció lo suficiente para que cuando por fin el suelo y yo nos encontramos, solo me sentí como si me acabara de atropellar un camión.

Debía de tener rotos todos los huesos del cuerpo. Era imposible que sintiera tantísimo dolor y tuviera algún apéndice vivo. Me pasaría el resto de mi vida escayolada. Aquello iba a complicar los arrumacos con Lend. Por lo menos me libraría del instituto durante un tiempo. Y sin duda no contarían conmigo para educación física.

Sentía que un hormigueo eléctrico me recorría el cuerpo arriba y abajo, que sustituía el dolor y me hacía sentir optimista, como si tuviera las extremidades difusas y desconectadas.

Oh, pi-pi. Estaba paralizada.

En estado de pánico. Me puse en pie de un salto y me pasé las manos por el cuerpo horrorizada. Bueno, vaya, si era capaz de hacer eso probablemente no estuviera paralizada. Entonces ¿por qué me sentía tan rara? ¿Y dónde estaba Nube Rara?

—¡Horrible! —exclamó con aspereza una voz como el viento entre árboles muertos—. ¿Qué me ha hecho?

Cubierta todavía en zarcillos de nube que se me adherían al cuerpo, la pequeña criatura se arrastró por la tierra hacia mí. Aunque tenía forma de persona, era delicada, casi infantil. Los ojos le centelleaban de un color blanco brillante como un relámpago, pero tenía el resto de las facciones borrosas e imprecisas; incluso el color hacía juego con el tono apagado de la nube. A cualquier otra persona le parecería un fragmento animado de niebla espesa pero con mis ojos capaces de atravesar el glamour lo veía todo.

Retrocedí un paso e intenté no tropezar con las raíces a la vista del enorme árbol que había tenido la delicadeza de amortiguar mi caída.

—Oye, ¡yo no te he pedido que me secuestraras y te me llevaras volando!

—Se me ha llevado a mí... bueno, una parte. Devuélvemela.

Retrocedí y me apoyé en el tronco del árbol. La criatura levitó, se volvió para ponerse erguida y se quedó cernida delante de mí. Unos pequeños restos de relámpago la rodeaban como una telaraña. Las extremidades se fundían dentro y fuera de la nube, a veces estaban y a veces no, pero desprendía una sensación innegable de poder y fuerza.

Yo estaba totalmente descolocada. Levanté la mano e intenté parecer más valiente de lo que me sentía.

—¡Déjame en paz o te lo quito todo! —Me temblaba la voz, en parte por temor y en parte por deseo. Sentía un cosquilleo en los dedos, el cuerpo anhelante. No bastaba con una degustación. Quería el resto.

No, no quería. No podía tenerla. No la quería. Yo no era así. Se la habría devuelto si pudiera, pero no sabía cómo.

Nube Rara entrecerró los ojos grandes y centelleantes en mi dirección. El aire que nos separaba era seco y cálido, cargado de electricidad crepitante. Iba a matarme. Respiré hondo, preguntándome si me dolería y entonces la cosa salió disparada hacia el cielo con una ráfaga de aire estridente. La observé mientras ascendía cada vez más y, de vez en cuando, viraba hacia un lado o perdía altura antes de volver a ascender. Hasta que al final desapareció.

Exhalando un suspiro tembloroso de alivio, me apoyé en el árbol. Cuando soñaba despierta en que me pasara algo para que mi vida volviera a ser más emocionante, no era eso lo que tenía en mente. Estaba claro que se me había olvidado lo que suponía relacionarse con los paranormales, los de verdad, que eran incontrolables.

Miedo.

Mucho, mucho miedo.

Y ahora ni siquiera tenía mi pistola táser para que me consolara. Di un paso adelante con determinación, haciendo balance de la situación. Había soltado el bolso cuando Nube Rara me había apresado, lo cual significaba que no tenía móvil. Y si bien estaba bastante convencida de que estábamos cerca de casa cuando caímos del cielo, a saber hasta dónde nos había arrastrado la caída. De todos modos, ¿qué envergadura podía tener un bosque en medio de Virginia?

Sin duda lo iba a averiguar.

Para cuando llegué a una carretera al cabo de una hora estaba cansada, sudorosa y deprimida. ¿Qué posibilidades tenía de que Raquel apareciera en el instante preciso en que un paranormal intentaba secuestrarme? ¿A qué jugaba, fingiendo que me libraba de la AICP y luego regresando a por mí? Me costaba creer que su objetivo fuera hacerme salir del instituto para que Nube Rara me cogiera, pero parecía la explicación más plausible. La idea de que Raquel, que había sido como una madre para mí durante mis años en el Centro, hiciera algo así me partía el corazón.

Bueno, pensé, si la AICP quería hacer las cosas así, pues que así fuera. Estiré la mano y sonreí con expresión cruel y engreída. Ahora podía cuidarme yo solita.

Me estremecí y sacudí la mano para librarme del hormigueo. No, no iba a volver a hacerlo. Nunca, me gustaba demasiado.

Mi sentido de la orientación era mejor de lo que me pensaba porque conseguí tomar la dirección correcta en la carretera. Casi llorando de alivio, vi el apartadero de la casa de Lend. Mi «viejo» hogar, antes de que él se marchara y yo me fuera a vivir con Arianna para evitar la incómoda situación de vivir con el padre de mi novio. Subí corriendo el camino de entrada largo y serpenteante y me planté en el salón.

Raquel estaba sentada en el sofá.

—¿Pero qué coño...? —grité.

Se levantó de un salto y me agarró antes de que tuviera tiempo de pensar en impedírselo. Me puse tensa. Y entonces me di cuenta de que me estaba abrazando.

—¡Hace meses que no te veo y vas y dejas que te secuestren! ¡Pensaba que intentabas ser normal! —Se separó y me miró con lágrimas en los ojos.

—¿Quieres decir que no enviaste a esa cosa?

—¡Por supuesto que no!

—¿Qué era?

David entró a trompicones en la estancia con un teléfono en la mano y una expresión de alivio en la cara.

—¿Estás bien?

—Aparte de que me haya secuestrado una nube viviente que me ha soltado a miles de metros del suelo, ¡sí, estoy estupendamente!

—¿O sea que era una sílfide? —David señaló a Raquel con expresión triunfante—. ¡Te dije que existían!

Raquel apretó los labios y fue lo único que fue capaz de hacer para reprimir un suspiro.

—Sí, por lo que parece, estás en lo cierto.

—Vaya. —David se pasó las manos por el pelo oscuro y abundante, con los ojos iluminados de la emoción—. Vaya. Una sílfide. ¡Creo que es el primer contacto que se confirma!

Levanté la mano.

—Eh, ¿hola? ¿La chica secuestrada por dicha sílfide?

¿A alguien le importaría informarme de lo que es y por qué decidió llevarme de excursión aérea por nuestro bello estado?

—Las sílfides son elementales aéreos. —Raquel habló rápido, lanzando una mirada inquieta a David, como si deseara demostrar que, aunque no había creído en ellas, de todos modos sabía más que él—. Se cree que son parientes lejanas de las hadas. En general se creía que o nunca habían existido o que sencillamente se habían extinguido, pero eso se debe a que una sílfide nunca toca tierra de forma voluntaria, por lo que resulta imposible encontrar una y buscarlas supone una pérdida de tiempo considerable. —Lanzó otra de sus miraditas a David.

—Oh, venga ya, solo porque me especialicé en los elementales y tú te dedicaste a los paranormales comunes como unicornios y duendes. —David me guiñó el ojo como si yo participara de algún modo en la broma—. Siempre ha estado celosa de que yo conociera a todos los guays.

Entonces fui yo quien reprimió un suspiro de fastidio.

—Elemental aéreo, ya lo pillo. Perfecto. ¿Y alguien sabe por qué? ¿Dices que quizás estén emparentados con las hadas? —Toda mi irritación se contrajo y acabó convertida en una bola de miedo. No quería al clarividente otra vez en mi vida.

Ninguno de los dos dijo nada. Pero entonces Raquel carraspeó y habló con voz tensa.

—Podemos preguntar a Cresseda si sabe algo. —Dijo Cresseda, madre de Lend y elemental acuática residente, con un énfasis curioso.

—No, la verdad es que no. —David arrastró los dedos de los pies por la moqueta—. Hace un par de meses que no consigo que salga a la superficie. Desde que Lend se mudó. —Habló con voz queda pero el dolor que subyacía a sus palabras resultaba obvio. Tenía ganas de abrazarle. Ya era bastante negativo que se hubiera enamorado de una ninfa acuática inmortal y todavía peor que solo hubiera permanecido con forma humana durante un año. Pero ahora ¿abandonarlo por completo porque Lend se había marchado? Me costaba imaginar tanto dolor.

De hecho, sí que me lo imaginaba. Me lo imaginaba con frecuencia. Algunos días era lo único que podía hacer para no imaginármelo. Ser la mortal en una pareja de mortal/inmortal era algo que yo comprendía a la perfección.

Sin embargo, todavía no le había dicho a Lend que nunca iba a morir. El mero hecho de pensar que podía dejar esta vida —la de aquí, conmigo— para buscar la manera de ser inmortal me aterraba. De todos modos se lo diría, pronto. Más pronto que tarde.

Al final.

Raquel se puso derecha con expresión satisfecha.

—Vale, pues en esto puedo ayudar. Pondré a todos mis investigadores a trabajar sobre los elementales aéreos. Es raro que aparezca ahora, sobre todo teniendo en cuenta la conmoción reciente en las poblaciones de elementales. Ya lo averiguaremos. Pero no es el motivo por el que estoy aquí.

Fruncí el ceño.

—¿Para qué estás aquí exactamente?

—La AICP necesita tu ayuda.

ENTREVISTAS DE TRABAJO

—Raquel —David habló con voz baja y de fastidio—. Evie no va a volver a ser absorbida por la AICP. ¿Qué sentido tiene haberles dicho que estaba muerta si apareces al cabo de seis meses y la traes con vida?

—Ya te he dicho que ahora la situación es distinta.

Volví a levantar la mano, cansada de que hablaran de mí sin tenerme en cuenta.

—Ya sé enfrentarme a esto solita, gracias. Os echo de menos, por supuesto, pero no quiero regresar a la AICP. ¡Esterilizáis a los hombres lobo! —Aquel era uno de los muchos crímenes que había descubierto que cometía la AICP con la excusa de hacer del mundo un lugar más seguro.

Raquel tensó la expresión de sus ojos.

—Esa práctica ya no está vigente. Tal como le he explicado ya a David, las cosas han cambiado de forma drástica desde que te marchaste. Nuestra política para con los paranormales no agresivos ha sufrido una revisión profunda, incluyendo más derechos para los hombres lobo. Todas las prácticas eugenésicas se han desterrado por completo. La AICP hacía muchas cosas mal, sigue habiendo algunas, pero tú y yo sabemos cuánto bien hace. Y ahora soy supervisora, lo cual significa que tengo la última palabra en la mayoría de las políticas.

Me crucé de brazos con el ceño fruncido.

—No pienso trabajar con hadas. —No había visto a Reth desde que había venido a verme al hospital después de que liberara a las almas y no quería volver a verlo. Ni a él ni a ninguna otra hada espeluznante, manipuladora, amoral, psicótica, y cualquier otro adjetivo negativo que se os ocurra. Sobre todo después de lo sucedido hoy, si la sílfide estaba con ellos, yo no estaba dispuesta a llamarles la atención sujetando manos por los Caminos de las Hadas.

Sonrió.

—Lo entiendo. De hecho, una de mis primeras iniciativas fue liberar a la AICP de la dependencia de la magia de las hadas. Creo que te agradará saber que ahora las empleamos apenas un cuarenta por ciento de lo que las empleábamos antes.

—Cuarenta por ciento, ¿eh? Sigue siendo un cien por cien más de lo que me gustaría.

—Tenemos una manera de que seas eficaz sin ningún tipo de interacción con hadas.

—¿Eficaz haciendo qué?

Lanzó una mirada a David, que frunció el ceño.

—Yo no tengo nada que ver con esto.

—Con eso en mente —dijo Raquel, levantando la ceja con altanería— te agradecería que salieras de la habitación. Al fin y al cabo no puedo dar información clasificada a «dos» personas que están muertas.

Me quedé confundida hasta que recordé que David había trabajado para la ahora extinta Agencia Americana para la Contención de Paranormales hacía unos dieciocho años, momento en que fingió su propia muerte para dejarla. Parecía ser una opción de lo más socorrida por estos lares. Por supuesto, yo no fingí la mía; Raquel se la inventó por mí para que no me buscaran cuando desaparecí.

David resopló.

—Da la impresión de que olvidas que soy el tutor legal de Evie.

—Y tú das la impresión de olvidar que tu papel de tutor no tiene nada de legal, teniendo en cuenta que todos los documentos eran falsos.

—¡No me vengas otra vez con la legalidad! Una organización internacional que actúa con total impunidad en las costas americanas, por no hablar de...

La puerta de entrada se abrió de repente y apareció Lend. El corazón me dio un vuelco de alegría en el pecho, como cada vez que me sorprendía. Su apariencia habitual, un morenazo de ojos oscuros, brillaba por encima de su verdadero aspecto, que era como agua con forma humana.

Y estaba guapísimo.

—¡Evie! —Me abrazó y me levantó del suelo sujetándome con tal fuerza que de repente me di cuenta de que me había hecho una buena magulladura.

Reí a pesar del dolor, contenta de que por lo menos podía pasar más tiempo con Lend por culpa de aquel lío. Me dejó en el suelo y me observó con los brazos extendidos.

—¿Estás bien?

—Solo unos cuantos morados. Pero estoy bien, de verdad.

—¿Cómo escapaste?

Oh, mierda.

Raquel y David me dedicaron sendas miradas de desconcierto.

—¿Cómo escapaste tú? —preguntó Raquel. En su ansia por reñir se les había olvidado preguntarme. En parte lo prefería.

Me mordí el labio.

—Pues estábamos muy arriba. Muy, pero que muy arriba. Y estaba aquella nube rara y el relámpago y el hada esa. No sabía adónde me llevaba ni por qué, y tenía tanto miedo que hice lo único que se me ocurrió.

—¿Y qué fue? —inquirió Lend, con expresión preocupada.

Me encogí de hombros con cierta sensación de culpabilidad.

—Cogí un poco. —Odiaba ver la preocupación en sus ojos y continué rápidamente—. Solo un poco, no lo suficiente para hacerle daño, de verdad, lo bastante para sorprenderle y entonces nos caímos e intentó soltarme pero yo me agarré y unos árboles amortiguaron mi caída. Y después a Nube Rara no le pasó nada, de verdad que no. Solo se quedó un poco mosqueada. Y entonces se marchó volando. —No mencioné la trayectoria de vuelo errática. Probablemente estuviera aturdida.

Mi historia fue recibida con un silencio sepulcral. Y de repente, en vez de sentirme culpable, me enfadé sobremanera. ¿Quiénes eran ellos para juzgarme? No es que me pusiera en plan Vivian, absorbiendo la vida de todos los que me rodeaban.

—¡No tenía más opciones! ¡Deberíais alegraros de que encontrara la manera de defenderme!

Lend meneó la cabeza rápidamente y me apretó la mano.

—Yo me alegro. De verdad. Lo que pasa es que me acuerdo de lo que te hizo antes y me preocupa que...

—¡No tienes de qué preocuparte! Apenas fue nada. Te lo prometo. —Vivian se había vuelto loca y había absorbido el alma de todos los paranormales que había encontrado, con el pretexto de «liberarlos» de este mundo, aunque en realidad fuera porque le gustaba cómo le hacía sentir. Tener todas esas almas en mi interior después de arrebatárselas a ella... fui inmortal durante unos minutos. Resultaba extraño, maravilloso y alucinante tener tanto poder y estar tan desconectada de mi vida mortal. Durante un terrible momento estuve tentada de abandonar la mortalidad por completo... de quitarle el alma a Lend. No quería pensar demasiado en aquello.

—¿Sigue en tu interior? —preguntó Lend.

Ni siquiera se me había ocurrido mirar. Se me formó un nudo de nerviosismo en el estómago cuando extendí los brazos y busqué algo debajo de la piel. Nada. Pero ahí... un pequeño destello bajo la palma, que desapareció de repente. Probablemente no fuera nada. Seguro que no era nada.

—No —dije convencida—. No debo de haber cogido suficiente para que tenga efecto. No veo nada más que la fea Evie de siempre.

Lend sonrió y me acercó a él.

—Nunca has sido fea.

David carraspeó.

—Bueno, lo importante es que estés bien. ¿Por qué no vais a buscar algo de comer?

Raquel frunció los labios molesta. Al parecer, los hombres de la familia Pirello tenían cierta tendencia a sacarla de sus casillas. Lend tenía la misma habilidad.

—No he acabado de hablar con ella —dijo Raquel.

David parecía dispuesto a poner objeciones, por lo que intervine.

—Tranquilo, no pasa nada. Puede decirme lo que quiera, ¿va a doler?

Tanto Lend como David fruncieron el ceño. No había manera de que Raquel y yo mantuviéramos una conversación. Y a diferencia de Lend y su padre, me caía bien. Muy bien. Quería saber qué tal le había ido, enterarme de qué había pasado después de mi marcha, cosas así. De repente mi vida anterior estaba sentada en la misma habitación que yo y me di cuenta de que echaba de menos algunas cosas.

Sobre todo Lish, pero ella había desaparecido para siempre.

Me volví hacia Lend.

—¿Por qué no vas a ver a tu madre? Pregúntale si sabe algo de la sílfide.

—¿Sílfide? ¿En serio? —Miró a su padre y comprendió lo emocionado que David estaría al respecto. O quizás el interés de Lend se basara en el hecho de que fuera medio elemental. Me pregunté hasta qué punto le atraía ese mundo, cuánto deseaba saber acerca de él y, por consiguiente, sobre él mismo.

Mejor que no se explaye sobre el tema. Quería que continuara arraigado a este mundo.

—¡Sí! ¿Entonces tu madre? —Me habría ofrecido a ir con él más tarde, pero lo cierto era que Cresseda me seguía dando un poco de miedo. Los elementales inmortales funcionan en un plano tan distinto al nuestro que resulta muy difícil conectar. Hablar con uno de ellos es como intentar comprender la matemática teórica antes de saberse las tablas de multiplicar, acabas dudando haber entendido siquiera qué eran los números.

Qué extraño resultaba que Lend hubiera salido de Cresseda. Con lo humano que era y lo arraigado que estaba. Pero eso acabaría difuminándose. ¿Acaso dejaría poco a poco de preocuparse, pareciéndose a su madre: hermoso, raro y para siempre «ajeno»? ¿O acaso se «rompería» algún día y dejaría esta vida por la vida eterna? ¿Cuánto tardaría en ser como los demás elementales inmortales?

—Por ti es más probable que aparezca —dijo David a Lend. Le lancé una mirada. Qué bien le ocultaba el dolor a su hijo, pero lo veía reflejado en la curvatura descendente de sus hombros.

«Por favor, por favor, que yo no acabe así algún día.»

Lend parecía albergar sentimientos encontrados acerca de dejarme con Raquel, pero asintió.

—Vuelvo enseguida. —Salió disparado por la puerta.

—Antes de que haya más distracciones, voy a exponerte las condiciones. —Raquel me condujo hacia el sofá y se sentó—. Trabajarías para la AICP con un contrato temporal.

—¿Qué significa eso?

—Eso significa que trabajas para nosotros porque quieres, y solo en los proyectos que elijas. Cuando quieras parar, paras. No tienes que regresar al Centro. Te llamaremos cuando te necesitemos. No hay obligaciones, nadie te supervisará aparte de mí. No regresarás a la AICP, en realidad no, sencillamente me ayudarás en ciertas cosas para las que tienes habilidades especiales.

Fruncí el ceño. Estaba dispuesta a reconocer que yo no estaba muerta y había buscado la manera de trabajar con ellos sin trabajar para ellos. La clave de la AICP residía en el control. Si iban a renunciar a él para recuperar mi visión atraviesa-glamour, sin duda estaban cambiando.

—¿Cómo? ¿Qué les has dicho? ¿No has tenido ningún problema? —pregunté.

—Cosas más raras se han visto que los paranormales que regresan de entre los muertos. Como nunca tuvimos «pruebas» de que estuvieras muerta, mis compañeros supervisores no lo cuestionaron cuando les dije que te había encontrado viva. Dejé claro que no te comunicarías con nadie aparte de conmigo y me negué a ponerme en contacto contigo hasta que se acordó por unanimidad que te mantendrías totalmente autónoma, ni clasificada ni regulada por la AICP.

—¿No te metiste en problemas?

—Después de la gravísima mala gestión del pasado

abril que causó tantas muertes y desapariciones, nadie está ya en posición de «meterme en problemas».

—¿Pero aceptaron todo esto? ¿En serio?

Raquel suspiró como diciendo «necesito unas vacaciones».

—La verdad, estamos pasándolo mal. Después de Viv... después de todos los sucesos desafortunados, sufrimos de escasez de personal. No hemos sido capaces de responder con tanta rapidez o eficacia a los informes de vampiros u hombres lobo, nuestras medidas de rastreo parece que nos están fallando por completo para los paranormales que suelen quedarse en una zona concreta, y circulan rumores no confirmados de que una colonia de troles se ha apoderado de un barrio de Suecia. Además —hizo una mueca—, un poltergeist ha puesto la mira en el Centro y nadie ha sido capaz de averiguar su ubicación para exterminarlo.

—Vamos, que sin mí estáis fatal. —No conseguí evitar tener esa sonrisa petulante en el rostro. Resultaba gratificante saber que, sin mis ojos, la AICP se estaba desmoronando.

Raquel miró al techo y exhaló otro suspiro de sufrimiento.

—Es una manera de decirlo.

—No es asunto de Evie —intervino David—. Si la AICP se hunde, pues adiós. —Entrecerré los ojos de forma involuntaria, adoptando una actitud defensiva por mis viejos patronos. Por supuesto que los vampiros se autorregulaban pero casi me mata uno cuando tenía ocho años. El resto del mundo no era un remanso de paranormales como esta ciudad. La situación asustaba. Y la mayoría de las personas no tenían ni idea, lo cual significaba que no tenían forma de protegerse.

Raquel no le hizo caso.

—Tus misiones serían sencillas y seguras. Y, como he dicho, totalmente voluntarias.

—¿Cómo va a funcionar eso? Soy estudiante. —Por aburrido que fuera, necesitaba sacar buenas notas. Tenía que entrar en Georgetown como Lend.

—Ya nos adaptaremos a tu horario.

—Suena sospechosamente dependiente de los Caminos de la Hadas. —Lend entró dando un portazo con el rostro turbio de preocupación.

—No ha querido salir.

David negó con la cabeza.

—No siempre quiere. No te lo tomes como algo personal. —Aquello resultaba interesante, ¿acaso Lend no sabía que Cresseda ya no volvería a aparecer para David? Raquel miró con dureza primero a Lend y luego a David: estaba claro que le estaba dando vueltas al asunto, pero yo no tenía ni idea de por qué.

Lend se frotó la cara con la mano antes de mirar a Raquel.

—¿Qué estás haciendo aquí, de todos modos?

—He venido a pedirle ayuda a Evie para algunos proyectos. Y también a vosotros, si queréis.

David se levantó y Lend apretó la mandíbula; hasta su glamour se onduló por culpa de una ira apenas contenida.

—Pues no.

¿Estaba respondiendo por mí? Por mucho que lo amara, aquello no era asunto suyo.

—Lend, ¿podemos hablar un momento?

Arqueó las cejas y me siguió hasta la cocina. Las alegres paredes amarillas no me dijeron gran cosa. Me tomó de la mano, me acercó a él con el ceño más fruncido todavía.

—No te estarás planteando esto en serio, ¿no? Yo soy a quien encerraron, pero tú estabas igual de prisionera.

Después de todo lo que has visto, ¿cómo se te ocurre siquiera pensarlo? ¿Y no te parece un poco sospechoso que no tuviéramos ningún problema hasta que apareció Raquel?

La ira afloró rápidamente a mi pecho. Por supuesto que por un instante me había planteado lo mismo pero es que se trataba de Raquel. Mi Raquel.

—Ella no haría una cosa así. Estaba tan preocupada como tú. Además, ¿qué pinto aquí? ¿Ir a clase, trabajar en el restaurante, contando los días que faltan hasta el fin de semana? Por lo menos con la AICP ayudaba a gente.

—Sí, ¡ayudando a gente! ¿Pero a cuántos paranormales hacías daño?

Las lágrimas me escocían en los ojos. Él no lo entendía. Solo veía cosas negativas en la AICP. Pero me habían acogido, me habían cuidado. No quería ni pensar dónde estaría sin ellos.

—¿A cuántos paranormales estoy ayudando ahora, eh? Las cosas han cambiado en la AICP. Ahora también puedo ayudar a los paranormales, como los hombres lobo que no saben qué pasa, o esta colonia de troles. ¡Puedo buscarlos y convencerlos de que se muden antes de que se metan en problemas!

Lend negó con la cabeza.

—Podemos hacerlo con mi padre.

—¡No podemos! ¡Carecemos de recursos!

—¿Como hadas?

Odiaba que utilizara mi pasado en mi contra. No estaba muy convencida de querer trabajar para Raquel pero, por algún motivo, su insistencia para que no lo hiciera me empujaba hacia el lado contrario. Para él todo funcionaba a la perfección, estaba en la universidad, haciendo cosas importantes para su futuro. Un futuro que duraría para siempre, incluso aunque él no lo supiera. Pero yo estaba atrapada aquí, aburrida y sola, consumiéndome poco a poco para nada.

Estaba debatiendo la idea del regreso cuando el contorno brillante de una puerta de hada se dibujó solo en la pared.

ÁBRETE SÉSAMO

Parpadeé por la luz, estaba paralizada porque no me lo podía creer. No había visto una puerta de hada desde aquella noche con Vivian y Reth. Confiaba en no volver a ver ninguna.

Lend, sin embargo, no estaba paralizado. Corrió al otro extremo de la cocina y cogió una de las sartenes de hierro fundido que su padre siempre dejaba por encima. Una figura salió de la oscuridad y volvió la cabeza justo a tiempo de ver a Lend balanceándose con todas sus fuerzas.

El hada bajó de golpe y ejecutó una voltereta y un salto y fue a parar a varios metros de distancia. Lend se giró y se acercó otra vez.

—Eh, ¿qué es esto? —dijo el hada riendo.

Había algo que estaba mal, algo que desentonaba en todo aquello. Entrecerré los ojos para mirar al hada. Mi altura, el pelo rubio rojizo, ojos azul brillante, pecas y...

—¡Lend, para! —Reaccionó a mi grito y no levantó el brazo lo suficiente para girar, perdió el equilibrio y acabó cayéndose en la encimera de granito. Me miró confundido. Negué con la cabeza porque me sentía igual. No tenía ni idea de cómo era posible, pero quedaba claro lo que veía bajo la piel del chico.

Nada.

—No es un hada —dije. Volví a mirar hacia la puerta pero ya se había marchado. No había dejado de mirar; él era lo único que había salido. No era un hada.

Aquello era imposible.

—¿Estás segura? —Lend seguía sujetando la sartén sin quitarle los ojos de encima al niño. Chico, mejor dicho. Aparentaba nuestra edad, quizás uno o dos años menor. La no-hada me sonrió, me guiñó el ojo y dio un salto para sentarse en la encimera.

—No es el recibimiento que me esperaba pero reconozco que tu chico es... emocionante.

Raquel irrumpió en la estancia y entonces se quedó mirando al Rubiales con cara de enfado.

—Llegas tarde.

Él se encogió de hombros y se sirvió una manzana del frutero que tenía al lado.

—Me he perdido. —Dio un buen mordisco y masticó ruidosamente antes de empalidecer y escupir en el fregadero. Con un suspiro pesaroso, le lanzó la manzana a Lend, quien dejó caer la sartén al intentar cogerla de forma instintiva.

El metal seguía repicando cuando David apareció detrás de Raquel.

—¿Quién es ese?

—No es un hada, eso seguro —respondí. El Rubiales se levantó encima de la encimera, casi rozando el techo con la cabeza. Acto seguido, con un saludo desenfadado, hizo una voltereta y aterrizó de pie.

Yo seguía mirando fijamente, buscando algo, lo que fuera, bajo su piel. No había glamour. Llevaba ropa normal, una camiseta estampada color azul cielo y unos buenos vaqueros.

—¿Cómo has hecho eso? —pregunté.

—Mucha práctica. Tendrías que verme caminando apoyado en las manos.

—¡La puerta! ¿Cómo has atravesado una puerta de hada tú solo?

—Oh, ¿eso? —Se pasó una mano por los rizos y volvió la mirada hacia donde había aparecido la puerta—. Fácil. Te acercas a una pared y... —se inclinó para acercarse y todos nosotros con él, observando expectantes—: «¡Ábrete, sésamo!» —Alzó los dos brazos con gesto dramático.

No pasó nada.

—Vaya. —Se volvió y se encogió de hombros—. Vaya, supongo que me he quedado atascado.

Raquel exhaló un suspiro que yo conocía muy bien, era su suspiro «Evie, Evie, Evie». Pero esta vez lo completó con un cansado:

—Jack. Deja de hacer el tonto. Estamos aquí por algo serio.

—Sí, señora —dijo, con ojos bien abiertos y expresión seria. Raquel se volvió para regresar al salón y Jack me tiró suavemente de la cola de caballo antes de seguirla con aire desenfadado.

¿Quién demonios era esa persona?

Lend me cogió de la mano.

—¿Tienes idea de qué está pasando?

Negué con la cabeza. Nunca había visto a nadie capaz de atravesar puertas de hadas ni de recorrer los Caminos sin ir acompañado de un hada. Ni siquiera podías soltar de la mano al hada por los Caminos porque te perdías para siempre en la oscuridad infinita. Yo todavía tenía pesadillas en las que estaba allí sola.

David, Lend y yo nos dirigimos con cuidado al salón, preparados para un ataque. Pero Jack estaba sentado como si nada en el respaldo del sofá.

—Jack es de quien intentaba hablarte, Evie. —Raquel nos sonrió con aires de suficiencia—. Gracias a él, te podemos transportar de un lugar a otro a la misma velocidad que un hada. Nunca tendrás que trabajar con el clarividente.

—¿Cómo? —Lo había visto con mis propios ojos pero todavía no acababa de creérmelo. Entonces caí en la cuenta—. ¡Quítate la camiseta!

—Yo no soy de esos. —Frunció el ceño con aire pensativo—. Bien pensado, ¿por qué no? —Se quitó la camiseta por la cabeza y dejó al descubierto un torso delgado que en otras circunstancias podría haber causado admiración pero que aquel día no hizo más que aumentar la confusión. No había nada brillante debajo. Menuda teoría la mía de que ocultaba algo paranormal bajo la ropa.

Me sonrojé enfadada y miré a Raquel.

—¿Qué es? ¡Yo no veo nada!

—Él no es «nada». Es un chico con talento.

—Entonces ¿cómo ha creado una puerta? ¿Cómo ha recorrido los Caminos?

—Un momento, ¿se me permite ponerme la camiseta? ¿O también tengo que quitarme los pantalones?

Lend y yo unimos fuerzas para fulminarle con la mirada.

—Solo si quieres que vomite —espeté.

El comunicador de Raquel emitió un pequeño pitido y lo sacó para ver el mensaje.

—Jack, tenemos que marcharnos. Evie, ya hablaremos del tema dentro de unos días. —Alzó la vista y me miró con expresión sonriente, la severidad de sus ojos perdió fuerza y la convirtió en una persona sorprendentemente encantadora—. Y me alegro de haberte visto otra vez.

La rodeé con los brazos y la abracé.

—Yo también.

—David —dijo con la voz más tensa cuando se volvió hacia él y asintió. Él le devolvió el asentimiento y se la quedó mirando un poco más de rato del necesario—. Lend.

Lend negó con la cabeza y miró hacia un lado con frustración.

Jack bajó del sofá y se puso la camiseta.

—La próxima vez, si quieres, vengo sin —dijo, sonriéndome. Tomó a Raquel de la mano, se acercó a la pared del salón y apoyó la mano en ella. Por primera vez, su rostro perdió el toque juguetón y de chulería y dio la impresión de concentrarse profundamente. Con mucha más lentitud de lo que le costaría a un hada, en la pared se formó la silueta brillante de una puerta abierta a la oscuridad. Raquel y Jack la atravesaron y se cerró detrás de ellos, sin dejar rastro de que hubiera existido jamás.

Lend se volvió hacia mí.

—Vaya, qué interesante. Y una pérdida de tiempo. Sin embargo, como ya estoy aquí, ¿qué te parece si hacemos algo para compensar la mierda de tarde que has tenido?

Deseé poder hacerle entender que Raquel no era solo mi jefa anterior, o lo que es peor, mi captora, como parecía considerar a cualquiera que trabajara para la AICP. Y Jack me intrigaba a más no poder. Pero la idea de pasar más tiempo con Lend enseguida hizo que dejara de pensar en esos problemas concretos.

—¿En qué estás pensando?

—¿Qué te parece el Mall?

—Un momento, ¿te refieres al Mall, al grupo de museos de Washington D.C. por el que nos pasearíamos y fingiríamos comprender el arte moderno mientras en realidad pensamos, joder, esto podría ser perfectamente obra de un gremlin, o el otro tipo de mall, al que se va a comprar zapatos, a tomar comida basura e inventar historias para todas las personas que vemos pasar?

—Por lo que dices, creo que me refiero al segundo.

—Qué chico tan listo. —Sonreí y me acerqué a él.

—Sigo pensando que ese tío era de la CIA. Espía de la cabeza a los pies.

Me eché a reír y me volví para mirarlo en cuanto estacionó delante de la cafetería.

—Lend, medía algo así como metro y medio.

—¡Exacto! Nunca sospecharías de él. Es el hombre discreto y anodino que no parece suponer ninguna amenaza hasta que ¡PAM! ¡Despídete de todos los secretos de tu país!

—Bueno, vale, era un espía.

—De todos modos, teníamos que haber ido a ver esa película. Creo que algunas explosiones te habrían ido bien, te habrían ayudado a relajarte después de un día duro.

—No es culpa mía que no me permitieran entrar sin la compañía de un adulto y que te dejaras el carné.

Lend puso los ojos en blanco. Empezaron a salirle unas hebras plateadas en el pelo casi negro y me reí mientras le empujaba.

—¡Basta ya! Qué repelús. Además, si finges ser mayor para entrar, sería superasqueroso que empezáramos a enrollarnos o algo así. No más canas.

—Vale. —Su pelo adoptó unos rizos bien formados de un color rojo cobrizo.

Me eché a reír.

—¡Para! Te van a ver.

Se puso serio y su pelo recuperó su aspecto natural.

—¿Estás segura de que no quieres que me quede? Si no te encuentras bien, puedo saltarme unas cuantas clases mañana.

—No hace falta, de verdad. —Lend nunca se perdía

una clase, por lo que me encantó que estuviera dispuesto a saltárselas y, en parte, me tentaba la oferta... pero me habría sentido demasiado culpable.

Exhaló un suspiro.

—Tengo laboratorio de biología. ¿De verdad que estás bien? ¿No te duele nada de la caída? ¿Ningún efecto secundario de la sílfide?

—Estoy bien.

—De acuerdo. Nos vemos el sábado.

—¿El viernes por la noche no? —Odiaba el gemido que tiñó mi voz. No quería ser esa novia, la quejica y plasta incapaz de tener vida propia sin su novio. Aunque fuera totalmente justificable que quisiera pasar cada minuto del día en su compañía. No, ese tipo de chica no.

—Tengo que hacer un trabajo en grupo sobre anatomía de los vertebrados y el único día que podemos quedar es entonces. Dudo que acabemos lo bastante temprano como para llegar aquí a una hora decente y si me quedo en la habitación donde no hay distracciones guapas ni divertidas puedo acabar los deberes y ser todo tuyo el fin de semana. O sea que quedamos el sábado a primera hora.

Se inclinó y me besó. Deseé que fuera capaz de fundir su glamour y besarme como él mismo, hablarme como él mismo, pero tampoco era plan de que pasara alguien y me viera enrollándome con una silueta casi invisible. Era la desventaja de salir con un elemental medio humano, medio acuático, supongo.

Nos separamos mucho antes de lo que a mí me habría gustado (lo cual, para ser sinceros, podrían haber sido varias horas porque nunca me canso de besarle), salió y me abrió la puerta. En cuanto salí del coche, una extraña brisa fría me rodeó. Se me erizó todo el vello de los brazos. Con un escalofrío, abracé a Lend con fuerza y pasé de los moratones que tenía.

—No lo hagas, ¿vale? —me susurró.

—¿Hacer qué?

—Volver a trabajar para la AICP. No lo hagas.

Alcé la vista para mirarle.

—¿Y si puedo hacer algún bien?

—Siendo tú misma ya haces el bien. Me preocupa lo que pueda pasarte.

Fruncí el ceño e hice un ruido evasivo, que él, a juzgar por su sonrisa, pareció tomarse como que estaba de acuerdo.

—Hasta el sábado. —Volvió a besarme y entonces esperó a que subiera las escaleras antes de regresar al coche y marcharse.

¿Relaciones a distancia? Un palo, en su mayoría.

Con un suspiro, entré al restaurante bien iluminado. David compró «On the Hoof» hacía una década como tapadera para su actividad de ocultamiento de paranormales. Proporcionaba trabajo a los paranormales que lo necesitaban y era un buen sitio para reunirse y conocerse los unos a los otros. La decoración era alegre, con una temática de los años cincuenta que ya empezaba a estar muy vista. Nona, la jefa, me saludó con la mano, su precioso glamour rubio se cernía sobre su piel tostada del color del roble y pelo verdoso como el musgo. Supuestamente vivía en el apartamento de arriba con Arianna y conmigo pero en realidad regresaba al bosque por la noche, para plantar las raíces hasta la salida del sol. Espíritus arbóreos: otra especie de paranormales que nunca había conocido durante las misiones de caza y captura en la AICP. Por aquel entonces todo iba de violencia y caos.

Asentí distraída hacia varios de los parroquianos, sobre todo vampiros y hombres lobo, y me fijé en otro paranormal más que no conocía, que hizo que el corazón me doliera un poco, pues parecía un cruce entre Lish y un humano, con branquias en el cuello y unas aletas que le cubrían las piernas desnudas bajo el glamour. Últimamente veíamos más y más especies con las que ni David ni yo nos habíamos encontrado jamás.

Ahora que lo pienso últimamente muchos paranormales nuevos, aparte de la variedad de hombre lobo o vampiro, visitaban a Nona, aparecían por el restaurante o se reunían con ella en la parte trasera. Y sin duda la sílfide era nueva. A lo mejor Nona podía...

Solté un alarido, y por poco no pisé al gnomo de la cocina, un espécimen especialmente gruñón llamado Grnlllll. Por lo menos, creo que se llamaba así y no sé si era hombre o mujer, difícil de saber con los gnomos. Quizá por eso me odiara. Aunque la mirada asesina parecía típicamente femenina, la verdad.

El deseo de alejarme de las miradas asesinas de Grnlllll superó a mi deseo de hablar con Nona y me escabullí por la puerta de la cocina. Cuando por fin llegué arriba, me desplomé en el sofá de flores descolorido.

—¿Evie?

—Sí.

Arianna brincó al interior de la sala, vaso en mano. Evité mirar lo que contenía a propósito. Sin embargo, nunca evitaba mirar a Arianna, aunque su cuerpo de cadáver arrugado bajo su glamour normal (si es que la piel de un blanco estrafalario y el pelo de punta rojo y negro pueden considerarse normales) me ponía la carne de gallina como todos los vampiros. A ella le dolía y, a pesar del comienzo accidentado la primavera pasada, realmente la consideraba una amiga. No es que hubiera pedido ser lo que era y nunca bebía sangre humana. Además, podía llegar a ser muy divertida cuando no estaba enfadada conmigo.

—¿Una tarde movidita? —Arianna se acomodó en el

tú-y-yo y cogió el mando a distancia para poner el canal donde daban nuestra serie.

—No vas muy desencaminada. —Me froté la cadera dolorida preguntándome cuántos moratones tendría por la mañana.

—Bueno, quien pierda lava los platos toda la semana. Apuesto a que Landon y Cheyenne se enrollan pero se pelean y cortan para cuando acabe el episodio.

Intentando sonar más entusiasmada de lo que me sentía, repliqué:

—No, Cheyenne lo rechaza por culpa de algún malentendido y él vuelve a chutarse otra vez.

—Trato hecho. —Arianna se inclinó hacia delante para devorar el drama que se desencadenaba en pantalla delante de nosotras.

Miré al techo con desesperación, intentando ignorar el leve cosquilleo que notaba en las yemas de los dedos. Sabía que tenía que escuchar a Lend, apartarme de la AICP, agradecer mi vida normal y aburrida. Debería vivir para esperar la llegada de los fines de semana, cuando le veía, y no hacer caso del dolor persistente que sentía en el fondo de mi mente, que me decía que, independientemente del tiempo que pasara con él, de lo mucho que lo amara, nunca llegaría a ser mío porque yo era temporal y él era eterno.

Yo estaba bien. Con eso bastaba. Además, Lend no quería que ayudara a la AICP.

Pero Lend no estaba aquí, ¿verdad?

LA CHISPA DE LA VIDA

—Despierta —me susurró una voz al oído como agua que fluye por encima de las rocas. Sonreí y estiré los brazos hasta encontrar el cuello de Lend. Sabía lo que vería cuando abriera los ojos, casi nada. Mi Lend en su forma verdadera. Entrecerré los ojos para combatir la luz de media mañana. Le miré a los ojos acuosos.

—Buenos días —dijo, y me derretí.

—Buenos días. —Intenté atraerlo hacia mí pero se echó a reír y se zafó de mis brazos.

—Levántate, perezosa. A no ser que quieras dormir en vez de salir por ahí conmigo.

—No sé. —Volví a cerrar los ojos—. Estoy muy cansada.

Me respondió lanzándome una almohada a la cara. Me reí y rodé para salir de la cama, me cepillé los dientes y me cambié mientras él charlaba con Arianna en el salón. Mi habitación era diminuta, un vestidor con pretensiones, en realidad, pero había pintado las paredes de un «rosa repugnante», por utilizar las palabras de Arianna. Echaba de menos mis pósteres del Centro pero poco a poco iba apropiándome del espacio. Los bocetos de Lend ocupaban buena parte del sitio que quedaba libre, lo cual me hacía sentir que estaba a mi lado incluso cuando no lo estaba.

—Por supuesto que soy una nigromante —le explicó Arianna a Lend. Estaba sentada delante del elegante ordenador, con su juego preferido en pantalla—. Qué irónico. En la vida real soy una de las hordas de muertos vivientes y en mi vida virtual los controlo.

Se pasaba ahí casi todas las horas del día, haciendo búsquedas con acólitos digitales ligeros de ropa y con la piel de color lila. Hacía unas semanas me enfadé por no poder consultar nunca el correo electrónico y le solté que debía encontrar algo productivo que hacer. Se empeñó en demostrarme cuánto tiempo es capaz un vampiro de pasarse sin moverse del mismo sitio.

Mucho tiempo.

Pero, lo que es peor, cuando hacía dos días que no se movía de la silla, la oí sollozar. No he mencionado nada desde entonces acerca de cómo pasa el tiempo. Disfrutar de una vida eterna parece una idea muy guay pero ¿que te obliguen de este modo? No tanto. Los inmortales como Nona prueban a ser humanos una y otra vez para divertirse pero están hechos para durar eternamente. Las personas no y el cuerpo de cadáver que Arianna tenía bajo el glamour era una forma de recordármelo constantemente.

—Y por eso tuve que matarlo: el Cuchillo de O'orlenthaal tenía que haber sido mío desde un buen principio, el pequeño miserable. Ahora tenemos que enfrentarnos a su gremio, que es cuando mi habilidad para formar ejércitos de muertos resulta tan útil.

—O sea que lo que estás diciendo es que has estado muy ocupada. —Lend le sonrió y Arianna se echó a reír. Lo trataba como a un hermano pequeño. Lend, a su vez, la trataba como si fuera completamente normal. Me encantaba eso de él: aceptaba a todos los paranormales tal como eran y yo notaba que para quienes eran como Arianna y la mayoría de los hombres lobo significaba muchísimo, porque tenían sentimientos encontrados acerca de lo que eran. Lend tenía una habilidad especial para contrapesar lo paranormal con lo normal y hacer que todo el mundo se sintiera a gusto.

—Superocupada, también he diseñado unos cuantos vestidos. ¡Esos imbéciles de los *reality shows* no tienen comparación conmigo!

—Pues yo te sugiero que abras un sitio web. Podrías hacerlo todo aquí y luego vender por Internet. Me enseñas los bocetos de los vestidos, yo hago el sitio y tú y Evie hacéis de modelos.

Arianna se encogió de hombros y se escurrió en el asiento. Estaba en la escuela de diseño de modas cuando la cambiaron. Lend siempre intentaba que retomara esa actividad pero por algún motivo nunca lo conseguía.

Alzó la vista y sonrió al verme en el pasillo.

—¿Preparada?

—Siempre. ¿Seguro que no quieres salir, Ari? —pregunté.

«Por favor, que no quiera salir», pensé. Habíamos hecho planes de ir al cine con ella aquella tarde pero me apetecía pasar unas cuantas horas a solas con Lend.

Movió una mano en el aire y volvió a centrarse en el ordenador.

—Tengo que acabar esta redada.

De repente sentí un gran cariño por aquel juego tan estúpido. ¡Hurra por el juego de rol y por su eficacia para librarme de una carabina!

Lend me tomó de la mano mientras salíamos a la fresca mañana de octubre y a la brisa que nos recibió en cuanto pisamos la acera. Este año el verano se había prolongado, reacio a dejarnos. Hacía apenas una semana que había empezado a refrescar por la noche. Las hojas empezaban a cambiar, los tonos dorado y rojizo iban abriéndose camino. Después de vivir en el Centro climatizado durante tanto tiempo, me encantaba esto de notar el cambio de estaciones.

También estaba encantada con mi novio. La luz del sol otorgaba un brillo especial a sus ojos acuosos y su pelo casi negro de glamour estaba reluciente y resultaba encantador. El día no podía ser más perfecto.

—Tengo un regalo para ti —dijo Lend. ¿He dicho que el día no podía ser más perfecto? Porque resulta que mejoró muy, mucho.

—¿Por qué? —chillé sin intentar disimular la emoción. En el Centro los regalos eran escasos y muy poco habituales y, teniendo en cuenta que Raquel era la principal otorgadora, excesivamente prácticos. Recibí un kit de primeros auxilios tamaño viaje para mi duodécimo cumpleaños, la infame enciclopedia de las Navidades (seamos sinceros, ¿quién compra todavía esas cosas? Se llama Internet) y, por supuesto, el regalo cutre por antonomasia: calcetines. Año tras año.

Pero quedaba claro que la caja que Lend se sacó del bolsillo no contenía calcetines.

—¿Brilla? —Salté con impaciencia sobre los talones mientras lo abría.

Se rio y extrajo una delicada cadena de plata de la que colgaba un colgante en forma de corazón abierto. Las tres piedras rosas que revestían uno de los extremos sobresalían en contraste con el metal oscuro del corazón. Me aparté el pelo del cuello y me lo abrochó, el tacto de sus dedos contra la piel hizo que se me pusiera la carne de gallina.

Toqué el metal frío.

—¡Qué bonito!

—Oh, cielos, es la primera vez que regalo una joya.

—Vaya, pues te has puesto el listón muy alto. Tenías que haber empezado con algo hortera. —Le rodeé el cuello con los brazos y lo abracé con fuerza. Respiré su aroma fresco.

—Y no es solo bonito.

—¿No?

—También es práctico. El corazón es de hierro.

Sentí una oleada de calidez, una llamarada de cariño a la que debería estar ya acostumbrada pero que siempre conseguía sorprenderme. Lend era experto en encontrar la manera de protegerme con el hierro que repele a las hadas. Por supuesto, aquello implicaba que era casi tan práctico como Raquel, pero a la vez brillante y bonito. Le pasé los dedos por el pelo.

—Perfecto.

—¿Sí?

—Tú lo eres, pero el collar también.

Nos besamos hasta que una señora mayor que paseaba al perro tosió con fuerza en nuestra dirección para recordarnos que, de hecho, estábamos en la acera y no en nuestro pequeño mundo. Le sonreí tímidamente y entonces me di cuenta de que era una paranormal con glamour. Su rostro tipo rana, moteado de verde, no pegaba mucho con el vestido floreado y las zapatillas de estar por casa. Hay que reconocer que esta ciudad es rarita.

Era incapaz de apartar la vista de nosotros, yo no alcanzaba a descubrir qué era y de repente me puse nerviosa. Miré hacia el cielo en busca de nubes pasajeras pero no vi nada. Tiré de la mano de Lend para que siguiéramos caminando y así me quité de encima el malestar.

—¿Qué otros planes tenemos para esta mañana? —pregunté.

—¿El collar no me exime de planificar?

—Vale. Pero solo te sirve para hoy. Tendrás que pen-

49

sar algo para mañana. Y con respecto a ahora mismo, creo que comer es lo suyo. Mucho. Me he olvidado de desayunar.

—Vale, podemos... —A Lend le sonó el teléfono y se lo sacó del bolsillo. Frunció el ceño al ver el número—. Un momento. —Respondió mientras yo tramaba qué hacer con el resto de las horas del fin de semana. El cine por la tarde con Arianna, después de lo cual tenía un plan secreto para arrastrarla al karaoke. Ella lo negaba pero la pillé destrozando a Duran Duran en la ducha. Si aquello no funcionaba, había pensado en los bolos. Nunca había ido y seguro que lo hacía fatal, pero lo pasaría bien con Lend. Quizá pudiéramos quedar también con Carlee y con el chico con el que estuviera saliendo.

Se me cayó el alma a los pies cuando capté la conversación.

—¿Todo? —preguntó Lend con voz tensa—. ¿Puedes...? No, tranquilízate, no pasa nada, no es culpa tuya. Me alegro de que no te hicieras daño. Puedo volver. ¿Estás seguro de que ha desaparecido lo de todo el mundo? —Cerró los ojos y contuvo un suspiro—. Vale, tardaré una hora o dos en llegar. —Colgó y contempló el teléfono como si fuera capaz de borrar la conversación.

Y, así, de repente, mi fin de semana se evaporó.

—¿Qué?

—Natalie, una chica de mi grupo, era la encargada de compilarlo todo. Un tío le ha robado el bolso en la estación de Metro, y llevaba el portátil, todas las notas, todo. Estamos jodidos. Tengo que irme y ayudarle a recopilarlo todo otra vez. Son tres semanas de trabajo. —Apretaba la mandíbula del estrés.

Durante un breve instante tuve la tentación de decirle que conseguir una doble licenciatura en biología y zoología no era importante. Para nada. En el gran plano global de su vida inmortal, ¿un trabajo de universidad en grupo? Era como un grano de arena en el desierto. Pero... si se enteraba de que era más elemental que humano, ¿dejaría la universidad? ¿Dejaría la vida normal?

¿Me dejaría a mí?

Sí, o sea que no iba a decírselo. Por lo menos no entonces. Me refiero a que si tenía toda la eternidad por delante, ¿qué más daba si se lo decía mañana o dentro de diez años? No iba a perder nada de inmortalidad. Por supuesto, quizá si se lo decía podía estar con él sin sentirme culpable. Pero habíamos llegado hasta aquí y no quería estropear más el día.

—¿Evie?

—¿Qué?

—Lo siento, ya sé que es una putada.

—Oh, sí. Es una putada pero tienes que hacerlo, ¿no?

—Le dediqué mi sonrisa más «qué novia tan enrollada».

Volvimos corriendo al restaurante pero yo ya no caminaba dando saltitos de alegría. O sea que los árboles estaban cambiando de color. Ya ves. Lend hizo unas cuantas llamadas, pero de todos modos quedaba claro que necesitaba estar ahí para solucionar el tema. Me dejó con un beso largo y apesadumbrado y nada que hacer durante los dos días siguientes aparte de los deberes.

—¿Ya has vuelto? —preguntó Arianna cuando aparecí, con los auriculares puestos y el volumen a tope.

—Ha tenido que volver a la uni.

—Qué putada. —De hecho, miró arriba y abajo y frunció el ceño al verme la cara—. Pues esto hace que tu fin de semana sea una mierda, ¿no? ¿Quieres...? No sé, ¿quedarte por algún callejón oscuro conmigo hasta que anochezca?

Esbocé una sonrisa forzada.

—No te preocupes. Sigue imponiendo la venganza virtual. El plan de ir al cine juntas esta tarde sigue en pie.

—Vale, pero no pienso cogerte de la mano.

—Menos mal.

Volvió a ponerse los auriculares. Yo me fui a mi cuarto con paso cansino y me dejé caer en la cama.

Y proferí un grito en cuanto mi puerta se cerró de golpe. Una figura apareció de detrás de esta.

—Demasiado rosa aquí, ¿no?

UNA VIDA ARRASTRADA

Se me paró el corazón. Durante un horrible momento pensé que Reth estaba en mi cuarto. Y entonces cogí el objeto más cercano, un zapato, y lo lancé directamente a la cabeza de Jack.

—¿Qué estás haciendo aquí, comadreja?

Recogió el zapato de donde había caído en el suelo después de golpear la puerta que tenía detrás.

—¿Cómo puedes caminar con estos tacones? —Se sentó y se quitó el zapato e intentó introducir el pie en mi zapato púrpura de talón abierto.

Me acerqué a él y se lo arranqué de la mano.

—¿Qué edad tienes, cinco años? Responde a la pregunta.

Alzó la vista hacia mí, unos ojos grandes de un azul imposible llenos de inocencia.

—Pensaba que éramos amigos, después de que me hicieras quitarme la ropa y tal.

—Voy a llamar a Raquel.

—Vale, vale. Solo estaba haciendo un reconocimiento.

—¿Reconocimiento?

—Oh, perdona, es una palabra rimbombante, ¿no? Me refiero a que estaba echando un vistazo, haciéndome a la...

—¡Ya sé qué significa! ¿Ahora resulta que la AICP me está espiando? Que les den, pueden olvidarse de mí a partir de...

—¿Alguna vez dejas que la gente acabe la frase? —Sonrió ante mi mirada asesina y se le formaron unos hoyuelos—. Así me gusta, estás mucho más guapa cuando estás calladita. He llegado a la conclusión de que le pasa a la mayoría de las personas. De todos modos, necesitaba ver la dirección que Raquel me dio para poder encontrarla otro día.

—¿Por qué?

—Tal como señalaste muy oportunamente el otro día, no soy un hada. Necesito ver un lugar antes de poder abrir una puerta allí. O por lo menos abrir una puerta concreta. De lo contrario, es cuestión de suerte.

Me senté en el borde de la cama. Ya que el bicho raro estaba allí tenía que aprovechar para obtener algunas respuestas. Me había estado comiendo el coco: ¿cómo hacía lo que hacía? No debería ser posible.

—¿Cómo aprendiste? Me refiero a utilizar los Caminos.

Hizo una mueca traviesa con la boca.

—No te dejes engañar por mi cara bonita. Soy listísimo.

Entorné los ojos.

—Está claro. Pero de todos modos no deberías ser capaz de utilizar los Caminos.

Se encogió de hombros y se puso de pie.

—Espera y observa el tiempo suficiente, si quieres algo con todas tus fuerzas encontrarás la manera de que ocurra. Yo consigo que pasen muchas cosas. —Con una sonrisa enigmática, estiró una mano para apoyarla en la pared—. Te recojo más tarde, ¿vale?

—Yo no he aceptado nada. —Entrecerré los ojos.

—Por supuesto —dijo, distraído mientras se centraba en las líneas blancas que iban apareciendo para formar una puerta—. Entonces, te recojo luego, ¿vale?

—¡No! ¿Es que no escuchas? Dile a Raquel que no pienso...

Antes de terminar la frase cruzó la puerta de hada mascullando algo que sonaba sospechosamente como «Qué plastas son las chicas».

La pared volvió a formarse detrás de él y se convirtió en el destinatario inocente de mi mirada fulminante. Jack aparentaba mi edad pero era como un niño pequeño con un subidón de azúcar, necesitado de una buena azotaina.

Por todos los cielos, qué espeluznante sonaba todo aquello. Me tumbé en la cama y cerré los ojos. Menudo lío. Me centré en quitarme el estrés de encima y me dejé llevar hacia un estado reposado e ingrávido. Tenía la impresión de que si era capaz de serenarme, de pensar con claridad, todo me iría bien en la vida, con Lend y conmigo. Podría encontrar la manera de decirle la verdad sin que él se planteara siquiera dejar su estilo de vida inmortal. Ya se me ocurriría la forma de que funcionáramos, la manera de tener a todas las personas importantes de mi vida en mi vida, durante el tiempo que quisiera que estuvieran.

Me sobresalté al oír un fuerte golpe en la puerta que hizo añicos la epifanía que sin duda estaba a punto de alcanzar.

—EVELYN, LEVANTA EL CULO PEREZOSO, RAQUÍTICO Y PALIDUCHO, DE LA CAMA AHORA MISMO.

Abrí los ojos y los entorné y entonces salí al pasillo de mala gana, como era de esperar.

—¿No tienes un botón para el volumen en la voz?

Arianna se encogió de hombros.

—Duermes como los muertos. Nona necesita ayuda abajo.

—Fantástico. Así es como quería pasar el fin de semana exactamente. Sin Lend y toda grasienta.

—Tiene gracia. Yo preferiría dormir e ir de compras, pero sobre gustos no hay disputa. Baja.

—¿Y qué pasa con nuestra película? —gemí, esperando que Arianna me ayudaría a librarme de trabajar.

—Yo soy un animal nocturno y tal. A mí me va bien salir a las tantas.

—Vale. —Bajé las escaleras pisando fuerte, cogí un delantal del colgador enfurruñada y me lo ceñí. Estaba muy bien tener ingresos ahora que no tenía una cuenta de gastos de la AICP (y, creedme, echaba de menos esa cuenta con todas mis fuerzas), pero trabajar en un restaurante era un poco menos interesante que dedicarse a las misiones de caza y captura.

Y con un poco me refiero a mucho. Acorde con la temática de vacas del restaurante, tenía que llevar falda acampanada estilo años cincuenta con estampado de vacas. Estampado de vacas. Hay muchos estampados de animales que quedan fabulosos en cualquier estilo. Las vacas no son precisamente uno de ellos. Resulta insultante, la verdad. Razón por la que me obstinaba en seguir llevando los vaqueros ajustados. No me tocaba el turno. No pensaba vestirme en plan ganado.

Menuda suerte la mía. Grnlllll (¿o eran cuatro eles? ¿O erre doble y triple ele? Si os parece que el galés es complicado, probad con el gnomés) estaba en la cocina. Los gnomos son elementales de tierra y suelen vivir bajo el suelo, excavan y hacen galerías. Incluso presentan un aspecto similar al de los topos, con la cabeza llena de pelo; ojos pequeños y rasgados y narices más parecidas a un hocico que otra cosa. Lo que más feliz les hace en este mundo es excavar en las zonas oscuras y húmedas. Todavía no había alcanzado a entender qué demonios hacía

Grnlllll en aquella cocina luminosa pero, fuera lo que fuese, estaba claro que no la hacía feliz.

¿Y sus patatas fritas? No demasiado buenas.

Grnlllll me gruñó algo que ni me molesté en intentar comprender, y me fui a tomar nota. El trabajo de la tarde era bastante típico: sobre todo los paranormales locales, lo cual implicaba una abundancia de filetes tan poco hechos que apenas soportaba mirarlos, y batidos, en cuyos ingredientes tampoco tenía ganas de pensar.

La cosa empezó a animarse a medida que anochecía al otro lado de los ventanales con una insistencia fría. Me dolían los pies y la espalda, y si tenía que sonreír una vez más y fingir que no me había fijado en el vampiro de la esquina que se relamía siempre que yo pasaba, me pondría a gritar. Ya era bastante fastidioso que la mitad de los vampiros locales intentaran utilizar sus poderes de control mental para convencerme de que no quería propina.

Siempre quiero propina, asquerosos bichos vivientes.

De todos modos, tenía cierta gracia ver que los vampiros se frustraban cada vez más cuando no lograban convencerme. David y Arianna habían mantenido mi capacidad para atravesar el glamour en secreto, lo cual era de agradecer. Facilitaba las cosas.

Arranqué la factura y la plantifiqué en la mesa del Lame-Labios.

—El quince por ciento, como siempre.

Frunció el ceño y acto seguido alisó las facciones formando una sonrisa espectacular. Espectacular si no veías más allá del glamour y te dabas cuenta de que todos los dientes me sonreían desde detrás de unas mejillas putrefactas. Estiró el brazo para intentar cogerme de la mano, pero yo la aparté rápidamente.

—En serio. El quince por ciento o te voy a meter ajo en polvo en el próximo Bloody Mary.

Me fulminó con una mirada capaz de empezar mil novelas de terror. Sonreí. Mascullando palabras endiabladas, sacó la cartera y me tendió el dinero.

—Vuelve pronto —triné, desplegando una amplia sonrisa al regresar a la caja registradora. Ya no llevaba siempre una táser pero seguía superando a los vampiros.

Nona pasó por mi lado rápidamente. Caminaba igual que un árbol balanceándose a merced del viento. Los lugareños, no paranormales, venían a veces al restaurante para mirarla. Si hubieran sido capaces de ver el tronco de árbol vaciado que tenía por espalda, provisto de cola, probablemente se lo habrían tomado de otra manera.

Pero bueno, con los tíos nunca se sabe. Y ella era un árbol de muy buen ver.

Se paró delante de mí, sonriendo.

—Gracias por trabajar esta noche.

—Ah, bueno, ya —dije, recordando la pregunta anterior—. Cada vez veo más paranormales que no reconozco. ¿David está al corriente? —Quedaba con él y con Arianna con bastante regularidad para repasar documentos y detalles de su discreta operación, pero yo no lo sabía todo.

Nona movió una mano con elegancia en el aire.

—No hay peligro. ¿Te importaría ayudar a Grnlllll en la cocina? Ella sola no puede sacar la basura.

Se me cayó el alma a los pies. Basurera. Fantástico. El gnomo era más bajo que las bolsas de basura, pero por supuesto no podíamos usar bolsas más pequeñas, oh, no, o sea que yo tenía que estar disponible cada vez que se llenaba la basura. Y sacar la basura incluía el contenedor y tenía que tocarlo para que se abriera y estaba pegajoso.

PEGAJOSO.

No soy una vaga, pero durante los últimos ocho años de mi vida lo único que he tenido que hacer ha sido recoger mis cosas. No puede decirse que pudiera sacar la basura del Centro a la acera, teniendo en cuenta que se trataba de un complejo subterráneo sellado. La basura de la cena bastaba para que me pusiera nostálgica acerca de aquellos pasillos blancos estériles. Mejor estériles que pegajosos y apestosos.

Cuando volví a la cocina, Grnlllll señaló en dirección a la basura, que había permitido que se saliera y se derramara en el suelo. Intenté no hacer caso de las náuseas que me estaban entrando y levanté la bolsa del cubo. Me rebotó en la pierna y dejó una mancha oscura y asquerosa en los vaqueros. Genial.

La voz de Grnlllll me indicó algo mientras señalaba enfadada el reguero que estaba dejando al arrastrar la bola por el suelo, pero en ese momento me daba igual. Me tocaba hacer fiesta ese fin de semana. En esos momentos tendría que haber estado acurrucada contra Lend, haciendo bromas sobre una película mala con él y Arianna. Yo no me había buscado aquello.

Además, quizá fuera demasiado bajita para el contenedor, pero no era demasiado bajita para pasar la fregona.

Abrí de una patada la puerta de metal que conducía al oscuro callejón y engullí el aire nocturno cuando el hedor de la comida podrida me asaltó la nariz. Noté como se me alojaba en las fosas nasales y me planteé si alguna vez sería capaz de oler otra cosa.

La luz solitaria situada encima de la puerta parpadeaba. Probablemente también tendría que cambiar la bombilla. Gnomo estúpido. Respiré hondo y me acerqué al contenedor situado entre la pared de ladrillo visto y el edificio contiguo, levanté la tapa y arrojé la bolsa y algo hizo flop y me cayó encima del zapato.

—¡Pi-pi! —grité hacia la pared que tenía delante—. ¡Pi-pi, pi-pi, pi-pi! —Le di una patada al contenedor y luego me cogí el pie. Me había ensuciado, me dolían los dedos del pie y me sentía como una idiota. Cerré los ojos y me apreté el puente de la nariz. Ya había tenido suficiente. Había tenido suficiente. Iría arriba, me ducharía y me acostaría. Para el resto del fin de semana.

La luz se apagó con un parpadeo y luego volvió a encenderse. Demasiado brillo. Un brillo exagerado. Abrí los ojos y vi que aparecían las líneas de otra puerta de hada en la pared contigua al contenedor.

—Lárgate —espeté—. No estoy de humor. —Si a Raquel le parecía que enviar al idiota de Jack una y otra vez iba a ayudar a la causa, se equivocaba.

Una figura más alta que Jack y más hermosa con diferencia que cualquier otro ser que conocía salió por la puerta.

—La verdad —dijo con una voz como el oro líquido—, no puede decirse que sea la bienvenida que me esperaba, amor mío.

EX MARCA EL TERRENO

Reth. Ante mí. En el callejón de detrás de la cafetería. No era capaz de discernir si las mariposas que notaba en el estómago eran de miedo o de emoción. ¿Cómo había podido olvidar lo que era un ser hermoso como él? Al verle entonces, resplandeciendo ligeramente de calidez en la fría oscuridad, todos los sentimientos que me habían embargado con anterioridad volvieron a inundarme.

Incluyendo todo el terror y el dolor que había causado, por supuesto, o sea que no pensaba echarme encima de él ni nada parecido. Pero, de todos modos, daba gusto mirarlo de tan guapo que era. Y era lo último que quería ver en ese preciso instante. O en cualquier otro, la verdad. Levanté una mano con la palma por delante.

—¡No pienso ir contigo a ningún sitio!

Reth arqueó una ceja.

—No hay necesidad de amenazas zafias. No tengo intención de llevarte a ningún sitio. Excepto tal vez fuera de este callejón, más que nada para evitar este pestazo. —Miró mi delantal manchado con toda la intención.

—Oh. —Bajé la mano, abatida y confundida, y me olí disimuladamente el hombro. ¿De verdad olía mal? ¿Y desde cuándo Reth no me quería? Siempre me quería.

Pero yo no quería que me quisiese, o sea que ¿por qué estaba decepcionada? Ya se encargaría él de hacerme pasar del enfado a la confusión en apenas cinco segundos.

—¿Caminar conmigo? Te ofrecería el codo como un caballero pero la mano se te ve más bien pegajosa.

Fruncí el ceño.

—¿Por qué demonios iba a ir a algún sitio contigo?

Tendió una mano perfecta y esbelta hacia la puerta de la cocina del restaurante.

—Disculpa, por favor, vuelve a entrar. Sin duda te espera más mugre.

Miré hacia la puerta, hecha un lío. Por un lado, odiaba hacer algo que Reth quisiera que hiciera. Por el otro, había una fregona que llevaba mi nombre escrito...

—Vale, pero si intentas algo...

—De verdad, Evelyn, no sabes cuánto he echado de menos tu agradable compañía.

Vigilándolo por si acaso, seguí al hada por el callejón. Bajamos por la calle iluminada con farolas y él iba con un paso tan ligero que parecía bailar. A su lado, me sentía como una lerda patosa. Luego estaba lo de su belleza angelical y etérea comparada con mi... en fin, en pos de mi autoestima, era mejor no hacer comparaciones.

Me abracé y me encogí para protegerme de la brisa fría y cosquilleante mientras mi aliento se expelía en forma de abanico delante de mí. No me cabía la menor duda de que me arrepentiría de ir con él, pero una parte de mí se alegraba de aquella situación nueva y curiosa. Me recordaba que era algo más que una chica a la que se le daba fatal el fútbol. Aunque ya no sabía su verdadero nombre y por tanto no podía controlarlo, por una vez me sentí casi al mismo nivel que Reth. El hecho de saber que podía hacerle daño si lo necesitaba, o si me apetecía, me otorgaba una sensación de poder embriagadora.

Probablemente no fuera sano.

De todos modos, si cometía alguna estupidez y me obligaba a absorberlo, pues bueno, tampoco iba a echarme a llorar.

—Vamos a ver, ¿este paseo tiene algún objetivo? Es que tengo un poco de frío.

Reth se echó a reír, aquella risa plateada y resonante y, de forma inconsciente, me incliné hacia él. Meneando la cabeza, di un paso firme hacia la calle. Nos acercábamos al borde de árboles frondosos que delimitaban los extremos de la pequeña ciudad. Lancé una mirada hacia él y me fijé por primera vez en que llevaba el glamour puesto. No es que fuera menos guapo que su rostro verdadero pero me sorprendió. Cuando pertenecía a la AICP y se le exigía que llevara un glamour casi nunca lo hacía; no acababa de entender por qué lo hacía ahora que era libre. (Lo cual era en gran medida culpa mía pero, digo yo que no se puede esperar de una chica que supere en astucia a un hada cuando huye de su propia muerte, ¿no?)

—¿Todavía tienes frío, amor mío? Puedo arreglarlo.

—Sí, ya me acuerdo. Pero creo que paso. —Me froté la muñeca donde todavía tenía la marca tenue de su mano, grabada allí para siempre. Había tenido suficiente calor como para que me durara una eternidad.

Reth se paró y yo también; me puse de cara a él de mala gana. La rabia latente iba acumulándose en mi interior. Me entraron ganas de gritarle, atacarle. Lish había muerto por culpa suya, pues él fue quien dejó entrar a Viv en el Centro. Pero, si no lo hubiera hecho, yo nunca habría salido de la AICP. Y estaba claro que no habría podido rescatar a Lend. Probablemente seguiría en una celda del Centro y Vivian seguiría matando lenta pero concienzudamente a todos los paranormales que encontrara. Me ponía enferma de solo pensarlo.

Con Reth las cosas nunca eran sencillas.

—¿Por qué estás aquí? —pregunté. La ira contenida iba dejando paso al agotamiento.

Estiró un dedo y casi me tocó la cara, pero se puso a acariciar el aire que tenía delante.

—¿Me creerás si te digo que lo único que quería era verte?

—No.

Sonrió.

—No, ya me imagino. En un principio pensé en llevarte conmigo. Tengo esa posibilidad, ya lo sabes. Pero siempre he sido muy cuidadoso contigo.

—¿Cuidadoso? —Le fulminé con la mirada con expresión incrédula.

—Sí, a mí también me cuesta imaginármelo. Con lo fáciles que habrían sido otros métodos. Pero por el motivo que sea resulta que me tienes encandilado y velo por tus intereses.

—No puedes evitar superar tus propios niveles de locura, ¿verdad? ¿Mis intereses? ¡Me secuestraste! ¡Me prendiste fuego! ¡Intentaste obligarme a convertirme en algo que nunca quise ser!

—Evelyn, querida, el hecho de que no entiendas qué es lo que más te interesa no significa que yo tampoco pueda. Y si lo que es mejor para ti también te hace daño, pues bueno, eso no cambia la necesidad de convertirte en lo que deberías ser.

—Eres un... ¡ARGG! No tienes ni idea de lo pirado que estás. Si de verdad me quisieras, no me harías daño. Pero no te importo, porque eso es imposible. ¡Tú solo te preocupas de ti mismo!

Lanzó un destello y el tono dorado se fue oscureciendo.

—Me importas más que nadie en este mundo triste y

que gira. No te habría entregado el alma si eso no fuera cierto.

Me alegró haber soltado el alma que Reth me había entregado junto con todas las demás. Saber que había tenido parte de su alma en mi interior me hacía sentir... pues... asquerosa. Alcé el mentón en actitud desafiante.

—Lend me quiere. Nunca me haría daño.

—Y sin duda haría cualquier cosa por ti.

—¡Sí!

—Haría lo que fuera por protegerte.

—¡Sí!

—¿Y si la única forma de protegerte y de salvarte la vida fuera haciéndote daño?

Sellé los labios contra el «sí» que estaba a punto de pronunciar. ¿Podía pegar a Reth? Por favor, que me dejen darle un bofetón.

Sonrió, sabiendo que me tenía pillada.

—Lend no puede amarte porque no te conoce en realidad. Por mucho que desees esta vida, no es tuya, nunca lo ha sido. Este no es tu hogar, Evelyn.

Notaba cómo las lágrimas de ira me escocían en los ojos.

—Márchate.

—Ven conmigo.

—¡Nunca! Y no podrás obligarme. Si de verdad pudieras llevarme contigo, ya lo habrías hecho.

Chasqueó la lengua con impaciencia.

—Mis métodos anteriores recibieron... la desaprobación de mi reina. A veces me pregunto si elijo bien cuando me alineo con una corte.

—Pero ¿qué estás diciendo? Eres Vidente o No Vidente. —Quizá no supiera tanto sobre hadas como debería, pero sí sabía que pertenecían a una de las dos categorías: Videntes, es decir buenas, o mejor dicho bastante buenas, puesto que ningún hada era realmente buena, o No-Videntes, es decir, malas o malas de remate.

Su sonrisa cambió y vi algo salvaje y primitivo bajo sus facciones refinadas.

—Nadie es bueno o malo, amor mío. Todos tenemos partes de ambos; sencillamente decidimos alinearnos con el bando que tenga un tirón más fuerte. Mi decisión de implicarme está motivada por una chica muy triste y vacía con unos ojos como arroyos de nieve derretida.

¿O sea que ahora Reth decía que se alineaba con los buenos por mí? ¿O acaso se refería a algo totalmente distinto? Él era el único capaz de hacerme eso: hacerme sentir tan mal y confundida. Cuando estaba con Reth, toda mi soledad y abatimiento parecían aflorar a la superficie, y le rogaba que se los llevara con él.

—Te odio —susurré con voz quebrada.

Me miró de hito en hito e hizo que me acercara a él mientras su voz me envolvía como si fuera una red dorada.

—Tonterías. Mi reina me ha prohibido que te obligue a venir conmigo otra vez, pero no entiendo por qué iba a hacer falta. No tiene por qué hacerse así. Puede ser fácil, seguro y con cariño. Y cuando vengas a casa, nada de esto importará, todo se desvanecerá, toda la oscuridad y frialdad será menos que un sueño. No tendrás que preocuparte ni planteártelo de nuevo. Decídelo y ya está, Evelyn. Deja de aferrarte a este mundo de pérdidas y ven conmigo. Puedo llenar todo el vacío en ti. Conviértete en lo que deberías ser y ayúdanos a retornar a donde pertenecemos. Márchate conmigo.

Exhalé un suspiro y respiré hondo con la mejilla apoyada en su pecho. El latido que oía era extraño, demasiado lento, pero estaba caliente y el hecho de que me rodeara con los brazos me proporcionaba una sensación agradable y ¿cómo había llegado otra vez ahí? No quería que me rodeara con los brazos. ¿O sí? Había alguien... algo... algún motivo. ¿Importaba?

Reth se apartó de golpe, arrugando su nariz perfecta.

—Oh, ese collar es horroroso. ¿De dónde has sacado esa cosa tan horrible? —Parpadeé, aturdida, y me llevé los dedos al colgante. Al tocar el frío hierro, la realidad volvió a colocarse en su sitio.

—¿Estás de broma? ¿Te presentas aquí y utilizas tu estúpida palabrería de hada y luego te apartas de mí? ¿Hay algo en tu cabecita de oro que tenga sentido? Qué pasa, que has pensado «vaya, Evie probablemente tiene una mala noche, ¿por qué no voy a meterme con ella?». Ya puestos, podrías darles unas cuantas patadas a unos cachorrillos.

Di media vuelta para regresar enfurruñada al restaurante. Tenía que haber sabido que era mala idea. La idiota de Evie.

Al doblar la esquina me paré en seco al ver a Reth, apoyado como si nada en una farola, rodeado de un círculo de luz y con aspecto de ser un anuncio de una realidad imposible de tan perfecta.

—Tienes que venir conmigo. La cosa ha empezado a moverse y no puedo controlar todas las variables. No puedo ocultarte eternamente. Sin embargo sí que puedo conseguir que estés a salvo y hacerte feliz. Dame la mano. —Me tendió la de él y me faltó poco para ver las ondas de calor que irradiaba.

Fruncí el ceño y me puse a pensar en la sílfide. Estaba claro que «algo» había descubierto dónde estaba. Puestos a imaginar, ¿quién me decía que no era él quien me había enviado a la sílfide para hacerme creer que corría peligro? Sería típico de él. Todo aquello apestaba a travesura de hada.

—Que te den. A mí y a mis manos mágicas no nos pasará nada, muchas gracias. Yo me quedo donde estoy.

Sonrió y se puso bien recto delante de mí.

—Muy bien. Está claro que esta vida que has deseado con tanta desesperación es todo lo que esperabas. Me parece muy positivo ver que llevas una vida plena y... —se inclinó y me susurró directamente al oído— feliz.

Cerré los ojos y apreté la mandíbula. Si pensaba que podía aparecer así como así y fastidiarme otra vez la vida, se equivocaba.

—Mira, solo porque...

Abrí los ojos y me encontré totalmente sola. La farola que me había parecido que brillaba ahora era inhóspita y creaba sombras y líneas rectas pero no iluminaba nada. La oscuridad de la noche me rodeó desde todas las direcciones y me empezaron a castañetear los dientes.

—¿Qué estoy haciendo aquí? —susurré. Y entonces rectifiqué rápidamente—. Aquí fuera. Me refiero a aquí fuera.

Regresé al restaurante. No le hice ningún caso a Grnlllll y fui directamente arriba, me quité la ropa asquerosa y me quedé de pie en la ducha hasta que salió el agua caliente. Sumida en una tristeza incontenible, me entraron ganas de llamar a Lend. Con él nunca me sentía vacía. Pero de todos modos tendría que contarle lo que acababa de ocurrir; le preocuparía saber de la reaparición de Reth y yo no quería que se estresara por ello. En cambio, le dije a Arianna que me encontraba mal, me metí en la cama y me esforcé por dormirme.

Por la mañana lo vería todo con mejores ojos. Era inevitable.

Al final mi mente y mi cuerpo desconectaron y me sumí en un sueño reparador.

—Oye, tonta —dijo Vivian.

—Oh, Viv. —Me eché a llorar—. Qué contenta estoy de que estés aquí.

SIGUE SOÑANDO

—¿Qué pasa? —preguntó Vivian. Estábamos sentadas en una colina con vistas al océano mientras las estrellas del cielo negro se reflejaban en el agua. Me rodeó con el brazo con torpeza y apoyé la cabeza en su hombro.

Cuando me empezó a aparecer otra vez en sueños después del pasado abril, me llevé un buen susto. Sin embargo, estaba tan sola que no pude evitar hablar con ella. Todavía no le había perdonado que matara a Lish —creo que nunca podré—, pero era un tema que ambas evitábamos para poder conocernos mejor. Ahora entendía un poco mejor de dónde había salido y siempre me había compadecido de lo muy sola que había estado. Además, teniendo en cuenta que la habían criado las hadas, era normal que tomara decisiones equivocadas. Pasábamos de puntillas por los temas peliagudos y en algún momento dio la impresión de que nos habíamos convertido en las hermanas que ella siempre había querido que fuéramos.

Salvo que nunca me cogía mis cosas, lo cual estaba bien.

Me sequé las lágrimas.

—No sé qué estoy haciendo, estoy triste y no sé por qué y no debería estarlo, y aquí me tienes, quejándome delante de ti cuando ni siquiera... —Me callé, incapaz de continuar. Vivian no iba a despertarse, nunca más. Cuando le arrebaté las almas, se quedó sin suficiente alma propia para llevar una vida normal. Era culpa mía.

—Eh, chitón, no te preocupes por mí, estoy bien.

—Hace tiempo que no me visitabas.

—¿Ah, no? —Miró pensativa hacia el agua—. Estoy aquí o no estoy en ningún sitio, o estoy en algún otro sitio. Dispongo de mucho tiempo para pensar. Pero da la impresión de que nunca llego a ningún sitio.

—Lo siento.

—Lo sé. Yo también. Intento que mi vida sea distinta en mi mente, ser la que tuvo fuerza suficiente para soltar amarras.

—Así fue. —Le di un codazo—. No me arrebataste el alma.

—Menos mal, pero no compensa las que arrebaté, ¿no?

—No, no, es cierto.

—A veces... a veces deseo que me hubieras enviado con ellos. —Tomó mi mano entre las suyas, trazando el contorno de la puerta en las estrellas por la que había enviado las almas. Ninguna de nosotras entendía realmente qué había pasado aquel día por la noche. Si bien las dos éramos Vacías, capaces de abrir puertas entre mundos, eso no significaba que tuviéramos idea de cómo funcionaba—. Me pregunto qué habría pasado si las hadas no me hubieran enviado a por ti, si se hubieran dado cuenta de que tenía energía suficiente para abrir una puerta yo sola. Suerte que mis hadas eran idiotas, pero no puedo evitar imaginármelo. Creo que me gustaría ver qué hay ahí fuera.

Exhalé un fuerte suspiro.

—Algún día las dos lo sabremos.

Volvió a reír.

—Oye, tonta, no tiene nada de malo.

—Es otra forma de perder a gente —susurré—. Me siento como si estuviera condenada a perder a todo el mundo, siempre. Parece que soy incapaz de conservar a la gente que quiero.

Me apretó la mano.

—Lo sé. Si miramos el lado positivo, no pienso ir a ningún sitio. —Su voz tenía el deje de ironía que recordaba tan bien: qué curioso que lo que solía asustarme de ella resultara ahora reconfortante, familiar. Estar juntas era como una pequeña degustación de hogar, un concepto ajeno para ambas. Me miró la mano y me pareció ver un pequeño destello luminoso, junto con un hormigueo.

—¿Qué ha sido eso?

Se me había olvidado la tontería de la sílfide. No es que fuera un buen momento para sacar el tema. Otra cuestión de la que preocuparse.

—No he visto nada —dije.

—Si piensas mentir, sería preferible que te lo prepares un poco mejor. —Se tumbó en la hierba para contemplar el cielo—. Así que estás triste, ¿qué problema tienes?

Exhalé un fuerte suspiro y también me tumbé.

—No sé. Por fin tengo la vida que quise durante tanto tiempo. Y está muy bien, la verdad, y Lend...

—Me gusta oír hablar de él.

—Me gusta hablar de él. Y es maravilloso. Pero no he... todavía no se lo he dicho.

—Ya, me lo imaginaba. Lo de ser honesta no se te da demasiado bien.

—¡Mira quién fue a hablar!

—Oye, yo siempre fui honesta acerca de lo que hacía. —Desplegó una sonrisa pícara, lo cual me recordó que no era tan inocente como a mí me gustaba fingir—. Pero esta llorera que te ha entrado no va de esto, porque sabes que el alma de Lend es inmortal desde hace mucho tiempo.

Me moví porque estaba inquieta.

—Esta noche me ha visitado Reth.

—¿Ah, sí? Ojalá me visitara a mí...

—¡Vivian!

—¿Qué? Una chica en coma se siente sola y, hada o no, es muy guapo. —No estaba segura de si lo quería para jugar con él o para dejarlo seco, e igualmente insegura de qué opción me estremecía más—. Continúa, de todos modos.

—No sé. Ha insinuado que no soy feliz con la vida que he elegido. —Odiaba el hecho de que siempre pareciera que me calaba perfectamente. Si resulta que no tenía que bregar con emociones mortales, impredecibles y retorcidas, ¿por qué se le daba tan bien reconocerlas?

—Bueno, ¿eres feliz?

—¡Sí, lo soy! Por supuesto que sí. Es lo que siempre quise.

—Pero...

—Nada. Es una tontería.

—Bueno, mi querida hermana, tú eres tonta con un montón de cosas.

La fulminé con la mirada.

—Vaya, qué cariño me tienes.

Se encogió de hombros.

—Como he dicho, soy sincera. Continúa. Es lo que siempre quisiste, ¿y?

—Y no lo es, ¿sabes? Lend pasa mucho tiempo fuera e incluso cuando está aquí no puedo evitar preocuparme por el hecho de que esta no será la vida que elegirá cuando se entere de que es como su madre. Y luego Raquel ha aparecido esta semana, lo cual me recordó cómo solían ser las cosas. No eran fabulosas, pero en cierto modo echo de menos... —Pensé en la vida que había llevado en la AICP, en lo mucho que había soñado ser normal, en la vida que tenía ahora. ¿Qué era lo que añoraba? No eran las misiones, las restricciones ni el estilo de vida.

Era ser importante.

—Echo de menos ser especial. En la AICP era especial. Me necesitaban. Y en el mundo real, no lo soy. —Me volvieron a brotar las lágrimas y me las sequé, avergonzada—. Lo siento, qué boba soy, quejándome toda la vida de ser distinta y luego resulta que detesto ser como todo el mundo.

Viv se apoyó en los codos y me miró con el ceño fruncido.

—Pero no es cierto. Nunca has sido la misma. Así que no lo pillo, no has cambiado. ¿Qué problema tienes?

—No sé.

—Pues entonces supéralo. Haz algo.

—¿Qué?

Movió una mano para quitarle hierro al asunto.

—Lo que te dé la real gana. Esa es la gracia de ser tú, Evie. Puedes elegir. Sin embargo, no te recomiendo que te dé por aniquilar a paranormales. Al final a mí no me pareció tan agradable.

Solté una risa ahogada.

—Eres terrible.

—Y que lo digas.

Entonces nos quedamos calladas, absortas ambas en nuestros problemas. Al final, Vivian me cogió la mano con la suya, que estaba incluso más fría, y tiró de mí para que me sentara a su lado.

—Bueno, basta ya de dramones. Como he estado desaparecida durante mucho tiempo, tenemos que hablar de varias cosas importantes.

—¿De qué?

—Humm, ¿hola? Tienes que ponerme al día sobre *Easton Heights*. No he escuchado un resumen de las primeras tres temporadas para que ahora me dejes colgada.

Me eché a reír.

—Importante, ¿eh? Vale. —Y compartí lo poco que sabía del mundo exterior ahí en mi oscuro mundo de sueños en el que Vivian y yo nos encontrábamos.

A veces me parecía más real que cualquier otra cosa.

Cuando me desperté por la mañana, seguía teniendo la mano cerrada como si sostuviera la de Vivian. Suspiré. Las noches con Viv siempre me dejaban con la combinación más extraña entre el bienestar y el arrepentimiento. Y luego, por supuesto, el sentimiento de culpa por ser amiga de la chica que mató a mi Lish, pero Lish lo entendería, o al menos esa era mi esperanza.

Las hadas que criaron a Vivian nunca le permitieron pensar que tuviera otra salida. Siempre sintió que su vida estaba predeterminada. Creo que se dio cuenta de que no, ahora que ya era demasiado tarde. Eso hacía que me planteara que si hubiera conectado con ella antes, quizá podría haber evitado todo aquello.

Bien pensado, bastaba con volver loca a una persona.

Al final Vivian había tomado sus decisiones y pagado por ellas. Gracias a las hadas, se había quedado sin opciones. Pero yo no. Haría que esta vida fuera lo que yo quisiera que fuera. A Reth que le den, me encantaría, yo me lo guisaría y yo me lo comería.

O, mejor dicho, sería normal y tendría también mi faceta paranormal. Yo era especial: ¿por qué fingir otra cosa? Tenía que enviarle un mensaje de correo electrónico a Raquel. Estaba a punto de alegrarle el día.

COMO AFRODITA
TOMANDO ESTEROIDES

—Cállate —reí mientras cerraba la taquilla.

—No, en serio —continuó Lend—. Va muy en serio. El tío es un duende.

—Tu profesor de escritura técnica no es un duende.

—¿Y tú qué sabes? Por eso tienes que hacer novillos la semana que viene y venir a clase conmigo. Podrás confirmarlo. Ahora mismo lo único que sé es que es pelirrojo, tiene la piel rojiza, mide un metro veinte y va siempre vestido de verde.

Puse los ojos en blanco sabiendo que no podía verlo a través del móvil color rosa brillante.

—¿Y por qué iba un duende a tener un doctorado?

—No lo sé. Pasarse el día al final de un arcoíris debía de aburrirle, se cansó de los tréboles, los recipientes de oro perdieron brillo para él... lo que prefieras. Pero tengo razón. De hecho, ¿te he contado que mi ayudante de laboratorio podría, o no, ser una dríada?

—Un momento... ¿no se supone que tienen fama de buenorras? —Se produjo un silencio al otro lado de la línea—. Pues a ese laboratorio no vuelves.

Lend se rio y cerré los ojos, imaginando qué aspecto tendría si estuviera delante de mí.

Exhalé un suspiro.

—Bueno, pero no creo que pueda encontrar a una bruja con tan poca antelación.

Volvió a reírse y casi cubrió el sonido de la campana. Miré a mi alrededor, aterrada. Un papel suelto vagaba por los pasillos ahora abandonados.

—¡Mierda, voy a llegar tarde! Luego hablamos, ¿vale? —Bajé la tapa del móvil para finalizar la llamada y corrí hacia el vestuario. Al menos tocaba gimnasia y había espacio para unas cuantas risas.

O eso pensaba yo. La señorita Lynn, aquella horrible criatura, esperaba fuera de la puerta, marcando el nombre de las chicas a medida que entraban. Alzó la vista y sonrió, satisfecha por haberme pillado en falta.

—Has perdido la mitad de los puntos de participación del día, Green. Otro retraso y creo que te merecerás la expulsión.

¿Dónde estaba la táser cuando más la necesitaba? Necesité hacer acopio de toda mi fuerza de voluntad para evitar poner los ojos en blanco mientras entraba cabizbaja en los vestuarios. El ligero olor a sudor y humedad me dio la bienvenida y pasé al lado de chicas en distintos estados de desnudez para llegar a mi taquilla. Esta no me gustaba tanto.

Carlee se puso las zapatillas de deporte y ya estaba lista para salir. Sinceramente, no sé cómo podía tener las tetas tan tiesas con un sujetador de deporte. Tendría que dejar de envidiarla.

Negó con la cabeza.

—Tienes que ser más cuidadosa. La señorita Lynn te tiene manía.

Exhalé un suspiro y saqué la ropa de gimnasia. ¿A qué escuela se le ocurre elegir el amarillo y el marrón como colores propios? Un horror. Un verdadero horror.

—El sentimiento es mutuo.

—¿Qué tal el fin de semana?

—De pena. Lend tuvo que volver a la universidad.

—Qué putada. Lo siento.

—¿Y tú qué tal?

Se le iluminó el semblante.

—¡Genial! John y yo volvemos a salir, ¿vale? Y al comienzo yo estaba en plan «alucinante», pero entonces el viernes por la noche se supone que me tenía que llamar y pasó de todo, así que yo en plan... —Se me pusieron los ojos vidriosos mientras intentaba prestar atención. Carlee me caía bien y agradecía tener a una amiga que no fuera un muerto viviente pero a veces el esfuerzo que requería estar al corriente de las relaciones de las chicas resultaba excesivo.

»... y entonces él se puso en plan "si no quieres que...".»

Se oyó un grito procedente de otro pasillo. No sabía si agradecer la interrupción o asustarme por lo que podía estar sucediendo. Carlee y yo doblamos la esquina a toda prisa y nos encontramos a unas chicas que se tapaban y chillaban.

—¿Qué pasa? —pregunté. Juré no volver a dejar la táser en casa.

Una de las chicas señaló la siguiente hilera y me acerqué sigilosamente con todos los músculos en tensión y apoyada en la pared. El pasillo se abrió delante de mí y grité, dispuesta a abalanzarme sobre...

Jack.

El tonto de Jack estaba de pie en uno de los bancos de madera que ocupaba el centro del pasillo, con las manos en las caderas mientras contemplaba la hilera vacía como una especie de conquistador raro.

—¿Qué estás haciendo aquí? —pregunté, horrorizada.

Bajó la mirada hacia mí.

—Oh, aquí estás. Se supone que tengo que darte una cosa.

—¿Y no podías habérmela dado en algún otro sitio?

—Miré a mi alrededor, exasperada y ansiosa. Las chicas empezaban a aparecer, una vez superado el susto inicial, ahora sentían curiosidad.

—¿Qué tiene de malo este sitio? A mí me parece de lo más agradable. —Se dio una palmadita en los bolsillos y al final murmuró—: ¡Ajá! —antes de extraer un aparato parecido a un teléfono blanco conocido para mí. Un comunicador de la AICP. Se me había olvidado lo aburridos que eran comparados con mi móvil monísimo. Sonrió y lo dejó deslizar entre los dedos. Proferí un grito ahogado y me abalancé hacia él pero él hizo que le rebotara en el pie y lo cogió en el aire. Sonriendo, me lo tendió haciendo una reverencia.

—Raquel quiere que la llames cuando te vaya bien porque no quiere entrometerse otra vez en tu vida.

—¿Y qué puñetas estás haciendo ahora mismo?

Alguien carraspeó a mi lado y vi a Carlee junto a mí. Tenía los hombros echados hacia atrás y miraba a Jack con cara rara. No, no con cara rara... con cara de «oye, guapo, me gustaría conocerte».

—¿Quién es tu amigo? —preguntó antes de soltar una risita tonta.

—¡No es amigo mío! ¡No es amigo mío!

—¿Cómo has entrado aquí? —preguntó la chica futbolista pelirroja y despiadada. Lo estaba mirando con una mezcla de suspicacia e interés—. ¿Juegas aquí?

¿Qué les había entrado a estas chicas? ¿Un psicótico aparece en medio de los vestuarios y no se les ocurre otra cosa que flirtear? ¿Es que no han visto ninguna comedia ambientada en un instituto? Deberíamos estar azotándole con toallas mojadas, enfurecidas y resueltas a proteger la santidad del vestuario femenino. Sin embargo, estaban enfrascadas en cambiar de postura estratégicamente para enseñar el máximo de pechuga.

A decir verdad, tampoco era tan guapo. La mata de pelo rubio y rizado y unos ojos azules demasiado grandes me sacaban de quicio. Oh, miradme, soy inocente y un encanto. Puedo aparecer cuando me dé la gana y fastidiarle la vida a Evie.

—Bueno —susurré, nerviosa ante el aumento de espectadoras. La señorita Lynn pensaría que pasaba algo si nadie se apuraba para empezar los estiramientos. Las más aplicadas siempre salían antes para calentar—. Gracias por la entrega, y ahora lárgate. ¡Largo! ¡Inmediatamente!

—Pero si acabo de llegar. —Echó hacia fuera el labio inferior fingiendo hacer un mohín.

—Rápido, antes de que la señorita Lynn...

—¿Antes de que yo qué? —preguntó una voz de tenor conocida detrás de mí. Se me puso la columna rígida. La señorita Lynn me colocó una mano rechoncha encima del hombro y me quedé clavada bajo el peso.

Jack se tomó todo el tiempo del mundo y la repasó de arriba abajo, regodeándose en su cuerpo de jugadora de rugby.

—¿Y quién es tu amigo, Green? —gruñó.

Estaba acabada. Totalmente acabada. Me iban a expulsar y así nunca me aceptarían en Georgetown. Trabajaría en el restaurante el resto de mi vida y Lend se casaría con la ayudante de laboratorio que era una dríada y tendrían bebés mitad árbol y un cuarto agua, y nadie sabría exactamente qué eran, pero serían monísimos. Y yo les serviría patatas fritas cuando vinieran a la ciudad de visita.

Jack me miró con una expresión confundida totalmente exagerada.

—No la conozco.

—¿Ah, no? —La señorita Lynn intentaba sonar divertida, pero intuí el regodeo de su voz. Eso no era para nada mejor que llegar tarde.

—No. He venido a verte a ti. No me creía los rumores, pero después de haberlo oído en tantos continentes, he tenido que venir a verlo con mis propios ojos.

—¿Ver qué?

Ensanchó los ojos en señal de adulación y su voz adoptó un tono reverente.

—Si era cierto que Elena de Troya, no, Afrodita en persona, se había reencarnado en una profesora de gimnasia.

El vestuario se quedó en silencio. Aparte de que la Pelirroja Brutita abriera la mandíbula hasta el suelo con un pequeño «plinc». O quizá fueran imaginaciones mías. Y entonces la clase hizo lo peor que se les podía ocurrir: se echaron a reír como tontas. La señorita Lynn iba a matarme.

Jack cayó de rodillas en el banco, girando los ojos extasiado mientras se llevaba ambas manos al pecho.

—Oh, por todos los cielos, qué suerte la mía poder contemplar tanta hermosura con mis propios ojos. Es más de lo que podía imaginar. Pero ¿cómo voy a marcharme ahora, sabiendo que no eres mía? Por favor. —Se arrastró hacia delante hasta el extremo del banco—. Cásate conmigo. No, el matrimonio nos quitará momentos preciosos que pasar juntos. Hagamos el amor aquí mismo con cariño y pasión. Déjame ser el padre de tus hijos.

Un gruñido primitivo puso de manifiesto que la señorita Lynn había superado el hecho de que se dirigieran a ella de ese modo. Se abalanzó hacia él: Jack bajó del banco con agilidad y se apartó de ella de un salto.

—Cielos, no esperaba que mis insinuaciones te entusiasmaran de tal modo. Si no me hago el duro, ¿cómo voy a saber si me respetas o no?

Otro gruñido, que esta vez sonó como «¡Tú!» o quizás «oh, oh» porque sin duda así es como me sentía acerca de aquella situación. Todas dejamos de reír y nos quedamos mirando horrorizadas, con ojos como platos, sin saber muy bien si quedarnos o distanciarnos de la inevitable consecuencia, que posiblemente consistiera en el descuartizamiento de Jack.

Yo no sabía a quién animar.

Jack esquivó otro intento de agarrón y utilizó el banco como plataforma de lanzamiento, saltando desde encima e impulsándose hasta lo alto de la hilera de taquillas. Si no hubiera sabido con certeza que era normal habría sospechado que sus acrobacias tenían algo de paranormal. Tenía futuro como atleta olímpico, siempre y cuando la señorita Lynn no lo matara antes.

—¿Qué te parece si te llamo? Podemos ir a comer juntos. —Lanzó un beso hacia la señorita Lynn, cada vez más morada, y pasó a la siguiente hilera de un salto. Advertí un pequeño destello de luz. Me embargó el pánico, pero la clase entera se había congregado allí. Nadie más se dio cuenta.

La señorita Lynn me apartó de un empujón y corrió para bloquear la salida.

—¡Vigilad la puerta del gimnasio! —gritó con ojos centelleantes mientras ocupaba su posición y esperaba.

Y esperaba.

Y esperaba.

Pero Jack ya hacía rato que se había marchado y había eludido a la señorita Lynn y a cualquier repercusión por la estupidez de sus acciones. Me clavó la mirada y se me cayó el alma a los pies cuando me di cuenta de que yo no tendría tanta suerte.

Muchas gracias, Raquel.

HOGAR, DULCE HOGAR

—¿En qué estabas pensando cuando enviaste a ese dia-blillo a mi instituto? —grité por el comunicador.

—¿Cómo dices? —preguntó Raquel.

—Jack. El instituto. El vestuario de chicas. ¿Te suena de algo? ¡Si Carlee no le hubiera jurado al ogro que ten-go por profesora de gimnasia que Jack no es ni mi novio ni mi hermano, probablemente me habrían expulsado!

—¿Tu profesora de gimnasia es un ogro?

—¡Céntrate! Si me expulsan, mis notas se resentirán. Si mis notas se resienten, quizá no entre en Georgetown. Y pienso ir a Georgetown.

—Me satisface ver que por fin te responsabilizas de tus estudios. Y siento lo de Jack, le pedí que se pusiera en contacto contigo de forma discreta.

—Ese chico no sabe lo que es la discreción ni que se la encontrara bailando claqué delante de las narices.

—Bueno, si la discreción bailara claqué no sería muy discreta, ¿no?

—Cállate —dije, intentando no sonreír. Estaba enojada. Nada de sonrisas—. ¿Desde cuándo te haces la graciosa?

—Hablaré con Jack y le diré que no vuelva a poner-se en contacto contigo en el instituto.

—Pero ¿de qué va? Es el tío más raro que conozco, lo cual no es moco de pavo.

—Jack ha recibido una educación... muy poco convencional. Vosotros dos tenéis más en común de lo que piensas. Su vida también quedó afectada por el clarividente. De todos modos, es un muchacho extraordinario, y un gran activo. Tenemos suerte de que nos encontrara.

Fruncí el ceño. Dadas sus habilidades, tenía sentido que Jack guardara alguna relación con las hadas.

—De acuerdo. Se acabaron las visitas escolares. Y dile que no se presente en mi habitación sin avisar.

—¿O sea, que estás segura de que quieres ayudarnos?

Vacilé y me mordí el labio. Me sentía como si estuviera haciendo equilibrios encima de una valla. Si me inclinaba hacia un lado —decir no— sabía exactamente qué me encontraría al caer.

Más de lo mismo.

Si decía que sí y me inclinaba hacia el otro lado... no tenía ni idea. Pero la valla seguiría estando en el mismo sitio y siempre podría encontrar el camino de vuelta, ¿no?

—Dos condiciones —dije, casi notando su alivio y emoción a través de la línea—. La primera: no soy Nivel Siete ni nada en ningún sistema. No pertenezco a la AICP. Si no me gusta una misión, no la hago. Tengo plena libertad.

—Hecho. ¿Y la segunda?

—Quiero recuperar mi tarjeta de crédito. —Estaba claro que el terreno desconocido en el que iba a penetrar exigía vestuario nuevo.

—Muy bien. Siempre y cuando la reserves para las emergencias.

—En serio, Raquel, ¿desde cuándo eres tan graciosa?

Guardó silencio unos instantes.

—Evie, estoy... estoy muy contenta de que vuelvas a ayudarnos.

—Yo también te he echado de menos. —Quise que sonara alegre pero me sorprendió el picor incómodo que noté en la garganta y el escozor en los ojos. Por todos los cielos. No era posible que estuviera a punto de llorar por hablar con Raquel por teléfono. Al fin y al cabo se acercaba mi decimoséptimo cumpleaños. Vivía por mi cuenta, era independiente y fuerte. Hacía aquello porque me apetecía, no porque la echara de menos. Aquello sería una estupidez.

Tras un carraspeo muy sospechoso, la voz de Raquel recuperó el tono enérgico y práctico.

—Excelente. Esta noche enviaré a Jack a buscarte a eso de las ocho.

—¡Vaya! ¿Esta noche? ¿Tan pronto?

—Cuando te dije que necesitamos ayuda no iba en broma. Últimamente parece que todo lo que puede ir mal, va mal. Y se han producido cambios extraños en el mundo paranormal, nada comparado con lo de abril, pero lo suficiente para vernos obligados a emplear mano de obra externa para intentar hacer algo.

—Supongo que podré apañarme. —¿Una noche sin estampados de vaca ni grasa? Pi-pi, claro que puedo—. ¿Adónde iremos? ¿Italia? ¿Islandia? Oh, no me importaría ir a Japón.

—Lo cierto es que es un poco menos exótico que todo eso. El Centro.

Y de repente mi emoción se convirtió en un terror gélido.

No podía regresar allí. El Centro era una tumba. En mi mente no había cambiado desde la última noche que había pasado allí. Unos vampiros sin vida recubrían las paredes, iluminados de forma sobrecogedora por unas luces estroboscópicas de advertencia que no habían conseguido salvar a mi sirena preferida. No podía soportar la idea de revisitar el que había sido nuestro hogar.

—Raquel, yo...

—¡Hasta las ocho! —La línea enmudeció y me quedé contemplando el comunicador incapaz de reaccionar.

Dos horas más tarde seguía en la cama, fulminando el techo con la mirada. Ni siquiera el hecho de tener agarrado el contorno familiar de la táser me hacía sentir mejor.

Tendría que decirle a Raquel que no había trato. No pensaba volver ahí por nada del mundo. En cuanto consiguiera pulsar su conexión con los dedos, se lo diría. Pero no soportaba la idea de notar la decepción en su voz. Se había emocionado, trabajar juntas otra vez le había hecho feliz de verdad. Y ser feliz no era lo habitual en ella. Y ahora tendría que decirle que no pensaba ir porque estaba cagada de miedo.

Cobarde.

Me puse de costado. El colgante que Lend me había dado brillaba en la mesita de noche y estiré la mano para recorrer con los dedos el contorno del corazón.

¿Por qué las cosas no eran más sencillas? A veces me entraban ganas de coger un recuerdo —un recuerdo perfecto—, acurrucarme en él y echarme a dormir. Como mi primer beso a Lend. Podría vivir en ese recuerdo para siempre. Solo nosotros y nuestros labios y regodearme en lo bien que encajan. Si las cosas fueran siempre así, la vida sería mucho mejor.

—Ya está bien, Evie —refunfuñé, desplomándome en el centro de la cama y elevando una mirada furibunda al techo—. ¿Por qué no gimoteas un poco más en vez de hacer algo práctico?

—Hablar solo es el primer indicio de locura —dijo Arianna sin que nadie le pidiera su opinión, apoyada en el marco de la puerta abierta.

—Sí, igual que ver cosas que nadie más ve, pero parece que esa faceta de mí gusta a los demás.

—Tienes razón. Lo más probable es que haga años que estás loca. Probablemente yo no sea más que un producto de tu imaginación.

—Si eso fuera cierto, te habría imaginado menos dejada.

Exhaló un suspiro.

—¿No es triste que te odies tanto que ni siquiera eres capaz de inventarte una compañera de piso agradable?

—No tan triste como el hecho de que reconozcas lo penosa que eres.

Desplegó una sonrisa maliciosa y entrecerró los ojos.

—Yo no me calificaría de «penosa». No quiero plantar esas ideas en mi bonita cabeza de muerta.

Le lancé un cojín.

—De todos modos —dijo, mientras se arreglaba el pelo rojo y negro (mucho más bonito que los pequeños mechones que le colgaban de la cabeza arrugada que tenía bajo el glamour. «No mires», volví a recordarme una vez más)— ha anochecido. Vayamos al cine. Me muero de aburrimiento.

—Demasiado tarde.

Me devolvió el cojín y se fue al salón. Me senté en el extremo de la cama y exhalé un suspiro. El comunicador irradiaba ondas de culpabilidad desde su posición al lado de mi almohada, pero no podía llamar a Raquel. Se daría cuenta de que no pensaba ir en unos... miré el reloj... diez minutos.

Probablemente fuera lo mejor.

Oh, pi-pi, como si yo supiera todavía qué era lo mejor. Negué con la cabeza, cogí la pistola táser y me dirigí a la cómoda. Abrí el cajón de los calcetines.

—Lo siento, amiga —susurré—. Otra vez será.

Oí que se abría la puerta delantera y Arianna gritó:

—Me marcho. Ya nos veremos allí si te apetece venir.

—Sí, voy a coger mi...

Una luz brilló cuando una mano atravesó la pared, me cogió del brazo y tiró de mí hasta la oscuridad infinita.

MIS LUGARES
PREFERIDOS DE ANTAÑO

Grité cuando el pequeño rectángulo que sostenía la puerta de mi habitación —mi vida— se cerró de golpe y quedé sumida en una oscuridad tan densa y absoluta que la notaba en la piel.

—Vaya, tranquilízate...

Me giré de repente y me golpeé la palma contra el pecho de... Jack, otra vez. De verdad, un día de estos lo voy a matar sin querer. O queriendo. Y no pienso arrepentirme.

—¿Qué haces? ¡Suéltame!

Arqueó las cejas y me sujetó con menos fuerza.

—¿En serio? Bueno, si insistes.

Si me soltaba, me perdería en la oscuridad. Sola. Para siempre. Lo único que se veía en los Caminos era la persona con quien estaba, ahí no había nada más. Yo no tenía ganas de volver a ver los Caminos de las Hadas, y ahora que estaba ahí ese miedo tan conocido me embargaba todo el cuerpo. Le agarré el brazo con la mano que tenía libre.

—¡Para! ¿Por qué me has cogido así? ¿No te bastó con aterrorizarme en el instituto?

Se encogió de hombros.

—Raquel me dijo que te recogiera a las ocho.

—También se puede llamar a la puerta, idiota.

—Ya lo sé. Yo lo hago como si no costara, pero crear puertas entre reinos no es precisamente fácil. Hacerte atravesarlo era más fácil que presentarme para mantener una conversación educada y tomar el té, quizás, en cuyo momento tendría que haber creado otra puerta. No sabía que ibas a gritar como una chiquilla.

—No he gritado como una chiquilla.

Con los hoyuelos bien marcados, dio una buena bocanada de aire y profirió un grito ensordecedor y decididamente de chiquilla.

—Así. Solo que con los ojos más desorbitados y agitándote más.

—Cállate.

—Encantado. Vamos a llegar tarde. —Deslizó la mano de la muñeca a mi mano y empezó a caminar—. Cielo y Tierra, mira que tienes frías las manos.

Nunca pensé que preferiría el silencio sepulcral de los Caminos a otra cosa, pero tenía que ser mejor que escuchar a ese idiota. Manos frías, mortales y agonizantes.

—¿Por qué no hablamos? Si eres una gran conversadora. De todos modos, si prefieres limitarte a disfrutar del placer de mi compañía, lo entenderé. Probablemente estés alucinada por el hecho de cogerme de la mano y quieras disfrutar del momento.

Puse los ojos en blanco.

—Es lo único que puedo hacer para no desmayarme, pero intentaré contenerme.

—Creo que los desmayos están muy infravalorados. Podrías hacer que volvieran a ponerse de moda.

Giré la cabeza para mirarlo en vez de centrarme en la negrura profunda que nos rodeaba. Era como si la gente de los Caminos existiera fuera de todo lo demás. Por lo que parecía, Jack y yo éramos las únicas criaturas vivas. Qué idea tan horrible.

—¿De dónde narices has salido? —pregunté.

Sonrió, pero su rostro adoptó cierta tensión.

—Para contarte esa historia necesito hablar y, si no recuerdo mal, me has pedido que no hable. ¡Ya hemos llegado! —Con una reverencia, señaló hacia... nada.

Le observé expectante. No ocurrió nada.

—¿No lo sientes? —preguntó, entrecerrando los ojos.

—¿Sentir qué?

—Venga ya. Has estado por aquí tanto como yo. ¿Nunca intentaste averiguarlo?

Cometí el error de mirarme los pies, colgados en el vacío, y entonces me entraron ganas de vomitar.

—¿Podemos marcharnos de aquí, por favor?

—En serio, Evie, no sabes divertirte, ¿verdad? —Estiró una mano extendida y entrecerró los ojos, concentrado. La oscuridad se onduló, la luz intentaba abrirse paso por ella pero no iluminó nada mientras se formaba una puerta que se abría hacia un pasillo blanco que me resultaba dolorosamente familiar.

—Hogar, dulce hogar —trinó Jack, empujándome hacia delante con él. La puerta se cerró detrás de nosotros.

Me sentí como si acabara de entrar en un sueño. Cuando dejé aquello atrás permití que una parte de mí creyera que había dejado de existir. Los fluorescentes que zumbaban por encima me machacaron la idea de que lo único que había cambiado era yo.

Los dos nos giramos y miramos pasillo abajo. Una mujer que no conocía, vestida con un traje de milrayas, nos pasó de largo a todo correr, gritando como una loca y ondeando los brazos alrededor de la cabeza.

Exhalé un suspiro.

—Hum, digamos que «hogar, dulce hogar» lo define muy bien.

Volví a mirar pasillo abajo porque el golpeteo suave de unos zapatos de salón me llamó la atención. Esta vez la mujer trajeada no estaba loca, o por lo menos no como la que corría gritando por ahí.

—Evie —dijo Raquel, frunciendo los labios para evitar sonreír.

Resonó otro grito; atisbé a alguien que corría por uno de los pasillos que cruzaban. Se parecía sospechosamente a Bud, el que fuera mi seco y duro maestro de defensa personal.

—Me marcho unos meses y este lugar se trastoca.

Raquel negó con la cabeza y lanzó una mirada de fastidio en dirección a los gritos continuos.

—Bueno, como has llegado a tiempo, ¿quieres que te enseñe la zona problemática?

—Me parece bien. —Estar ahí era como un *déjà vu*. Cuanto antes resolviera el problema antes podría marcharme y alucinar en privado.

—De nada. —Jack se despidió alegremente, echó a correr y dio varias volteretas pasillo abajo.

Me volví hacia Raquel.

—Creo que está estropeado.

Exhaló un suspiro tipo «no sé».

—El pasado de Jack no es precisamente de los que promueven la estabilidad. Pero es buen chico.

Por culpa de él, la profesora de gimnasia casi me destripa. De buen chico, nada.

Se oyeron más gritos por el pasillo.

—En serio, ¿qué pasa aquí?

—Es el poltergeist. Al parecer, hemos localizado su ubicación actual.

—¡Yupi!

—Si conseguimos solucionar este problema, estoy convencida de que el resto de los temas serán más fáciles de abordar. No solo es prácticamente imposible que los trabajadores funcionen, sino que siguen desapareciendo archivos importantes.

La seguí pasillo abajo intentando no pensar en todos los momentos en que había enloquecido en aquel lugar. Aquel ya no era mi hogar. Estaba ahí para trabajar. Un trabajo. Podía mostrarme desapegada y profesional. Siempre y cuando no tuviéramos que ir a...

Procesamiento Central. Raquel se paró justo delante de las puertas correderas. Por supuesto. Porque esta noche era imposible que algo fuera sencillo.

—¿Aquí? —pregunté, aunque ya sabía la respuesta. De todos los lugares del Centro, el poltergeist tenía que acomodarse ahí precisamente. Cerré los ojos y me imaginé el acuario tal como había sido: agua azul verdosa, peces tropicales, arrecifes de coral vivos, una Lish feliz, divertida y competente en medio de todo aquello, haciendo funcionar los ordenadores y diciendo «pi-pi».

Por mucho que intentara aferrarme a aquella imagen, solo era capaz de recordar el agujero dentado del cristal, el cuerpo inerte de Lish iridiscente bajo las luces mientras yacía en el fondo de la piscina.

Abrí los ojos y me di cuenta de que Raquel llevaba un rato hablando.

—... comprendas por qué no puedo entrar contigo.

Fruncí el ceño.

—Oh, claro. —Alcé la mano hacia el teclado y... no pasó nada. Me embargó la sensación de traición y abandono más absoluta. ¿Habían cambiado la cerradura?

—Lo siento —dijo Raquel, que esperaba a que me moviera para poder hacer desaparecer la puerta. Se abrió con un silbido y ella retrocedió y desapareció de mi vista—. Ahora no la cerraré con llave.

Tomé aire y entré. El vacío de la estancia grande, blanca y circular, me supuso un duro golpe. El acuario había desaparecido. No quedaba ni rastro aparte de un débil cerco en medio del suelo. Era como si Lish nunca hubiera existido. La puerta se cerró detrás de mí y yo me deslicé contra ella hasta el suelo.

Era obvio que no estaba preparada para aquello.

Una fría brisa amarga me recorrió la nuca. Vi pasar algo oscuro con el rabillo del ojo. Volví la cabeza, pero no había nada.

Las luces parpadearon y luego se apagaron menos una única bombilla tenue.

—Te he estado esperando —me susurró al oído una voz bajita.

El cosquilleo que noté en el brazo hizo que me fijara en la araña negra con el vientre abombado color púrpura que me subía por allí. La última luz se apagó y un grito mortal desgarró la estancia mientras quedaba sumida en la oscuridad.

REENCUENTROS
MORTALES

En aquella oscuridad tan absoluta, la única sensación eran las ocho patas siniestras de la araña que tenía en el brazo.

—Morirás en esta habitación —me susurró una voz al oído. No sería la primera. Se me contrajo el pecho al pensar en los últimos momentos de la vida de Lish. ¿Estaba asustada? ¿Le dolió?

Las luces volvieron a encenderse y descubrí que tenía todo el cuerpo cubierto de una masa de viudas negras que se retorcían.

—Oh, lárgate —espeté al tiempo que me levantaba. Estoy convencida de que me habría asustado, e incluso aterrado, de no ser porque veía a través de los pequeños arácnidos en movimiento. Las proyecciones de los polstergeist son una combinación de glamour y corrientes de aire manipuladoras que crean la ilusión de sensación. Un buen truco, la verdad.

Se produjo una pausa y entonces las arañas desaparecieron y fueron sustituidas por un viento salvaje. Las juntas de la pared y el techo rezumaban sangre que me goteaba justo delante de la cara. Estiré la mano y dejé que la sangre ilusoria me la atravesara.

—La próxima vez estaría bien probar jarabe de maíz y tinte rojo, ¿no?

Un gruñido sordo resonó en la habitación que procedió a arder en llamas que crepitaban mientras devoraban las paredes y me rodeaban.

—¿Has terminado? Porque todo esto es muy espectacular, pero voy al instituto y tengo deberes que hacer.

Las llamas desaparecieron en un abrir y cerrar de ojos y la habitación quedó tan inmaculada y vacía como antes.

—Te mataré —masculló la voz, y algo en ella desencadenó un recuerdo.

—¿Steve?

El aire que tenía delante emitía un brillo trémulo y apareció la imagen translúcida de... vaya, el vampiro Steve. O, por lo menos, quien había sido el vampiro Steve. Teniendo en cuenta que estaba bien muerto, en vez de ser un muerto viviente, no era un vampiro propiamente dicho.

Me miró con el ceño fruncido.

—Eres una sosa.

—Una aguafiestas de tomo y lomo, así soy yo. ¿Qué haces aquí?

—¿Qué te parece que estoy haciendo? —Alzó las manos y se le incendiaron.

—A mí me parecen trucos de pacotilla. Bueno, en serio, la última vez que te vi... —La última vez que le había visto estaba tan cabreado por el hecho de que le llevaran al Centro que mordió a Raquel, a sabiendas de que aquello provocaría que le inyectaran agua sagrada y muriera. Otra vez. Pero de forma permanente.

Lanzaba destellos de ira con la mirada.

—Me alegro de que te acuerdes de mí.

—Por supuesto. Pero ¿por qué estás todavía aquí?

—Me las van a pagar. Todos ellos. Lamentarán el día

que me trajeron a esta cárcel. —Steve siempre había tenido cierta afición por el dramatismo. Para que el efecto fuera total, tenía que haber levantado un puño fantasmagórico al aire mientras lo decía.

Volví a sentarme y me apoyé contra la puerta.

—Supongo que tienes razón.

—¿No vas a intentar exorcizarme?

—No. No soy de ese departamento.

—Oh. —Se mordió el labio... o al menos lo intentó, pero fracasó debido a aquello de ser incorpóreo—. Bueno, ¿y ahora qué?

—Ooh, ¿puedes hacer que parezca que unos bichos me explotan en la piel?

Bajó unos centímetros desde donde se cernía.

—¿De verdad?

—¿Quedaría guay, no? Si quieres, incluso fingiré que estoy asustada.

—Si finges no es lo mismo. —Bajó hasta la altura de mis ojos, aquello dejó más o menos la mitad de él por debajo del suelo pero no pareció darse cuenta.

—Lo siento, no puedo evitarlo.

Nos quedamos un rato ahí sentados. Steve iba cambiando de postura como si no lograra que su cuerpo etéreo se sintiera cómodo.

—Tengo una pregunta —pregunté, rompiendo por fin el silencio.

Se animó.

—¿Qué?

—No lo entiendo, es decir, odiabas la idea de este sitio, ¿no? Dijiste que te harías el harakiri para evitar que te encerraran aquí ni que fuera unos pocos días.

—Sí, ¿y?

—No entiendo por qué, después de todo eso, decides pasar la eternidad en este lugar.

Desenfocó la mirada, y el contorno de su cuerpo se tornó ligeramente borroso.

—Yo... necesitan... me las van a pagar.

—Claro, ya lo entiendo. Pero aparte de provocarles pesadillas y ser una molestia, no puedes hacer nada más, ¿no? Lo único que has hecho es quedarte aquí atrapado de un modo más eficaz del que ellos habrían logrado jamás.

Dejó caer los hombros. Cielos, pobre hombre. Yo no paraba de estropearle la vida de ultratumba. Estiré el brazo para darle una palmadita en el hombro pero me quedé parada de repente. Probablemente se sintiera peor si lo atravesaba.

—Hum, no te preocupes. Al fin y al cabo en realidad no estás atrapado. —Moví la mano cerca de su brazo de un modo que esperé que fuera reconfortante.

Ya había empezado a perder definición. No es fácil seguir por ahí una vez muerto y si te empeñas en acecharles, normalmente regresan al estado que se supone que deben tener.

Sea cual sea.

Pero la mayoría de las personas eran incapaces de mantenerse el tiempo suficiente para identificar la ubicación de un exorcismo o, en este caso, una buena sesión de conversación al estilo antiguo. Que era cuando yo intervenía con una misión con poltergeist para la AICP.

Steve asintió. Las extremidades ya se le habían desvanecido.

—Tienes razón. Ya va siendo hora de que intente estar muerto.

—¡Así me gusta! —Sonreí para animarle.

—Gracias. Por lo menos uno de nosotros se librará de esta pesadilla.

—Oh. Yo... —Iba a explicarle que ahora era libre y que

yo había decidido estar ahí esa noche o, por lo menos, relativamente, dado que en realidad Jack no me había dado la oportunidad de rechazarlo y, sinceramente, tenía tales sentimientos encontrados sobre todo aquel asunto que no sabía a ciencia cierta qué decirle a Steve, aparte de que no era una prisionera o ni siquiera una empleada y que él no debía suponer que...

Antes de que fuera capaz de formar un pensamiento coherente él desapareció. Esta vez esperé que para siempre.

—Adiós, Steve —susurré a una habitación vacía.

Me senté durante unos segundos, pero estar ahí sola resultaba mucho más aterrador que cualquier persecución. La habitación no necesitaba elementos dramáticos para producirme pesadillas. Me puse en pie como pude, esperé a que la puerta se abriera y salí a trompicones al pasillo.

—¿Raquel? —El pasillo se extendía a lo largo completamente vacío. Fantástico.

Caminé hacia su despacho, absorta en mis pensamientos sobre Lish y el pobre Steve y el resto de las almas que había expulsado de esta vida, alguna de forma bastante literal. ¿Adónde iban? ¿Steve iba al mismo lugar que Lish? ¿Y era Steve el vampiro o el Steve normal? ¿Qué ocurría exactamente con las almas cuando sus cuerpos humanos morían y se convertían en vampiros? ¿Y cuándo morían los cuerpos de vampiro?

Menuda empanada mental.

Exhalé un suspiro y puse la mano en la almohadilla de la puerta. Cuando no se abrió, alcé la vista y me di cuenta que, de forma inconsciente, había regresado a mi vieja unidad.

Me quedé mirando la puerta pasmada. La sentí como si una parte de mí, la vieja Evie, tuviera que separarse del resto, sonreír y saludar y luego atravesarla y desplomarse en el sofá púrpura. Sin embargo, toda yo se quedó en el umbral, sin poder entrar en una vida que había dicho que dejaba atrás para siempre.

Cuántas veces había pensado en las cosas, cosas reales y físicas, que había dejado atrás. En concreto unos zapatos de tacón rojos con los dedos al aire me asediaban. Ahora sí que tenía excusas para ponérmelos y resulta que estaban metidos en mi unidad. Incluso había elaborado una lista mental de todo aquello que cogería de mi cuarto si tenía la ocasión.

Pero no podía entrar, no podía regresar. Y creo que tampoco quería. Aquella unidad era una tumba para la Evie que había vivido ahí, ajena a las complejidades del mundo que la rodeaba, sin idea alguna de lo que realmente era. No quería nada de ella.

Me volví y me dirigí poco a poco al despacho de Raquel. Tenía que salir de allí. De inmediato. La claustrofobia se había apoderado de mí de forma radical y el pánico repentino ante el hecho de ser consciente de que no podía salir a no ser que «me» dejaran me dificultaba la respiración. Doblé la esquina y estuve a punto de chocar con Jack, que pareció igual de asombrado de verme.

—Vaya, Evie, parece que has visto un fantasma.

—Ja, ja. —Me sentía estrujada, vacía. Quería irme a casa—. ¿Raquel está en el despacho?

—¿Y yo qué sé?

—¿No acabas de salir de ahí?

—No.

—Vaaaale.

—¿Evie? —Me volví aliviada al oír la voz de Raquel, que caminaba detrás de mí—. ¿Cómo ha ido?

—El Centro está oficialmente No Acechado. —Por lo menos, no por algún poltergeist. Si los recuerdos fueran fantasmas, entonces estaba repleto de ellos. Y ahora yo también—. ¿Puedo marcharme ya? Estoy bastante cansada.

—Por supuesto, Jack, si no te...

Nos interrumpió una puerta que se formó en la pared que teníamos al lado. Un hada alta de pelo blanco y piel de color melocotón maduro la atravesó.

—¡Tú! —Su voz sonó como el metal frío por el pasillo.

Di un respingo.

—No voy a...

—¡Yo no he sido! —gritó Jack, que me interrumpió. Lo miré, perpleja. ¿Acaso creía que el hada iba a por él?

Dio un paso hacia nosotros. Jack se volvió y se largó pasillo abajo, dobló la esquina y nos dejó a mí y a Raquel con el hada. A juzgar por como le seguían sus ojos cobalto, me pregunté si no sería cierto que iba tras él.

A quién quería engañar. La aparición de hadas siempre guardaba relación conmigo.

Raquel se recuperó más rápido que yo. Introdujo la mano en la americana del traje y extrajo un pequeño cilindro de hierro. Con un grácil movimiento de muñeca se convirtió en una especie de batuta.

—Te sugiero que te marches.

El hada la observó con frialdad y luego retrocedió hasta atravesar la pared y salir del Centro. Miré a Raquel con ojos como platos.

—Pi-pi. Raquel, pero si antes eras muy mala con...

—Por favor, no acabes la frase. —Hizo que la batuta retomara su tamaño más pequeño y se lo guardó en la americana—. Vamos a ver, ¿tienes idea de qué era eso?

Negué con la cabeza.

—No. Reth me visitó la otra noche pero no intentó llevarme con él. —Bueno, no insistió. ¿Lo intentó? Menudo estúpido, Reth—. Pero eso hace que ahora sean tres:

la sílfide, Reth y esa hada. Y parece que hay muchos más paranormales raros que aparecen en la ciudad. —Recordé la mujer rana con el vestido de estar por casa. No es que fueran raros sino que se fijaban en mí. Se interesaban por mí. De repente me mordí el labio, nerviosa. Era poco probable que fuera casualidad. Estaba pasando algo.

—Esto complica la situación. Creía que habíamos superado el hecho de que las hadas se interesaran por ti. Me sentiría más segura si esta noche te quedaras aquí.

—Yo... oh, no. No. No quiero quedarme aquí. Jack puede llevarme a casa. —Me volví pero no había ni rastro de Jack. Raquel sonrió y yo me quedé atrapada en el Centro.

Otra vez.

MUÉRDEME LA LENGUA

—Mira —espetó Arianna. Se paró de forma tan brusca delante del instituto que el cinturón de seguridad estuvo a punto de estrangularme—. Si no quieres salir conmigo, vale, pero no me des plantón y luego te vayas a casa de una amiga un par de días sin decir ni mu. —Llevaba unas gafas enormes que le cubrían media cara, pero para entonces ya sabía interpretar sus facciones. Estaba dolida.

—Te envié un mensaje de correo electrónico —dije sin convicción.

—Sí. Ya, fantástico... lo que tú digas. Sal.

Abrí la puerta y bajé a la acera.

—Gracias por haberme... —Salió disparada y el impulso hacia delante del coche hizo que la puerta se cerrara de golpe.

Fabuloso. Qué forma tan agradable de empezar mi mañana de regreso. No había sido mi intención dejarla plantada... la verdad. Nada de todo aquello era culpa mía. Al fin y al cabo, podía decirse que Jack me había secuestrado.

—Evie, ¿estás bien?

Alcé la vista y me encontré con la expresión preocupada de Carlee. No me había dado cuenta de que seguía de pie en el bordillo de la acera, con los hombros caídos y la cabeza gacha.

—Es que estoy muy cansada.

Aquello era quedarse corta. Apenas había dormido las dos últimas noches en el sofá de Raquel. No solo me aterrorizaba quedarme encerrada en el Centro pero, para lo menuda que es, Raquel ronca como un hipopótamo. Ya os podéis imaginar. Jack, el chivato de turno, apareció por fin esta mañana y apenas regresé a tiempo para la primera clase. Una misión estúpida y me sentía completamente absorbida por la AICP; Raquel incluso me había pedido que archivara informes sobre elementales sin contabilizar mientras esperábamos la reaparición de Jack. Tenía la sospecha secreta de que ella estaba encantada y que, si pudiera salirse con la suya, yo volvería a vivir allí.

Y un churro.

—Hoy tenemos pruebas de forma física en gimnasia, que no se te olvide. —Carlee caminaba delante de mí con paso ligero y saltarín.

Me abrí paso a empujones entre la multitud de estudiantes. En mi estómago se mezclaban el temor a las hadas, la paranoia por las sílfides y, como de costumbre, mi cada vez mayor sentimiento de culpa por no decirle a Lend que era inmortal. Ahora podía añadir mentirle sobre el hecho de que volvía a trabajar para la AICP. Aquello era lo más duro, no poderle contar todo a mi mejor amigo.

Me quedé de pie delante de la taquilla, con la mano en la cerradura. Y, por primera vez desde que la tenía, no recordaba la combinación.

—Vaya —mascullé. Hasta mi taquilla estaba perdiendo encanto.

—Me parece que la señorita Lynn no va a permitir que vuelvas a marearte. Te odia —declaró Carlee.

—Ya lo sé.

—No, lo de que te odia va en serio.

—No, si ya... ya lo sé, de verdad. Créeme.

Se sentó en el banco que estaba a mi lado, donde yo seguía contemplando el montón de putrescencia amarilla y marrón que formaba mi ropa de gimnasia.

—¿Seguro que te encuentras bien?

Carlee era mi amiga. ¿Por qué no intentaba ser sincera con ella por una vez?

—Me preocupa que me esté muriendo, que las hadas lancen otra ofensiva para robarme y también soy incapaz de quitarme de encima este hormigueo de las manos desde que le absorbí parte del alma a una sílfide, lo cual nunca debería haber hecho. —Parpadeó. Lentamente—. Es broma. —Le dediqué una mueca que esperé se tomara como una sonrisa—. No he dormido suficiente últimamente.

—Oh, es fácil. Tómate una tila antes de acostarte. Mi madre confía ciegamente en este método.

—Tila. Lo probaré. —Seguro que eso solucionaba todos mis problemas.

—Acerca del otro día...

Oh, Jack. No habíamos hablado desde que había intercedido por mí.

—Gracias de nuevo, por cierto. Me salvaste el pescuezo con la señorita Lynn.

—¡Por supuesto! ¿Pero quién era ese tío?

Puse los ojos en blanco.

—Un fastidio.

—Porque, bueno, John y yo hemos vuelto a cortar y ese chico era muy mono y estaba pensando que a lo mejor...

—¡NO!

Abrió los ojos conmocionada.

—Lo siento, yo...

—No, en serio, me refiero a que está un poco loco, ¿sabes? Como... desequilibrado. Y se niega a tomar la medicación.

—¿En serio? Qué palo. Esos hoyuelos...

—¡Totalmente psicótico!

Se encogió de hombros y sonrió al levantarse.

—Mejor que te vistas.

—¡Green!

—Demasiado tarde —susurró Carlee.

La señorita Lynn rodeó la hilera de taquillas fulminándome con la mirada. No, fulminar sería poco para ella. Guillotinándome con la mirada resulte probablemente más apropiado.

—¿Qué? —pregunté con un suspiro.

Indicó la puerta con el pulgar.

—Despacho.

Me puse de pie echando chispas.

—¡No llego tarde! ¡Hoy todavía no he hecho nada malo!

—Urgencia familiar —gruñó—. Sal de aquí.

—Yo... oh. Vale.

¿Otra vez me hacían salir?

¿Qué estaba haciendo Raquel? Llevaba el comunicador en el bolso. Estaba claro que no había intentado ponerse en contacto conmigo durante las pocas horas transcurridas desde mi partida.

De todos modos, el momento no podía ser más oportuno. Tiré la ropa de gimnasia al interior de la taquilla e intenté parecer nerviosa al pasar junto a la señorita Lynn. En realidad era lo único que podía hacer para no huir. Me daba igual si me secuestraban otra vez, siempre y cuando me sacaran del gimnasio.

Abrí de golpe la puerta del despacho y me quedé petrificada. Esta vez no era Raquel sino el padre de Lend.

O por lo menos de cara a la secretaria coqueta, era mi tutor legal, David. Ella era incapaz de ver a través del glamour el rostro claro como el agua y apenas visible de Lend.

Él se volvió y me sonrió con el rostro de su padre y al cabo de unos segundos fui capaz de sustituir mi expresión asombrada, por lo que esperé fuera una sonrisa de hija a padre adoptivo.

—Humm, hola.

—Gracias de nuevo, Sheila —dijo Lend en forma de David, sonriéndole. No sabía si estar celosa, mortificada o divertida por la sonrisa con ojos desorbitados que ella le dedicó.

Caminé con rigidez junto a él hasta el aparcamiento, encantada de que estuviera allí, pensando únicamente en las ganas que tenía de rodearle con los brazos y recibir el abrazo que necesitaba entonces con tanto desespero, pero no iba a hacerlo cuando él presentaba el aspecto de su padre.

Nos subimos a su coche y lo inspeccioné, en un intento por verle solo a él debajo del glamour.

—¿Cuál es mi urgencia familiar?

—Estaba preocupado. Hace un par de días que no contestas al teléfono.

Eso era porque el Centro subterráneo tenía cobertura cero para móviles.

—Lo he perdido —mentí, odiándome por ello.

—Me lo imaginé. Estar preocupado no era más que una excusa para sacarte de aquí. —Desplegó una sonrisa radiante, salió del aparcamiento y condujo por las calles flanqueadas de árboles en dirección a la autopista—. Me han cancelado la clase de la tarde y tenía la sospecha de que no te importaría perderte gimnasia.

—Guapo y listo. Soy una chica con suerte. Pero, humm, me resulta un tanto desagradable sentirme atraída por ti cuando tienes exactamente el mismo aspecto que tu padre. ¿Y si cambias de glamour?

Se echó a reír, el rostro de su padre fue convirtiéndose en el guapo moreno de ojos oscuros que era Lend.

—¿Mejor así?

—Sin duda. Así no necesitaré terapia. Mucho mejor.

Volvió a reírse y me cogió la mano entre la de él.

—De todos modos, es un buen truco para rescatar a mi novia de la tortura.

—No me quejo. —Me acomodé en el asiento, disfrutando del tacto de la piel de Lend en la mía. Nunca me cansaba del contorno de su palma, de cómo sus dedos se entrelazaban con los míos como si estuvieran hechos para encajar o cómo me acariciaba el pulgar con el suyo sin darse cuenta. Aquel era el lugar al que sentía que pertenecía.

Paró el coche en una zona desconocida y aparcó delante de un restaurante tailandés de mala muerte.

—¿Qué estamos haciendo?

—Vamos a ver si por fin encontramos algo que sea demasiado picante para ti.

Desde que había descubierto hacía unos meses que yo era capaz de tomar comidas picantes —exageradamente picantes— sin parpadear, se había propuesto encontrar algo que me hiciera saltar las lágrimas.

—El hecho de que tú tengas una lengua blandengue no significa que yo también la tenga —dije.

Me sonrió maliciosamente.

—¿Lendgua blandengue, eh? Más tarde tendré que enseñarte de lo que soy capaz.

Le di un golpetazo en el hombro, incapaz de reprimir otra risa.

—Oh, pero si soy una gran fan de tu lengua, no tienes de qué preocuparte.

—Me gustaría que lo imprimieses en una camiseta.

—Por lo menos sé qué regalarte para Navidades.

Entramos en el restaurante y al cabo de una hora salimos. Lend frunció el ceño frustrado.

—Un día de estos encontraré algo que sea demasiado picante para ti.

—Lástima que tengamos que salir tantas veces mientras buscas.

—Tú lo has dicho, todas las causas nobles exigen un sacrificio.

Regresamos en coche en dirección a casa pero, en vez de llevarme al apartamento, Lend tomó una carretera estrecha que conducía hacia los árboles y serpenteaba hasta llegar a un punto sin salida.

Mi comunicador pitó con fuerza en la mochila y me sobresalté. Lend me lanzó una mirada arqueando una ceja. Oh, mierda, oh, mierda, oh, mierda, estaba jodida.

—Parece que tu teléfono ha aparecido.

Solté una especie de ladrido-risa nervioso.

—Sí, lo he llevado en la mochila todo este tiempo. Vaya... —Sonrió y aparcó mientras yo intentaba apaciguar mi corazón. Un día de estos guardar secretos iba a suponer mi perdición.

Apagó el motor.

—Aquí paramos. —Miré en derredor y no vi más que árboles. Sacó un par de mantas del maletero y luego me abrió la puerta.

Caminamos por el bosque y nos paramos en un estanque tranquilo. Las hojas de otoño se reflejaban en los bordes y parecía que el agua estaba ardiendo. Lend extendió una de las mantas en el suelo y se tumbó en ella antes de dar una palmadita en el espacio que tenía al lado. Me dispuse a acurrucarme pero me incorporé y contemplé el agua con recelo.

—No estará tu madre ahí, ¿no?

Se echó a reír.

—No. Lo que pasa es que hace mucho tiempo que no estoy cerca del agua.

Fruncí el ceño, inquieta. ¿Acaso recibía la llamada del agua o algo así? ¿O es que sencillamente le resultaba reconfortante por su niñez? Volví a tumbarme y me acurruqué a su lado con la cabeza en su pecho. La mano que me acariciaba el cabello perdió su pigmento y exhalé y sonreí, aunque no le veía la cara. Seguía siendo «mi» Lend. El Lend que nadie más podía ver.

—Hace tiempo que no veo a mi madre —reconoció, con cierto deje de preocupación en la voz.

—¿Ah, no?

—No. Creo que es cuando más tiempo ha pasado sin aparecer.

Algo de uno de los documentos que había archivado afloró a mi memoria: algo relacionado con la incapacidad de rendir cuentas sobre los elementales locales. Tomé nota mentalmente de preguntar a Raquel sobre el tema, dado que no podía planteárselo a Lend.

Como quería que hablara, le pregunté:

—¿Cómo fue tenerla como madre?

Se encogió de hombros y la cabeza se me elevó por el gesto, ya que la tenía apoyada en su pecho.

—No sé, es que tampoco lo puedo comparar con otra cosa. Creo que mi padre lo compensó lo mejor posible y cuando era niño no sabía qué pasaba. Él tuvo que mantenerme aislado, así que yo imaginé que la mayoría de las madres estaban a veces y a veces no, que hablaban raro y regalaban a sus hijos bancos de peces tropicales en medio de un estanque en Virginia.

—Qué bonito suena.

—Lo era. Quiero a mi madre. Durante un tiempo fue duro, cuando me di cuenta de que nunca llegaríamos a compartir una vida, pero así son las cosas. Y sé que me quiere.

—¿Cómo iba a ser de otro modo? —Un dolor familiar se me alojó en el pecho. Incluso Lend con una madre que era una elemental acuática lo había tenido: el conocimiento de que le amaba y siempre le había amado y le amaría, también, dado que viviría para siempre, al igual de Cresseda.

—¿Alguna vez te planteas si los tuyos quizás estén...? —preguntó, sin acabar la frase, pero yo sabía cómo terminaba. Vivos. Si en algún lugar mis padres (si es que los he tenido alguna vez) vivían y llevaban una vida normal. Sin mí.

—No lo sé. No quiero pensar en ello. ¿Y si me abandonaron y me entregaron a las hadas? O si me crearon, si es lo que pasa con las hadas, o pasó, no lo sé. No vale la pena pensarlo.

Me acarició el pelo. Habíamos hablado de mis cuestiones familiares con anterioridad pero ¿qué sentido tenía? Yo no obtenía ninguna respuesta y no me gustaban las preguntas. Nunca había tenido un verdadero hogar ni una mamá que me trajera bancos de peces para entretenerme y nunca la tendría. Ya estaba bien. Ya estaba bien.

—Hace mucho tiempo que no estábamos juntos así —dijo Lend al cabo de unos minutos de silencio. Su verdadera voz era como una cascada, cálida y líquida y tan deliciosamente sexy que podría pasarme el resto de la vida sin escuchar otra cosa y quedarme plenamente satisfecha. Dejé que fuera apoderándose de mí y me liberara de la tensión que se me había acumulado en los hombros. Lo otro no importaba. Esto sí que importaba.

—Mmm, hum. —Cerré los ojos y respiré su olor. Una brisa fría se arremolinó a nuestro alrededor y noté que el pelo se me levantaba, que las extremidades estaban más ligeras, desconectadas y más conectadas a la vez. Era como si mi cuerpo respondiera al viento.

Era una sensación nueva. Lancé una mirada rápida al cielo pero no había ni rastro de sílfides. Lend nos tapó con la otra manta y me desconectó de la brisa. Me sentía aliviada y curiosamente decepcionada ante la pérdida de aquella sensación nueva.

—Háblame de la universidad —dije, desterrando todo pensamiento acerca de los paranormales. Aparte de nosotros, claro está. ·

Le escuché, prestando atención tanto a sus historias emocionantes sobre profesores y clases como a la elevación y descenso de su pecho. Siempre hablaba muy animado de los horarios del próximo curso, seminarios y prácticas. Su objetivo era licenciarse en biología y zoología, luego hacer un máster en zoología, para acabar realizando cursos intensivos sobre criptozoología para estudiar las criaturas que se sitúan en los límites de la ciencia. Teniendo en cuenta lo que sabía, partía con una ventaja natural. Y, sinceramente, para él era perfecto. Podía ser normal y a la vez ayudar a los paranormales que tanto amaba. Su principal aspiración en esos momentos era estudiar a los hombres lobo e intentar identificar qué lo causaba y quizás incluso encontrar la cura.

Le encantaba pensar en ello, planificarlo y trabajar en pos del futuro. Se me partía el corazón. Volví a preguntarme cómo cambiaría la situación cuando se enterara de que no era mortal. ¿Seguiría tan empeñado en ese futuro que se había proyectado? ¿O le resultaría un sinsentido en vista del hecho que tenía toda la eternidad por delante? ¿Se dedicaría entonces a empeños inmortales como... humm, vivir en estanques y dispensar consejos incomprensibles?

También me planteé qué me pasaba a mí. Yo no tenía ningún objetivo. Siempre que intentaba pensar en algo que me haría feliz hacer el resto de mi vida, no hacía más que preocuparme de que lo que me quedaba de vida no fuera tiempo suficiente para hacer algo de provecho. Quería ir a Georgetown por todos los medios, pero no era más que para estar con Lend. Sentía mi futuro como un enorme vacío que dependía de variables que escapaban a mi control.

—Todavía no he decidido si debería ir o no a la facultad de Medicina. Pero ¿dónde si no voy a estudiar biología molecular? —Exhaló un suspiro y luego se echó a reír—. Bueno, basta ya. ¿Qué has estado haciendo estos últimos dos días?

Me mordí el labio. No valía la pena mencionar todo aquello de los poltergeist. Ni las hadas. Ni aceptar una misión estúpida de la AICP y quedarme atrapada en el Centro. Se preocuparía y, sinceramente, tampoco había habido para tanto. Pero estaría bien poder hablar con él sobre lo mucho que echaba de menos a Lish últimamente, en lo raro que había sido no poder entrar en mi unidad, en lo feliz y fastidiada a la vez que me hacía estar con Raquel.

Lástima que no pudiera.

—Oh, ya sabes, lo normal. Teniendo en cuenta que tú no estabas y que reponían *Easton Heights*, mi vida es un agujero negro de aburrimiento y desesperación.

—O sea que básicamente has estado haciendo deberes.

—Como he dicho, un agujero negro.

Me acarició el cabello mientras yo intentaba no pensar en todo lo que no le estaba contando.

—¿Cómo te sientes?

—¿Con ganas de acurrucarme?

—No, me refiero a después de lo de la sílfide. ¿Nada raro?

Probablemente el hormigueo que sentía en esos momentos envuelta en aquella brisa podía deberse a muchos factores distintos pero seguro que uno era que mi novio que estaba como un tren jugaba con mi cabello.

—No.

—¿Y lo demás?

Se trataba de una pregunta abierta, pero sabía exactamente a qué se refería. Reth y Vivian, los únicos que entendían lo que yo era —un Ser Vacío—, me habían advertido que rápidamente quemaría mi propia alma. Exhalé un suspiro y me incorporé apoyándome en los codos. Me abrí el cuello de la camisa y me miré el corazón.

Unas llamas de oro líquido se arremolinaban perezosas, con el brillo suficiente para que solo las viera cuando miraba a través de ellas.

—Ningún cambio, la verdad. —No sabía si aquello era bueno o no. Las miraba tan a menudo que era difícil saber si se volvían más tenues o brillantes. Acto seguido, una chispa reluciente destelló en el medio e hice una mueca. Aquello era nuevo.

Lend se incorporó y ladeó el cuello para mirar por dentro de mi camisa, que me coloqué bien rápidamente.

—Que yo sepa, no puedes ver almas.

Se encogió de hombros con una expresión de inocencia exagerada en el rostro.

—De todos modos no estaría de más que lo probara, ¿no?

—Debes de ser el novio más desprendido que existe.

—Como he dicho, vale la pena hacer sacrificio por lo que se lo merece.

—Por cierto, ¿no ibas a hacerme una demostración de lengua?

Lend tuvo que llevarme de vuelta al instituto demasiado pronto para que llegara a clase de Inglés. Antes de que nos incorporáramos a la carretera principal, se colocó su glamour habitual. Reprimí una sonrisa socarrona al recordar lo raro que me había resultado verle con la cara de su padre. Y entonces caí en la cuenta, la solución del problema de la inmortalidad.

Lend nunca necesitaría saberlo.

ACTIVIDADES
EXTRAESCOLARES

Estaba tarareando en la ducha, lo cual no es mi actitud habitual los lunes por la mañana, pero todo me iba fantástico. Desde la semana pasada, me sentía mejor acerca de todo.

¡No hacía falta que se lo contara a Lend!

¿Cómo es que no me había percatado antes? Su glamour mostraba lo que él pensaba que debía, lo cual significaba que envejecería (o, por lo menos, parecería envejecer) al mismo tiempo que yo. Y él no veía qué aspecto tenía en realidad, o sea que no sabría que no estaba envejeciendo. Podíamos pasar juntos el resto de nuestra vida y él nunca tendría que enfrentarse al hecho de que su vida nunca terminaría.

Al fin y al cabo, Lend estaba planificando su futuro. Un futuro muy humano. Contárselo ahora le confundiría, le haría cuestionarse sus decisiones. No le hacía falta. Algún día se lo diría, por supuesto. Cuando tuviéramos unos ochenta años y yo estuviera en mi lecho de muerte. Suponiendo que el alma me durara tanto.

Pero el hormigueo que sentía en los dedos me recordó que había métodos para hacerla durar. Métodos inocentes. Al fin y al cabo, la sílfide no estaba muerta o ni siquiera herida. De hecho, estaba convencida de que a la sílfide le encantaría saber que había puesto su granito de arena para que yo tuviera una vida larga y feliz junto a Lend.

—Oye. —Arianna asomó la cabeza por mi cuarto justo cuando acababa de secarme el pelo—. ¿Te apetece hacer algo después de clase? —Lo preguntó en su habitual tono de fastidio pero con un deje de vacilación. Apenas me había dirigido la palabra desde que pensó que le había dado plantón en el cine, era como si una nube oscura se cerniera sobre todo el apartamento.

—¡Claro! A las siete tengo que ir al trabajo, pero después de clase y hasta esa hora estoy libre. ¿Qué quieres hacer?

Relajó los hombros.

—¿El centro comercial? Hace tiempo que no estoy rodeada de vileza.

—¿Y el centro comercial es el mejor lugar para eso?

—¿Has visto lo que lleva la mayoría de la población? Quizá tenga que matar a la siguiente persona que vea llevando pantalones largos que se convierten en cortos gracias a unas cremalleras. Además, las Ugg encima de leotardos son un crimen contra la humanidad. Nadie con pulso debería estar dispuesto a vestir eso. Hace veinte años que no me late el corazón y hasta yo lo digo.

—Pero ¿y si son Ugg rosas? Seguro que... —Mi comunicador sonó desde el cajón de la mesita de noche y se me cayó el alma a los pies. Pi-pi. Se me había olvidado que Jack iba a aparecer esa tarde para un trabajillo de rastreo de vampiros—. Oh, me acabo de acordar. Tengo que... estudiar. Después de clase. Con Carlee, para una asignatura.

Arianna entrecerró los ojos y enderezó los hombros en una curiosa postura protectora.

—Vale, no pasa nada.

—Pero después del trabajo podríamos...

Se giró e hizo un movimiento con la mano.

—Da igual. No te preocupes.

Fantástico. Ahora dejaba colgada a mi amiga vampiro para ir a por otros vampiros. ¿Acaso a Arianna y Lend no les parecería emocionante si se enteraban? Aun así, no hacía nada que pudiera enojar al grupo de su padre. Ninguna persecución de hombres lobo, solo neutralizar a los vampiros violentos. Independientemente de lo que David y su grupo pensaran, Arianna no era típica.

Suspiré con pesadez mientras bajaba las escaleras en dirección al bus. Ya pensaría todo aquello —lo equilibraría—, el instituto, Lend, estar disponible para Arianna, los trabajillos para la AICP. Al fin y al cabo, ¿acaso las actividades extraescolares no eran obligatorias para pedir el ingreso en la universidad? El viaje que iba a hacer a Suecia la semana siguiente para localizar a una colonia de troles y rescatar a los humanos que habían secuestrado quedaría impresionante en mi solicitud para Georgetown.

Sí. Mejor que me apuntara al club de ajedrez.

Tras un día arduo, ni siquiera me importó la humillación de subir al viejo autobús amarillo con los asientos rajados. Era la única estudiante de último curso que no tenía coche, pero ninguno de ellos se dedicaba a misiones internacionales para salvar a humanos después de clase. Pringados. Además, calculé mi tarifa actual para la AICP y con los ocho años de salario atrasado (estipulación que Raquel había incluido, bendita ella) podría pagarme la universidad y comprarme un coche antes de que acabara el curso escolar.

—¿Arianna? —grité al tiempo que soltaba la mochila junto a la puerta. Esperaba que estuviera en casa para que pudiéramos hablar pero no había ni rastro de ella. Quería hacerle salir conmigo por la noche y quizá comprarle algo bonito. Oh, bueno, algo deprimente y negro. Le gustaría. Y arreglaríamos lo nuestro.

Me sentía mejor por el hecho de tener un plan, así que cuando entré en mi cuarto y me encontré a Jack sentado en la cama hojeando mi diario, ni siquiera le grité.

Demasiado.

En cuanto acabé de atizarle en la cabeza con dicho diario dejé a un lado mis trastos de clase y me enfundé un abrigo más grueso.

—Y bien. —Me subí la cremallera del abrigo y deseé tener un sombrero mono y peludo que fuera a juego—. Misión vampírica. Sabes adónde vas, ¿no?

Bajó de la cama de un salto (literalmente, botó tan alto que casi chocó contra el techo) y asintió.

—Por supuesto. —La gorra de punto azul oscuro que llevaba hacía que sus ojos parecieran increíblemente grandes y brillantes y sus rizos rubios le sobresalían por los bordes. Supongo que entendía lo que Carlee veía en él. Lástima que fuera un lunático, habrían formado una pareja encantadora. Ahora me imaginaba lo de salir en plan parejitas...

No, ni por asomo.

Esperé a que formara la puerta en la pared y entonces le tomé de la mano. Dio un paso adelante y le seguí... pero en cuanto llegué a la frontera entre mi habitación y los Caminos de las Hadas un peso horrible y abrasador me cayó en el pecho y me hizo caer al suelo.

Me quedé boquiabierta contemplando aturdida el techo.

—¿Qué ha ocurrido?

Entonces vi que Jack me miraba con el ceño fruncido.

—¿Qué has hecho?

—¡Nada! Es la primera vez que pasa.

Me bajó la cremallera del abrigo y me bajó la mano por la camisa antes de que pudiera escaparme.

—¡Quieto, pervertido!

—¡Ajá! —Me sacó el collar de debajo del suéter—. Hierro.

Le di una palmada en las manos y le arrebaté el colgante.

—¿Y qué?

—¿Cuánto tiempo llevas trabajando con hadas? Cielo santo, no tienes ni idea, ¿no? El motivo por el que a las hadas no les gusta el hierro es porque las ata con demasiada fuerza a este mundo. Los Caminos no forman parte de este mundo, ahí no se puede llevar hierro. No te lo permitirá.

Fruncí el ceño.

—Eres consciente de que no tiene ningún sentido.

—¿A diferencia de ser capaz de abrir una puerta en la pared y trasladarte a otro hemisferio en cuestión de minutos? Qué curioso. Con lo racionales que suelen ser los asuntos de hadas.

No fui capaz de reprimir una sonrisa y él puso los ojos en blanco.

—Quítatelo para que podamos continuar. Esto es un aburrimiento.

Coloqué las manos detrás para abrir el cierre, vacilante. Me lo tomé como una pequeña traición, quitarme el collar que Lend me dio para hacer algo con lo que sabía que no estaría de acuerdo. De todos modos, lo estaba haciendo bien. Había gente que me necesitaba. Y me lo pondría en cuanto regresara a casa.

Me levanté y lo guardé en el cajón de los calcetines, palpé el corazón por última vez antes de volverme hacia Jack.

—¿Llevas más hierro encima? —preguntó con impaciencia.

—El *piercing* de la lengua.

Me miró con una mezcla de curiosidad y horror.

—Es broma, tonto. Vamos.

Abrió la puerta y me tomó la mano mientras atravesábamos la pared. Intenté hacer caso omiso de la oscuridad opresiva.

—¿Y cómo es que puedo llevar la pistola táser por los Caminos?

Jack se encogió de hombros.

—Toda la tecnología de la AICP está especialmente diseñada para ser compatible con la magia de las hadas.

—¿Cómo sabes todo eso?

—Resulta que soy más listo que tú, eso es todo.

Le pellizqué la mano con la máxima fuerza posible y luego decidí cambiar de tema. Me preocupaba un poco que Jack supiera más sobre aquello que yo... ¿no se suponía que la experta era yo?

—¿Dónde dijiste que estaba ese vampiro? —Me sorprendía un poco que Raquel utilizara mis servicios para una misión básica de caza y captura de vampiros. Lo cierto es que necesitaban ayuda con urgencia. Por supuesto, yo era infinitamente más eficaz porque no tenía que preocuparme de espejos y agua bendita, pero cualquiera que supiera qué buscaban podía montar la vigilancia adecuada.

Oh, me voy a herniar.

Jack desplegó una sonrisa maliciosa.

—¿Vampiro? ¿Quién ha hablado de un vampiro?

—¿No has sido tú? Pensaba que Raquel quería que cazara y capturara un vampiro.

—¿Quién ha dicho algo de Raquel?

—¿De qué estás hablando? ¿Adónde vamos?

—Me ha parecido que tú y yo nos merecíamos un

poco de diversión. —Jack se paró y su sonrisa se ensanchó a medida que abría una puerta. Me quedé observando, más nerviosa de lo que era capaz de reconocer, para averiguar qué era exactamente la diversión para aquel lunático.

SUEÑOS VIRGINALES

Moví la cabeza en señal de descrédito ante la criatura que estaba en medio de un prado moteado y bañado por el sol, que me observaba con sus tristes ojos pardos. Mi pertenencia de la infancia más preciada (habiendo crecido en un centro de acogida, no tenía muchas) había sido uno de aquellos pósteres que yo misma coloreé con rotulador: un unicornio que se alzaba delante de un arcoíris y una cascada. Le había puesto una crin de colorines pero dejé el pelaje blanco como la nieve, tal como deberían ser todos los unicornios. Tenía más ensoñaciones de lo normal acerca de que de algún modo había sido transportada a una fantasía forrada de terciopelo, que el unicornio era mío y que juntos nos marcharíamos cabalgando más allá del arcoíris, felices y fuertes, y que nunca volveríamos a estar solos. Aquel unicornio era poder y magia y la belleza personificada.

Al parecer, aquel unicornio no había recibido las instrucciones pertinentes. Era feo, pero que muy feo. El pelaje de un marrón y gris moteado, el cuerno era una cosa deslustrada y corta, la crin una maraña de pelo apelmazada. Parecía más bien una cabra con una barba pequeña y sucia y las pupilas cuadradas.

125

Oh, y menudo pestazo. Las mofetas no tienen nada que envidiar a los unicornios.

Aquel bicho no paraba de intentar acurrucarse contra mí mientras yo intentaba apartarlo por todos los medios. Nada que ver con las imágenes llenas de dramatismo de caballeros y unicornios sementales. Aquella criatura no podía cargar a un niño y mucho menos a un hombre con armadura. Su cabeza apenas me llegaba al pecho, lo cual añadía un nuevo nivel de incomodidad a sus intentos continuos de acurrucarse.

Jack colgaba boca abajo de una extremidad en uno de los árboles circundantes. Yo no sabía dónde estábamos, pero hacía calor suficiente como para que me sobrara el abrigo mientras el sol se filtraba por entre las hojas formando una neblina dorada y verde. En serio, el prado habría sido casi mágico de no ser porque el dichoso unicornio fastidiaba la escena idílica.

Jack se rio ante mis intentos de evitar que el animal mítico me sobara.

—Por lo que parece eres virgen.

—¡Cállate! ¡No es asunto tuyo!

Se encogió de hombros, aunque el movimiento resultara menos eficaz boca abajo.

—A los unicornios les encantan las doncellas. ¿No has estudiado nada al respecto?

—¿Qué pasa? ¿Tú sí?

Bajó de la rama haciendo una voltereta y el unicornio se llevó tal susto que se marchó disparado del prado. Menos mal.

—¿En los archivadores de hierro del Centro? No resultan muy útiles si puedes abrir una puerta en cualquier pared y no eres un hada.

—Entonces qué, ¿lees archivos secretos?

—Entre otras cosas. Alguien debería decirle a Raquel

que se modernice. El papel es cosa del medievo. Bueno. —Me ofreció el codo con un gesto de falso caballero—. ¿Qué te parece si vamos a divertirnos de verdad?

—¿Cómo? ¿No te basta con destrozar la única fantasía que me quedaba? —Las hadas no tenían alas y rayaban en la maldad; los duendes eran sucios y salvajes y tendían a morder, y las sirenas no tenían ni una melena espectacular ni sujetadores en forma de concha. Ahora descubría esto de los unicornios. A veces la realidad daba asco.

—Siempre puedes perseguir al unicornio, si quieres. Llevártelo de paseo.

Me estremecí al pensarlo y me senté, apoyando la cabeza contra el árbol y bajándome la cremallera del abrigo.

—No, gracias. Pero quedémonos un rato aquí. Hace calor.

Jack se dejó caer a mi lado y se quedó tumbado con las manos detrás de la cabeza.

—Yo siempre encuentro el calor.

—Eso debe de estar bien.

Se echó a reír.

—Es muy práctico.

—¿Dónde estamos exactamente?

—Una especie de reserva supernatural para animales paranormales salvajes en peligro de extinción. Los unicornios son los más habituales. Y también los más apestosos.

—Toma ya. ¿Y qué otros secretos sabes?

—Si te los contara, se acabaría la diversión. Me gusta sorprender a la gente. —A pesar de su rostro inocente, algo de su expresión me puso nerviosa. Yo tenía secretos a punta pala y veía lo mismo en Jack.

—Por favor, no me digas que nuestro próximo viaje nos llevará a Pie Grande.

—No, según Raquel se extinguieron a finales de siglo.

—¿Qué siglo?

Frunció el ceño.

—Buena pregunta. Lástima que no pueda pedirle que me lo aclare, teniendo en cuenta que se supone que no lo sé.

Cambié de postura para ponerme cómoda y cerré los ojos, intentando impregnarme del sol.

—¿Vienes aquí a menudo?

—A veces.

—¿Adónde vas cuando no estás en el Centro?

—A casa.

—¿Y eso dónde es?

Exhaló un suspiro.

—¿No es esa la pregunta? ¿Dónde está tu casa?

—Humm, ¿la habitación que allanas últimamente con tanta frecuencia?

—No, piénsalo. Cuando digo «hogar», ¿qué es lo primero que se te pasa por la cabeza?

Fruncí el ceño mientras las imágenes se sucedían en mi mente. Había sido el Centro, pero mi reciente visita había borrado la sensación de hogar que había tenido. Consideraba el dormitorio con el armario rosa más como un punto de partida: un lugar en el que estaba antes de marcharme a otro sitio. La casa de Lend me parecía un hogar. Pero no el mío.

—Sinceramente, no lo sé. En ningún sitio, la verdad.

—Es algo que tenemos en común, entonces, aparte del color de pelo más perfecto del mundo. Nadie nos crio y vivimos en ningún sitio.

Me sentí abochornada y abrí los ojos. Lo que decía tenía sentido pero no me gustaba especialmente. Yo estaba conectada a personas, a lugares, ¿no? No obstante, Jack tenía algo con lo que me sentía vinculada, a un nivel que no acababa de entender. Aquí y allí, cuando no se portaba como un imbécil, había una especie de... desesperación. Como si intentara encontrar algo pero todavía no supiera qué era. Era una sensación demasiado bien conocida para mí. Vivian también la comprendía. Lend nunca podría. Pero estar con Lend hacía que esa sensación se difuminara, como si la pregunta desconocida no fuera tan importante como había sido, y quizás algún día dejara de ser una pregunta.

Sin embargo, Jack todavía no había respondido a ninguna de mis preguntas reales.

—Pero ¿qué hacías antes de empezar a trabajar para la AICP?

—Sobrevivir.

Arranqué un puñado de hierba y se la lancé.

—¿Qué me dices de una respuesta verdadera?

Sonrió.

—Soy de Oregon, o por lo menos eso es lo que me parece recordar. Pero, desgraciadamente, no sirve de nada ser un bebé hermoso cuando hay hadas sueltas por ahí. Ahora formo parte de ese oscuro paisaje de ensueño, belleza y terror mezclados eternamente, blablablá.

Fruncí el ceño, desconcertada.

—Oye, en los Reinos de las Hadas también necesitan entretenimiento y esclavos.

—Un momento... ¿vives en los Reinos de las Hadas?

—Por ahora sí.

Aquello era imposible. Las hadas tenían la mala costumbre de secuestrar a los mortales y llevarlos a sus Reinos. Era un viaje de ida. En cuanto te llevaban ahí y probabas la comida de las hadas, nunca regresabas. Aunque encontraras un hada dispuesta a devolverte a la Tierra, la comida humana nunca te satisfacía y te consumías para siempre. Ah... por eso Jack había escupido la manzana en casa de Lend.

—¿O sea que te criaron las hadas?

Soltó una risotada.

—Yo no lo llamaría así, no.

A Vivian la habían criado las hadas pero, que yo supiera, nunca la habían llevado a los Reinos. Hablaba a veces sobre el tema, de cómo las hadas la llevaban a donde querían sin tener en cuenta sus sentimientos. En una ocasión estuvo a punto de morir congelada porque decidieron montar una juerga en un glaciar. Menudos cuidadores, los supernaturales.

Yo solo había estado en los Reinos un par de veces, ambas obligada por Reth, y me resultó muy raro y ajeno. Me costaba imaginar criarse ahí. El hecho de que Jack pudiera manejarse en ambos mundos, sobrevivir incluso en los Reinos de las Hadas, me superaba. ¿Acaso era un sirviente de hadas concreto? Tal vez fuera una especie de trabajador contratado para las hadas, al igual que yo para la AICP, y le habían enseñado a usar los Caminos.

Cuanto más descubría sobre Jack, más enigmático me resultaba.

—Pero ¿cómo? Perdona, pero es que secuestran a mucha gente y la llevan a los Reinos y nunca he oído decir que regresen. ¿Cómo te lo montas? ¿Te han enseñado?

—El hecho de vivir allí te cambia. Y, además, si constantemente te dejan solo en sitios sin oportunidad de salida a no ser que un hada aparezca por allí y te encuentre, lo cual a veces puede tardar muchísimo en pasar, te vuelves un tanto innovador, ¿no te parece? Es increíble lo que uno puede llegar a aprender si le va la vida en ello. Las hadas no son tan místicas como quieren demostrar. Un día de estos te enseñaré algunos trucos.

Apoyé la cabeza contra el tronco.

—Paso, gracias. He tenido hadas suficientes para el resto de mi vida. Varias, en realidad.

A Jack le gruñó el estómago.

—Necesito comer.

—Esta noche me toca trabajar en el restaurante. Probablemente podría conseguirte una cena gratis. —Pronuncié esas palabras antes de ser consciente de que aquello significaría llevar a Jack de mi trabajo secreto a mi trabajo oficial. No era buena idea. Además, no estaba muy segura de hasta qué punto lo quería en mi vida. Teníamos un vínculo, sí, pero me resultaba más incómodo que otra cosa. Notaba en Jack muchas de las cosas que no me gustaban de mí: las mentiras, las evasivas, el egoísmo. Sin embargo, a él no parecían incomodarle esos rasgos.

—Sí —dijo—, y probablemente te vomitaría esa comida asquerosa encima. Yo vivo en la tierra de las Hadas, ¿recuerdas?

Hice una mueca.

—Oh, vaya, lo siento.

—Iré a buscar algo rápido. ¿Me acompañas?

—No tengo ni pizca de ganas de volver a pisar los Reinos de las Hadas.

—Qué aburrido. Pues entonces ahora vuelvo. —Se levantó de un salto y se marchó antes de que tuviera la oportunidad de decirle que antes me dejara en el restaurante. Miré con recelo el prado con la esperanza de que el unicornio no invadiera mi espacio personal. Cuando tuve una certeza relativa de que mi condición de doncella no corría peligro, cerré los ojos. Quizá Jack no fuera tan malo a fin de cuentas. Aparte de ciertos sentimientos raros, aquella tarde no había estado mal. Se le daba bien la diversión y eso me gustaba.

Hice una siesta bastante productiva antes de que Jack regresara.

—Bueno, ¿y ahora qué hacemos? —preguntó, repleto de energía después de llenarse el estómago.

—Ahora —dije, frotándome el cuello, que se me había quedado rígido debido a la postura— deberías llevarme de vuelta para que pueda hacer el turno que me toca en el restaurante.

—¿Qué más da el restaurante? Cualquiera puede llevar platos de un lado a otro y gruñir a los clientes. ¿Qué te parece si buscamos dragones? ¿O escupimos desde lo alto del Empire State Building? Ooh, o seguro que hay alguna película de estreno en algún cine en el que podamos echarnos a dormir.

—Oh, calla. Tengo que trabajar.

—¿Por qué?

Me encogí de hombros y estiré la mano.

—Forma parte de mi vida.

—Insisto, ¿por qué?

Porque me costaba reconocer que tenía otra fuente de ingresos y que ya no necesitaba ese trabajo. Porque tenía que guardar las apariencias y fingir que la AICP no volvía a formar parte de mi vida. Porque sentía que estaba en deuda con David por haberme acogido.

—Porque sí. Vamos.

—Reconócelo. Te gusta vestir esos uniformes tan elegantes.

Me eché a reír y le di un golpetazo en el hombro.

—No hay nada más sexy que las vacas. Pero, un momento, ¿cuándo me has visto tú con el uniforme?

Me tendió la mano libre mientras se concentraba para abrir una puerta en un árbol ancho. Tenía la manía de no responder a las preguntas. Apareció una puerta y pasamos por ella. Jack siempre necesitaba una superficie para abrir puertas pero yo había visto a Reth abriendo puertas en pleno aire. Me pregunté si aquello era más difícil.

—Acelera, Evie. Si quieres que lleguemos a tu trabajo a tiempo tendrás que darte muuuuuuucha prisa.

Gemí y me reí.

—Ese debe de ser el juego de palabras más malo que he oído en mi vida. —Yo seguía riendo cuando Jack abrió una puerta y aparecimos en mi habitación, casi nos chocamos con Lend, quien de un vistazo captó la puerta de hada, a Jack y que íbamos cogidos de la mano.

Pi-pi.

OH, MENUDA CAGADA

Me quedé pasmada mirando a Lend. ¿Qué podía decir? ¿Cómo salir de tal embrollo?

—¡Hey-oh! ¡Me alegro de que esta noche no haya sartenes a mano! —Jack desplegó una amplia sonrisa y luego miró primero a Lend y luego a mí y viceversa, se introdujo las manos en los bolsillos y retrocedió por la puerta—. Ah, buena suerte con eso —dijo mientras se cerraba.

Medio me imaginé que Lend empezaría a gritar, lo cual no había hecho nunca, pero se quedó allí parado. La ira y el dolor se mezclaban en su rostro y eso me mortificaba.

—Mira, Lend, puedo explicarte. Nosotros...

—¿Desde cuándo?

—¿Qué?

—¿Cuánto tiempo llevas trabajando para la AICP?

—No he hecho gran cosa, la verdad. Algo con un poltergeist del Centro y ahora mismo ni siquiera estaba trabajando para ellos.

—Entonces ¿qué? ¿Resulta que salís juntos?

—Yo... no... pensé... Jack dijo algo acerca de una misión pero luego resulta que no la había. —Lend no podía estar celoso de Jack. La situación pintaba mal pero tenía que entender que para mí·no había nadie más. Jack era divertido, incluso guapito, pero no me sentía para nada atraída por ese pequeño maniaco.

Lend negó con la cabeza y alzó la vista al techo, evitando mi mirada.

—Los dos días que no logré ponerme en contacto contigo, ¿no perdiste el teléfono, verdad?

—No —susurré.

—¿Dónde estabas?

—Me quedé atrapada en el Centro después de lo del poltergeist... no fue gran cosa.

Miró hacia la puerta.

—He pensado en darte una sorpresa y acompañarte mientras trabajabas. Tengo que... ahora tengo que marcharme.

—Lend, espera —le agarré del brazo—. ¡Escúchame! Echaba de menos a Raquel y necesitaba mi ayuda y no pienso hacer nada peligroso o que perjudique a los paranormales. Además, me pagan, lo cual significa que ahora tengo dinero suficiente para la universidad o sea que no hace falta que tu padre me ayude. Tampoco es tan grave.

—¡Sí que es grave! Me mentiste. Me has estado mintiendo todo este tiempo. ¿Cómo que no es grave?

Noté que las lágrimas se me agolpaban en los ojos e intenté reprimirlas.

—No quería que te enfadaras.

Soltó una risa forzada y empezó a decir algo, pero entonces negó con la cabeza y se marchó. Lo seguí como una desesperada escaleras abajo.

—¿No podemos hablar del tema?

Se paró en la puerta de la cocina del restaurante y respiró hondo.

—Sí, pero no ahora. Yo siempre he sido sincero contigo y me mortifica que no confíes en mí lo suficiente para hacer lo mismo. Aunque pienses que me voy a molestar... sobre todo si piensas que me voy a molestar.

—Lend, yo...

Negó con la cabeza.

—Ahora mismo estoy demasiado enfadado para hablar y te quiero demasiado como para decir algo de lo que vaya a arrepentirme.

—De acuerdo —convine con voz temblorosa. No quería presionarle pero necesitaba saber que íbamos a continuar, que superaríamos aquello. Vaciló y entonces se inclinó y me besó con brusquedad en la frente.

—Luego te llamo. —Abrió la puerta y se giró para mirarme—. ¿Me ocultas algo más?

—¡No!

Asintió y entró en la cocina. Y soltó un juramento en voz bien alta. Yo aparecí tras él.

Reth estaba con Nona y Grnlllll cerca de los fogones, que llenaba la cocina con su resplandor. Alzó la vista hacia nosotros y desplegó una enorme sonrisa.

—Es un gran placer volver a verte, Evelyn.

Le señalé, mirando a Lend mientras alzaba la voz por lo menos una octava.

—¡No sabía que estaba aquí!

—¿Nona? —preguntó Lend, tenso como si no supiera si debía enfrentarse a Reth o dar media vuelta y dejarnos a todos allí.

—Tranquilízate, chico. El asunto de las hadas es de él.

—Es peligroso.

—Y se marcha. —Reth se agachó e hizo una reverencia burlona y luego le guiñó el ojo a mi novio, que estaba lívido—. Bien dicho, como siempre. —Se marchó por una puerta de la pared y en la cocina explosionó un silencio en su ausencia.

Lend se volvió hacia Nona con el ceño fruncido.

—¿Sabe mi padre que trabajas con hadas?

Nona le sonrió, pasó disparada por su lado y le dio una palmada en el hombro mientras se dirigía a la parte delantera.

—No te preocupes. Aquí siempre estará a salvo. ¿Evie? Esta noche te necesitamos en la caja.

—A mí, ¿en serio? Después de esto, de él, ¿todavía esperas que trabaje? —Nona mantuvo la misma sonrisa de locura apacible. La fulminé con la mirada; siempre había confiado en ella, pero verla hablando con Reth como si lo hiciera todos los días... No sé. Quizá solo le estaba diciendo que se marchara. Y, al fin y al cabo, se había marchado. Me volví hacia Lend.

—¿Te esperarás? —pregunté, desesperada por arreglar aquello.

—¿De verdad que no sabías que Reth estaba aquí?

—¡No! ¿Estás de broma? Odio a Reth. Ya lo sabes. Lend se frotó el ojo con gesto cansado.

—Necesito tiempo para asimilar esto, voy a marcharme. Ya nos veremos el fin de semana.

Asentí y reprimí todo lo que tenía que decirle. Necesitaba tiempo para digerir aquello. Pronto hablaríamos, todo iría bien.

Al cabo de tres horas, con los pies doloridos, miré con el ceño fruncido a Kari y Donna, un par de *selkies* que seguían apalancadas en el reservado del rincón tomándose sus sándwiches de berro con toda la parsimonia del mundo. Kari y Donna no eran sus nombres verdaderos y, de todos modos, nunca estaba segura de quién era quién pero como sus nombres reales eran como una especie de ladrido, y un tipo de ruido formidable parecido a un besuqueo, a todo el mundo le resultaba más fácil utilizar sus apodos. Sus enormes ojos marrones y redondos eran casi todo iris con apenas blanco. Eran raras porque no se ponían un glamour para parecer humanas, de hecho se quitaban la piel de foca. Pero aparte de una tenue neblina que siempre las rodeaba (y que solo yo veía) tenían algo que no cuadraba. Usaban los dedos con torpeza y a menudo se reían mientras intentaban recoger cosas y acababan utilizando la mano entera como una aleta. Supongo que eran nuevas en la zona; David ni siquiera se había fijado en ellas hasta que yo se las hice notar.

Normalmente no me importaban las *selkies* puesto que eran juguetonas y agradables y decididamente superficiales, siempre me enseñaban trucos nuevos para peinarme, pero esta noche deseaba que se dieran prisa de una vez. ¿Qué les pasaba a los paranormales que no daban ninguna importancia al tiempo?

El lujo de la inmortalidad, supongo.

Al final acabaron y cerré el puesto. Subí a rastras para acurrucarme en mi desgracia y contemplar el teléfono, deseando que Lend me enviara un SMS.

No lo envió.

Apoyé la cabeza contra la ventana del restaurante, observando el tráfico de coches y deseando que Lend estuviera allí. Elegíamos un número, el cuatro por ejemplo, y el cuarto coche que pasaba era nuestro. No sé por qué siempre acababa con un cuatro latas. A Lend solían tocarle camionetas así que estábamos más o menos igualados.

Pero no estaba ahí.

—Bueno, necesitamos partidas de nacimiento para Stephanie y Carrie. Patrick necesita otro permiso porque se le ve demasiado joven para su fecha de nacimiento y la nueva familia de hombres lobo necesita jaulas en el sótano. —David alzó la vista de la agenda.

Arianna se agachó todavía más en el banco que tenía al lado.

—Llego a documentos oficiales. Un tío nuevo en registro del condado. Una mirada a mis ojos cautivadores y lo más probable es que esté dispuesto a hacer cualquier cosa que le pida... —Dio un golpecito al salero, aburrida, como si hablar de su capacidad vampírica fuera igual que cualquier otra habilidad laboral. «Mecanógrafa excelente, siempre concentrada, capaz de obligar a otros a cumplir mis órdenes.»

—Excelente. Evie, me estaba planteando si podías reunirte con un par de vampiros que quieren subarrendar el apartamento de al lado, asegúrate que todo está perfecto. No pueden imponerse, o sea que te darás cuenta enseguida de si mienten de algo.

—Por supuesto. —Acuchillé los huevos con expresión taciturna. Normalmente me gustaban las reuniones semanales con David y Arianna. Desde que los paranormales ya no huían despavoridos de Viv, la cosa se había tranquilizado pero siempre había algo que hacer para su pequeña actividad. Hoy, sin embargo, parecía inútil. Todo parecía inútil. Lend todavía no me había llamado. Solo habían pasado dos días pero a mí me parecía una eternidad. Nunca habíamos estado tanto tiempo sin hablar.

También me planteé si le había contado a su padre que yo había vuelto a la AICP. David no había dicho ni una palabra, me había saludado con su típica sonrisa cálida y un abrazo ladeado. Tampoco es que fuera asunto suyo. Era mi tutor legal pero, tal como había dicho Raquel, aquello no tenía mucho de legal. De todos modos, me había acogido cuando Lend y yo nos habíamos fugado del Centro, confiaba en que yo no revelaría sus secretos y siempre hacía todo lo posible por ayudarme. No me gustaba tener la sensación de que quizá también le había traicionado a él.

No me gustaba nada de todo aquello.

Volví a mirar enfurruñada por la ventana y dirigí mi mal humor a los transeúntes inocentes que pasaban por la calle. Unos padres pasaron con una niña pequeña entre los dos, todos cogidos de la mano. Por algún motivo me entraron ganas de llorar.

Un coche dio un fuerte bocinazo y desvió mi atención de la familia hacia una mujer que caminaba tranquilamente por en medio de la calle como si fuera la reina del lugar. Llevaba un vestido violeta holgado, tenía el pelo castaño brillante y...

Solté un chillido y me escondí debajo de la mesa.

—¿Pero qué...? ¿Evie? —preguntó David.

—¡Hada! —siseé—. ¡Fuera!

Arianna se inclinó hacia la ventana.

—¿Dónde?

—¡La mujer de violeta! No, no mires. Me refiero a que no sabréis reconocerla... ¡lleva glamour! Pero no le llaméis la atención.

Tras un tenso minuto que pareció más bien una hora, Arianna me dio una patada. No demasiado suave.

—Se ha ido. Ya puedes levantarte.

Atisbé hacia fuera con vacilación escudriñando la calle arriba y abajo para asegurarme de que el hada se había marchado de verdad y luego me senté. El corazón me latía a toda prisa.

—¿La conocías? —preguntó David, frunciendo el ceño.

—¡No! A esa no la he visto en mi vida.

—Me pregunto qué estaba haciendo aquí.

Me vino a la cabeza la advertencia de Reth sobre mi seguridad.

—¿Buscándome?

—No sé —dijo Arianna, trazando dibujos en una fina capa de cátsup que había vertido sobre la mesa—. No parecía estar buscando nada. Ha pasado por la calle tranquilamente, ni siquiera iba mirando de un lado a otro.

—No puede ser una coincidencia. ¿Cuántas hadas hay por aquí?

David se encogió de hombros.

—No tengo ni idea, la verdad. Que sepamos Arianna y yo, podría estar aquí constantemente. A mí me ha parecido una persona normal.

—Más guapa de lo normal —añadió Arianna—. Así que ¿deberíamos avisarte cada vez que vemos a alguien realmente guapo?

La fulminé con la mirada.

—Sí, sería muy útil, gracias.

—De todos modos, tienes razón. Es inusual. —David frunció el ceño con aire pensativo—. Le preguntaré a Nona al respecto.

—De menuda ayuda será.

—¿Por qué?

Me encogí de hombros.

—Últimamente ha habido muchos paranormales raros por aquí. Y Lend y yo la pillamos hablando con Reth en la cocina la otra noche.

—¿En serio? Eso sí que es... raro. —Rascándose la barba incipiente David se levantó—. Iré a hablar con ella ahora mismo. Hace tiempo que quería, de todos modos. Todavía no he podido ver a Cresseda y Raquel dijo algo sobre la desaparición de elementales de fuego y de tierra. —Se quedó mirando un punto en la pared, absorto en sus pensamientos, y entonces meneó la cabeza y me sonrió con expresión tranquilizadora—. Siempre he querido que aquí te sientas segura, Evie, y ya sabes que haré lo que pueda para garantizártelo.

—Gracias.

Perfecto. Lo que me faltaba... la constatación más clara de que pasaba algo. Y ni idea de lo que podía ser. Me levanté y me volví para subir al apartamento y me encontré a Grnlllll junto a la encimera mirándome fijamente con sus ojos negros. Entonces hizo lo más espeluznante que le he visto hacer en mi vida.

Sonrió.

Estaba clarísimo que pasaba algo.

PANORAMA DESOLADOR

—No sé si debería ir.

Jack puso los ojos en blanco, entró hasta el fondo de mi habitación y dejó que la puerta se cerrara detrás de él.

—¿Esto es por lo de tu novio asustadizo?

Lend me había enviado un par de SMS desde el lunes, pero no vendría aquí hasta mañana por la noche. Me sentía como si le estuviera traicionando de nuevo por ir a una misión el jueves por la tarde. Por otro lado, él sabía que trabajaba para la AICP. Y yo no le había dicho que fuera a dejarlo.

—No lo sé —masculló.

—Mira, si no quieres venir, no pasa nada. Estoy seguro de que esas familias que están en cautividad como esclavas de troles comprenderán a la perfección que te rajas por tus estúpidos problemas de pareja.

Lo fulminé con la mirada.

—Vale. —Había accedido a esta misión de troles desde un buen comienzo cuando Raquel me pidió que regresara y al final habían identificado la zona de la ciudad donde creían que estaban los troles. Jack había estado allí el día anterior para mirar sitios en donde hacer una puerta. Sería un trabajo de bajo impacto, entrar y salir. Yo no tendría que enfrentarme a nadie ni a nada, solo ver un trol, anotar la ubicación e informar a la AICP. Estaba ayudando a gente. Era importante.

Enfurruñada y con el estómago revuelto me levanté y cogí a Jack de la mano. Resistí la tentación de cerrar los ojos cuando entramos en los Caminos. Tal vez si fingía no estar asustada lo superaría. Jack parecía más entusiasmado de lo normal mientras tiraba de mí.

—Tienes toda la mano sudada —me quejé, deseando separar la mía de la de él para secármela en los pantalones—. ¿Estás nervioso o algo?

Soltó una risa rápida y fuerte pero no respondió. Al cabo de unos minutos aminoró la marcha, frunciendo el ceño concentrado mientras levantaba una mano y palpaba alrededor de la nada.

—¿Estamos perdidos?

Una sonrisa rompió su concentración.

—No. Ya hemos llegado. Aquí está Trollhättan, Suecia. —Una puerta se abrió delante de nosotros y atisbé unos árboles verdes y cielos nubosos. Le solté y atravesé la puerta.

Y fue una caída libre.

Mi grito se extinguió en cuanto me sumergí en un agua terriblemente helada y oscura. Me inundó los sentidos y se me apropió de los ojos, la nariz, los oídos y la boca. Todo era gris, verde y frío.

Me dieron arcadas y me esforcé por subir a la superficie. Tenía el abrigo completamente empapado y apenas podía arrastrarlo por el líquido fétido. Busqué desesperada por entre la turbulencia a Jack pero no se había zambullido a mi lado o quizá yo no me había dado cuenta por culpa de la conmoción. Quizás estuviera justo a mi lado y yo no iba ni a enterarme.

Me ardían los pulmones, pero me atrajo un tenue

brillo de luz por encima de mi cabeza. Unos cuantos centímetros más y salí a la superficie, engullí el aire, agradecida y desesperada a la vez. Estaba a unos seis metros de la orilla sucia del río flanqueado por vegetación de hoja perenne. Giré la cabeza y me horroricé al ver una especie de verja en el extremo estrecho y tapiado de la vía fluvial que se levantaba. Se levantaba e inundaba mi tramo del río con un torrente que hizo volverme y me empujó de nuevo hacia abajo, sin rumbo aparente.

Forcejeé, pataleando a lo loco, pero ni siquiera sabía en qué dirección estaba la superficie. Iba a ahogarme, oh, pi-pi, iba a ahogarme sola en Suecia, cuando apareció una mano y me sujetó el brazo.

¡Jack! Si hubiera podido, habría llorado de alivio. Me di la vuelta para mirarle y me encontré mirando a una persona provista de una extraña belleza. Hacía juego con los verdes y grises que nos rodeaban, con unos ojos que le ocupaban casi la mitad del rostro. Ojos hermosos. Ojos hambrientos. Los labios carnosos partidos en una sonrisa y yo también sonreí.

Su voz se movía por el agua, dolorosamente dulce y encantadora. Cerré los ojos, absorta en la melodía. Nunca había oído una música tan poderosa, tan atractiva. Tiró de mí y me puso la boca fría sobre la mía, continuando la canción mientras me separaba los labios con delicadeza y me besaba, atrayendo mi aliento hacia él.

Nos hundimos juntos, girando lánguidamente hasta que apoyé los pies en el suave y cambiante limo del lecho del río. Entre sus labios y su canción, el ardor de mis pulmones se fue desvaneciendo y apenas lo notaba. Abrí los ojos, adormecida y divinamente satisfecha y vi que me miraba de hito en hito.

Me eché hacia atrás y un grito borboteó de mi garganta. Porque cuando me fijé bien, vi que era un hombre bello y un caballo a la vez, un caballo con ojos como cuchillas, dientes en forma de alfiler y el pelo como alambres. El pelo latigueó hacia delante, me rodeó las muñecas y me empujó hacia él.

La melodía había cambiado y se había convertido en una nana fascinante, repleta de añoranza, tristeza e irrevocabilidad. Sueño. Un sueño frío, empapado y eterno. Negué con la cabeza, aterrorizada, pero el hermoso hombre-caballo volvió a sonreír, acunándome en su pecho.

Qué error el suyo.

Le aparté con la palma de la mano y el canal que existía entre nosotros se abrió con una corriente de agua más fuerte que el río. Entonces fue él quien abrió los ojos horrorizado mientras me soltaba y forcejeaba hacia atrás. Yo mantuve la mano en su pecho, el rugido de mis oídos resonaba en todo mi cuerpo como un diluvio arrollador.

Una corriente aislada me golpeó y nos desconectó. Desapareció en un abrir y cerrar de ojos y yo me enfadé, grité con todas mis fuerzas en el agua. Había intentado matarme, el vuelco era juego limpio por lo que a mí respectaba. Qué deporte tan malo.

El agua ya no me molestaba. Las corrientes ya no eran fuerzas que iban en mi contra sino cosas vivientes que yo era capaz de leer y comprender. Les dejé que tiraran de mí hacia arriba hasta que asomé la cabeza a la superficie otra vez. Tomé aire con renuencia pues una parte de mí quería volver a sumergirse y descubrir los misterios que el río tenía para susurrarme.

Pero me puse a nadar a medias dejando que el agua me transportara a la orilla. Trepé por ella y me desplomé a un lado y me quedé mirando el cielo frío y gris. La sensación de estar en contacto con el aire resultaba extraña y vacía, carecía de la caricia y tacto del agua.

—¡Evie! —Me llegó la voz de Jack. Se arrodilló a mi

148

lado con una enorme preocupación marcada en el rostro. Era una faceta desconocida en él—. Evie, ¿estás bien? ¡No sabía! Saliste demasiado rápido y entonces tuve que encontrar una puerta que condujera a la orilla y no te encontraba. ¿Estás bien?

Exhalé un suspiro, el abrigo empapado me helaba hasta la médula.

—Estupendo, he hecho un nuevo amigo.

Me levantó tirándome de la mano, me bajó la cremallera del abrigo y tiró de él.

—La camisa también, por favor.

—¡No!

—Es lo justo. Si no recuerdo mal, la primera vez que nos vimos hiciste que me desnudara. Además, van a bajar mucho las temperaturas y no tenemos tiempo para cambiarnos de ropa.

Temblando, dejé caer el abrigo al suelo y me quité la camisa, sintiendo demasiado frío como para avergonzarme de quedarme apenas con el sujetador violeta. Jack me dio su abrigo y yo me escurrí en su interior, agradecida por el calor corporal que todavía desprendía. Eché una mirada al agua: ahí se estaría más caliente, ¿no? Tal vez una nadadita rápida...

¿Qué me pasaba?

Jack frunció el ceño.

—No podemos hacer nada con los pantalones, los míos probablemente no te vayan bien y no quedaría bien que yo fuera por ahí sin pantalones, aunque tú te pusieras loca de contento.

—Ya está bien así. —Los dientes me castañeteaban con fuerza y mis fosas nasales parecían contener la mitad del río—. ¿Qué es este sitio?

—El río Göta älv. Es un sistema de esclusa, con compuertas que cambian el nivel del agua. Tiene una larga historia comercial y ayudó a la revolución industrial de Trollhätttan.

—A ver si lo adivino, ¿Raquel también te hace ir a clase?

—Solo cuando me pilla. ¿Quieres que te lleve de vuelta? Mañana podemos probar otra vez.

Negué con la cabeza. Estaba segura de que si dejaba de pensar en cosas, sufriría un colapso pero no quería tener que regresar al día siguiente. Ni ninguna otra vez, la verdad, con Jack de guía. Además, mañana estaría con Lend y arreglaría las cosas. Solo necesitaba acabar el trabajo y volver a casa. Entonces ya me desentendería.

—Hay que andar un poco hasta la ciudad —dijo—. Puedo intentar crear otra puerta, si quieres.

—¡No! No, no me importa caminar, gracias.

Guardamos silencio durante un rato mientras íbamos recorriendo el camino por entre los árboles de hoja caduca y las rocas grises. Era hermoso. O lo habría sido de no haber estado calada hasta los huesos y congelada.

—¿Qué has dicho sobre un nuevo amigo? —preguntó Jack.

Una ráfaga de frío me atravesó el corazón y me recorrió las venas, como una inyección de agua de río. Tal vez extinguiría el hormigueo que sentía en las yemas de los dedos.

—Humm, sí, si por amigo me refiero a alguien que intenta ahogarme. ¿Has oído hablar alguna vez de un hipocampo?

Negó con la cabeza.

—¿Kelpie? ¿Nix? ¿No? Todo son variaciones del mismo tipo de paranormal encantador que vive en el agua y ahoga a la gente por gusto. —Lish me había hablado de ellos. En diferentes zonas del mundo hay especies distintas, que van desde criaturas parecidas a un caballo u otras más similares a un dragón. A juzgar por el físico de hombre apuesto y la música, me había topado con un hipocampo. Supuestamente se les puede matar pronunciando su nombre pero a) ¿cómo te enteras de cómo se llama? Y b) cuesta un poco hablar cuando los pulmones se te están llenando de agua. De todos modos, según la leyenda, de vez en cuando son benévolos, dan clases de música e incluso a veces se casan con mortales.

—No me ha dado la impresión de que este en concreto tuviera intención de tomar los votos.

—O sea que no vais a ser amigos íntimos.

—No sé... sería divertido invitarlo a una fiesta con piscina. Suponiendo que odiaras a todos los invitados.

Caminamos en silencio durante un rato, ambos encorvados para protegernos del frío de la noche, hasta que llegamos a las afueras de una ciudad que era demasiado hermosa y encantadora para confundirla con una ciudad americana. Los edificios eran de ladrillo visto y madera, con un toque clásico que hacía que los coches aparcados en las calles adoquinadas parecieran ridículamente fuera de lugar. Casi me esperaba que apareciera un carro tirado por caballos dando brincos calle abajo, seguido de lugareños con trenzas, cantando y bailando. O tal vez es que veía demasiados musicales.

—El barrio está a unas cuantas manzanas de aquí —informó Jack, tras leer unos rótulos en la calle para orientarse. Las farolas parpadeaban y añadí Trollhättan a la lista de lugares que alguna vez me gustaría visitar por placer. Me imaginaba con un traje tradicional sueco, con el pelo lleno de lazos y caminando por la calle con Lend cogidos de la mano.

¿Qué tal pinta tendríamos con un Lederhose?

Ahora que lo pienso, aquí nadie llevaba Lederhose. Pero eso no significaba que Lend no pudiera llevarlos...

Por supuesto, primero tendría que perdonarme por largarme a espaldas de él. Un viaje de celebración a Suecia sería un buen modo de reconciliarse, ¿no? Guardé esa idea para una próxima cita y empecé a mirar, a mirar de verdad, a la gente que pasaba por la calle a medida que nos acercábamos al supuesto barrio de los troles. Por una vez pasé bastante desapercibida, mucho más en Escandinavia que en la mayoría de los demás países.

—¿Ves algo? —gimoteó Jack después de que vagáramos casi media hora. Ya casi estaba oscuro y los dos tiritábamos. Las ampollas ya habían asomado en toda la superficie disponible de mis pies dentro de los calcetines y los zapatos mojados. Si no veía algo pronto, aquel viaje sería un fiasco. Odiaba pensar que la pobre gente que los troles habían secuestrado y esclavizado tendría que esperar a la semana siguiente para ser rescatada, pero yo ya no podía hacer nada más esa noche.

—No. Nada de na...

Una joven cruzó corriendo la calle delante de mí. Era muy mona, con la nariz de cerdito, mejillas rubicundas, pelo rubio y... una cola pequeña que le sobresalía de debajo de la falda.

PERFECTO PARA TURISTAS

Agarré a Jack del brazo y señalé a la chica. La miró y luego se encogió de hombros.

—¿Significa esto que ya estamos?

—Venga. Vamos a asegurarnos de que sabemos qué casa es. —La seguimos por las calles, serpenteando por zonas comerciales, hasta llegar a una zona residencial. Las casas de ladrillo y madera eran bonitas y estaban bien cuidadas, las calles limpias bajo las cálidas luces. Ahora las jardineras estaban vacías pero me imaginé lo encantador que aquel lugar resultaría en primavera y verano, repleto de flores.

Intenté mantener una distancia prudencial con respecto a la chica. Mi único trabajo consistía en averiguar dónde se alojaba e informar de ello. Ningún tipo de contacto, lo cual a mí ya me iba bien. Ni siquiera había traído la táser... lo cual ahora agradecía porque mi pequeña zambullida no le habría hecho ningún bien.

Pasamos al lado de varias personas sentadas en los porches. Cuando establecí contacto visual, sonreí y ellas asintieron con vacilación. Si supieran quién estaba entre ellos. Una mujer con un bonito abrigo rojo de lana estaba junto a una farola marcando un número de teléfono.

Alzó la vista y adoptó una ligera expresión de sorpresa al verme, probablemente porque el pelo me seguía goteando. Me guiñó el ojo y le dediqué un discreto saludo con la mano. Los suecos se tenían bien merecida la fama de hospitalarios.

Otra esquina y la chica subió unos escalones a saltos y entró en una casa anodina.

—Bingo. —Estaba a un punto de decirle a Jack que por fin podíamos marcharnos cuando el sonido de un carraspeo detrás de nosotros hizo que me girara.

Todas y cada una de las personas con las que nos habíamos cruzado de camino hasta allí, incluida la mujer del abrigo rojo, estaban detrás de nosotros formando un semicírculo. Un semicírculo claramente amenazador.

—¿Oye, Jack? —Le tiré del brazo.

Miró por encima del hombro, volvió a mirar entonces a la casa y se sacó un comunicador del bolsillo del pantalón.

—¿Qué?

La multitud se nos acercó.

—¡Jack!

Dio media vuelta y me dedicó una mirada de fastidio.

—Deja que les llame. Tengo frío.

Él no los veía. Lo cual significaba que eran invisibles y que eran troles.

Troles que sabían que yo sí que les veía.

—Oh, pi-pi-masculle. ¿Cómo había podido olvidar sus glamoures de invisibilidad? Mirándolos bien, veía cierta distorsión alrededor de sus rostros pues mi estúpida capacidad visual atravesaba su invisibilidad. Se habían dado cuenta de que pasaba algo en cuanto les había visto por la calle. Saludé a los troles.

—Ya nos íbamos. —Tomé a Jack del brazo y se llevó tal susto que se le cayó el comunicador y empezó a retroceder. Chocó contra un tipo especialmente fornido en quien me había fijado porque tenía la nariz muy chata. Y cola. Estábamos rodeados. Me sujetó por el hombro con una de sus manazas. Le mordí el pulgar y me zafé de su sujeción.

—¡Corre! —Salí disparada como una flecha por entre la multitud que iba en aumento pero Jack, incapaz de verlos, se quedó ahí como un gran zopenco. Me paré, sin saber qué hacer. Le habían rodeado. Se produjo un ligero brillo, como si una ola de calor se hubiera alzado desde las frías calles y, a juzgar por la expresión del rostro de Jack, me di cuenta de que ahora también eran visibles para él.

Le cercaron y Jack acabó de espaldas contra la pared. La mujer del abrigo rojo me fulminó con la mirada. Me entraron ganas de gritar de frustración. Después de todo por lo que había pasado hoy, ahora tenía que enfrentarme a una horda de troles enfadados para salvar a Jack.

«Jack.» El imbécil y el loco de Jack.

Deshice el camino sintiendo que los pies me pesaban una tonelada. Jack me lanzó una mirada para preguntar «¿qué?» y yo negué con la cabeza. Por supuesto que no iba a dejarle.

Llegué al límite del círculo y el gran trol me cogió del brazo y tuvo cuidado de mantenerse lejos del alcance de mi boca.

—Evie, idiota —dijo Jack.

—¡He tenido que venir a por ti!

—No, no tenías por qué. —Entonces fue cuando me fijé en que tenía la mano en la pared, que se abría hacia la oscuridad más absoluta. Jack me hizo una mueca, luego la atravesó y desapareció para sorpresa de los troles.

—¡Cobardica! —grité a la pared ya sólida. Yo que había vuelto para que no muriera solo y era él quien me abandonaba. Después de dejarme caer a un río y permitir que casi me matasen.

Si volvía a verlo algún día, le iba a enseñar quién era la táser.

Los troles hablaban en susurros en un idioma gutural y áspero. Me retorcí, pero la mano del trol grandullón no se movió. Al cabo de un momento me metieron en la casa más cercana y me tiraron a un sofá de flores.

Por lo menos eran veinte y bloqueaban toda posibilidad de huida. La estancia no era precisamente lo que me esperaba de la guarida de un trol. En vez de huesos roídos y basura estaba inmaculada y pintada en tonos cálidos y estampados de buen gusto. Me pregunté dónde estaban los dueños de la casa, cuánto tiempo llevaban siendo prisioneros. Y si yo estaba a punto de encontrarme en la misma situación.

De todos modos, no me pasaría nada. Jack sabía dónde estaba. Buscaría ayuda y volvería... igual que cuando había desaparecido y me había dejado tirada en el Centro durante dos días.

Estaba bien jodida.

Observé a los troles con recelo. Muchos estaban llamando por teléfono, ¿desde cuándo usan móvil los troles?, pero los demás me fulminaban con la mirada. Ahora que los veía de cerca, existían diferencias obvias entre ellos y los humanos, aparte de las colas. Narices más planas y anchas, ojos pequeños y juntos, todo de color gris pizarra. La mayoría tenían un mechón de pelo desmadrado y sin peinar, que no encajaba con su atuendo de profesional. Tenía que haber reconocido ese aspecto antes, invisible o no, pero no había tratado con troles desde los doce años.

Al final, la mujer del abrigo rojo y las trenzas como de oro hilado se situó delante de mí con las manos en las anchas caderas mientras meneaba la cola rápidamente de un lado a otro.

—Sabemos quién eres. —Hablaba inglés con un acento muy marcado pero claro.

Arqueé las cejas. Al parecer, incluso después de varios meses fuera del juego de la AICP, mi fama se había propagado.

—Entonces ya sabéis que debéis soltarme. —Echarme un farol era mi única opción llegados a ese punto, así que me senté bien recta y no bajé la mirada.

Soltó una risa amarga.

—¿Para que mates a más de nuestros hijos? —Me quedé boquiabierta antes de suspirar, agotada.

¿Cuándo dejarían los paranormales de acusarme de asesinato?

DIVERSIÓN A TOPE

Los troles me fulminaban con la mirada, esperando una respuesta. Oí un extraño crujido procedente de la izquierda; no lo ubiqué hasta que me di cuenta de que el gran troll que tenía al lado estaba haciendo rechinar los dientes, con todos los músculos de su fornido cuerpo en tensión.

Nada bueno.

Levanté las manos.

—Para empezar, yo no mato niños. Ni a nadie, a decir verdad. ¿Por quién me habéis tomado?

La mujer del abrigo rojo entrecerró los ojos.

—Si no eres la criatura vil, ¿cómo nos has visto?

—¿De qué tipo de criatura vil estamos hablando? —pregunté, cambiando de tema rápidamente. Mis capacidades no eran algo que quisiera compartir con toda aquella gente.

—Vampiro —espetó un trol anciano que estaba cerca de la puerta con labios temblorosos de rabia.

—Yo no soy un vampiro ni por asomo. —Se me aligeró el pecho de forma considerable. Aquello sería bastante fácil de demostrar y de resolver.

—Dadme un espejo. O agua bendita. ¡Me la beberé,

incluso! —Solté un grito ahogado cuando alguien me echó agua en un lado de la cara—. La próxima vez no estaría de más que me avisarais. —Me sequé la mejilla con la manga del abrigo de Jack y vi que la expresión de quienes me rodeaban pasaba de asesina a confusa.

—¿Quién eres? —preguntó Abrigo Rojo.

No sabía si mentir o no, así que opté por una media verdad.

—Pertenezco a la AICP.

El viejo trol volvió a escupir. Encantador, de verdad. Abrigo Rojo lo fulminó con la mirada y luego se giró hacia mí.

—¿Cómo es que nos ves?

Me encogí de hombros.

—Tengo talento. Me han enseñado a reconocer a la mayoría de los paranormales.

—¿Y qué interés tiene en nosotros la AICP?

—Lo único que la AICP quiere es liberar a los humanos que viven aquí.

Negó con la cabeza antes de señalar la puerta con un gesto y decir algo en su idioma gutural. La mayoría de los troles, aparte del Increíble Hulk Rechinadientes y el Viejo Salivas, se marcharon. Abrigo Rojo se sentó en un sillón delante de mí y cruzó las manos sobre el regazo.

—¿Cómo te llamas, nena?

—Evie.

—Yo me llamo Birgitta. Y ahora que ya sabemos cómo nos llamamos, seamos sinceras la una con la otra. Esta AICP tuya no solo quiere cualesquiera humanos que nosotros los repugnantes y asesinos troles hemos apresado.

Me encogí bajo su mirada inquebrantable.

—No sé a qué te refieres. —La mentira me supo pesada y acre en la boca. Yo lo sabía todo acerca del traslado forzoso y el control. Cuando había ayudado a la AICP a identificar a una colonia de troles con anterioridad, luego Lish los procesaba durante semanas. No estaba segura de adónde llevaban a los troles pero está claro que no les dejaban estar en las casas robadas—. Mi único trabajo era encontraros.

—¿Y si te dijera que no hay humanos?

Ensanché los ojos horrorizada.

—¿Qué les hicisteis?

Miró al techo, con un rostro que era la viva imagen del agotamiento.

—Nunca ha habido ninguno. Compramos todas estas casas. Hemos vivido siguiendo vuestras normas, en vuestro mundo. ¿Y ahora nos van a echar por hacerlo?

—Un momento, ¿no echasteis a la gente y les cogisteis sus cosas? —Aquello era lo que solían hacer los troles. Se apoderaban de las casas, a veces de pueblos enteros, y ocultaban a la gente en sus guaridas subterráneas para utilizarlos como sirvientes. Y eran ladrones célebres: comida, oro, ganado, incluso bebés. Tenían unas manos muy largas aparte de la cola.

—No son siempre los troles quienes expulsan a los humanos de las casas. Hace más de un siglo vivíamos en islas dentro y debajo del río. Teníamos nuestros... desacuerdos... con los humanos locales, pero estábamos separados y contentos de estarlo. Luego embalsaron el río con compuertas y esclusas e inundaron la colonia que habíamos tardado siglos en construir. Nuestros hogares se inundaron y algunos pidieron venganza. Pero la mayoría estábamos hartos de trabajar contra el ataque incansable de los humanos. Decidimos dejar de luchar. Cogimos nuestro oro y compramos la entrada a la sociedad humana.

—¿Sois los dueños de todo esto?

Alzó el mentón con orgullo.

—¿Por qué te piensas que esta ciudad floreció después de construir las esclusas? Aumentando el comercio con nosotros. No tenemos las mismas habilidades mecánicas que vosotros los humanos pero gestionamos casi todos los negocios de por aquí.

—O sea que no le hacéis daño a nadie. —Pues vaya. Aquello complicaba las cosas. Mucho más. Si estaba diciendo la verdad, y no tenía motivos para mentirme, entonces la AICP no tenía nada que hacer contra ellos. El objetivo de la AICP era evitar que los paranormales hicieran daño a los humanos y ellos no estaban haciendo ningún daño. Pero no consideraba que la AICP fuera a verlo del mismo modo. Para ellos, los troles eran troles.

Me froté la cara, cansada y fría, y deseé que el mundo volviera a ser en blanco y negro.

—Vale. Puedo... no sé. Finjamos que nada de esto ha ocurrido.

El Anciano Salivas le gruñó algo a Birgitta y ella asintió.

—Trabajas para la AICP. Tu trabajo consiste en buscar y también proteger a los paranormales, ¿no?

—Sí, supongo que podría interpretarse de este modo.
—Si uno piensa que supervisar, detener y controlar era lo mismo que proteger, que es lo que hacía la AICP.

—Entonces tienes que ayudarnos. —Lo dijo como un hecho consumado—. Tú ves cosas que nadie más ve. Encontrarás al vampiro que nos acosa.

—No he...

—Encontrar a un paranormal para devolver a la AICP y proteger a aquellos de nosotros que no causamos ningún daño. Ese es tu trabajo. —Me taladró con sus ojos gris pizarra, que eran más suaves en los bordes—. Por favor, nuestros hijos, los pequeños *trollbaerns*. Tenemos tan pocos y son más valiosos que la vida que nos hemos construido aquí. Ayúdanos.

¿Cómo iba a negarme? Me puse de pie.

—De acuerdo. Vamos a buscar a un vampiro.

Al cabo de media hora vagaba por las calles al atardecer con el Rechinadientes al lado. Birgitta me había hablado del vampiro que los acosaba. Los troles solo tienen hijos una o dos veces al siglo y los *trollbaerns* no aprenden a utilizar el glamour de la invisibilidad hasta pasadas varias décadas, lo cual les hace vulnerables. Ya habían matado a dos y herido de gravedad a otro.

Todo aquello hacía que me entraran náuseas. Se trataba de los vampiros que conocía. Por eso la AICP seguía necesitando estar en el mundo, independientemente de lo que Lend pensara.

Los troles le habían tendido una trampa al vampiro, que yo sin querer había activado siguiendo el señuelo de la niña trol. Ahora mi trabajo era congelarme y encontrar al sórdido acechador. Sin embargo, no sabía cómo encontrar a alguien en esas circunstancias. El Rechinadientes respiraba con tanta fuerza que apenas oía mis pasos. Era un estorbo para mí.

—Creo que tendré más suerte yo sola. —Le sonreí para que no se lo tomara a mal.

Frunció el ceño, la frente casi le cubría los ojos.

—No es seguro.

—Confía en mí, no soy una novata. Sé cómo lidiar con un vampiro.

—Invisible. —Se señaló a sí mismo. Negué con la cabeza. De todos modos, un vampiro le olería, lo cual sin duda era el motivo por el que no habían tenido suerte y no lo habían atrapado.

Fulminándome con la mirada y con expresión dudosa, vaciló, dio media vuelta y volvió por donde habían venido. Solté un respiro de alivio. Los troles de esa ciudad quizá fueran inofensivos pero eso no les restaba capacidad de intimidación.

Con las manos hundidas en los bolsillos y los muslos con rozaduras por llevar demasiado tiempo caminando con unos vaqueros mojados recorrí las calles sin rumbo fijo. Tenía mucho en que pensar. Para empezar, la extraña sensación líquida que seguía embargándome. La forma como la brisa parecía seguirme como un cachorrillo perdido. El examen de Inglés para el que estaría muy, pero que muy cansada por la mañana. Lo que le diría a Lend para mejorar las cosas. Cómo iba a encontrar quien me llevara a casa sin comunicador. El tortazo que iba a darle a Jack por haberme abandonado.

Esto último me proporcionó un poco de calor.

Seguía pensando que oía unos pasos que me seguían pero, por muchas veces que me giré, no vi a nadie. Cuando estuve totalmente perdida, una voz suave con un acento indeterminado apareció de un porche oscuro.

—Creo que estás en la parte equivocada de la ciudad. —Oí la sonrisa a pesar de la oscuridad.

Me paré y me coloqué delante de él.

—No, estoy convencida de que me encuentro en la parte correcta.

Se acercó y se colocó bajo la luz: los ojos blancos le relucían bajo el glamour y los colmillos a la vista esbozaban una sonrisa agradable. Sí, exactamente donde tenía que estar. Vamos allá, muerto.

COMO UNA PELÍCULA MALA

Sin dejar de sonreír, el vampiro negó con la cabeza.

—Tienes que andarte con cuidado en esta ciudad. *Liebchen*. Los monstruos van por ahí con rostros humanos. Resoplé.

—No me digas... —Era la primera vez desde mis ocho años que me enfrentaba a un vampiro sin refuerzos o sin mi táser. De todos modos no pensaba echarme atrás. Por supuesto que podía encargarme de un vampiro solitario.

Tenía el pelo oscuro y rizado, más largo de lo que lo llevaban la mayoría de los vampiros, lo cual le otorgaba un aspecto casi de artista. Bueno, excepto por el cadáver que balanceaba bajo el glamour. Se introdujo las manos en los bolsillos y se encogió de hombros.

—Hay cosas en este mundo que es mejor que no conozcas. Vuelve a casa y deja en paz los misterios de la noche.

—Vaya, qué melodramático, ¿no? Vosotros los vampiros siempre os dais mucha importancia. —Se le salieron los ojos de las órbitas por la sorpresa—. Sí, ya sé que eres una criatura de la noche. De las que trae la muerte, chupa la sangre, necesita un bronceado, y tal y cual. Y, por curioso que parezca, sigue sin impresionarme.

Entrecerró los ojos.

—¿Cómo sabes lo que soy, nena?

¿Por qué se empeñan los paranormales en llamarme «nena»? En diciembre cumpliré los diecisiete. ¿Por qué no dicen «señorita» o algo así?

—Lo sé porque es mi trabajo. Y también es mi trabajo decirte que todo eso de acechar a los troles que has estado haciendo se acabó.

Echó la cabeza hacia atrás y se rio. Me sentía como si acabara de entrar en alguna película de vampiros de tres al cuarto. Cuando por fin acabó con su pequeña demostración de confianza siniestra, me miró a los ojos.

—Llévame de vuelta a los troles.

Los trucos mentales de los vampiros dependen de su glamour y a mí, que le veía claramente los ojos blancos de cadáver, me parecía tonto. Puse cara de póquer y asentí lentamente.

—Sí, los troles. Volver. Conmigo. No puedo. Formar. Frases enteras. —Negué con la cabeza—. Sí, no pasa ni por asomo.

Me escudriñó, molesto y sin saber qué hacer a continuación.

—Yo no mato humanos.

—¡Yo tampoco! ¿Lo ves? Ya tenemos algo en común.

—Entonces supongo que ambos tendremos que ponernos en camino.

Puse los brazos en jarras.

—No, ni hablar. No voy a permitir que mates más niños trol.

Exhaló un suspiro.

—Entonces me temo que perderemos nuestros puntos en común. —Me enseñó los colmillos y se abalanzó hacia delante. Eché el brazo hacia atrás y le di en toda la cara.

—¡Ay! —gritamos al unísono mientras él se agarraba la nariz y yo me zarandeaba la pobre mano. ¿Por qué nunca me han dicho que dar un puñetazo duele?

—¡Me has golpeado!

—¡Y tú intentabas morderme!

Nos fulminamos con la mirada, su intensidad disminuida en cierto modo por la mano que seguía llevándose a la nariz.

—¿Y ahora qué? —preguntó, con la voz amortiguada.

—Todavía no he pensado con tanta antelación. —No iba a dejarle marchar pero no tenía ni las armas ni la intención de matarle. Tras otro minuto tenso, se agachó en el porche. Exhalando un fuerte suspiro, me senté a su lado, rodeándome las rodillas con los brazos en un intento patético de ahuyentar el frío. Tenía la impresión de que las ampollas que tenía en los pies se habían apareado y habían empezado a formar pequeñas familias de ampollas. Qué asco de noche.

Me volví hacia el vampiro.

—No muerdes a los humanos, ¿no?

Se echó hacia atrás y se puso a contemplar la noche.

—Hace mucho tiempo que no.

—¿Por qué? —Conocía a muchos vampiros como Arianna que no bebían sangre humana, pero tampoco bebían sangre de troles. Era la primera vez que había oído hablar de que un chupasangre perseguía a paranormales.

—Porque, *Liebchen*, recuerdo cómo era sentir los latidos del corazón, tener pulso. Recuerdo cómo era no ser un monstruo. Me satisface ver a la humanidad girando a mi alrededor, crecer y envejecer y cambiar de un modo que yo nunca experimentaré.

—Lo entiendo, pero si eres tan pacífico, ¿por qué cargarse a los troles pequeñines?

Se giró hacia mí, el hastío que había mostrado al hablar de la humanidad quedó sustituido por una ira casi palpable.

—Porque soy eterno y la sangre me llama. Me llama allá donde voy, me suplica que la tome, atenazándome con la sed. ¿Qué me hizo así? ¿Qué otra cosa del mundo es ajena al paso del tiempo? Estas criaturas y otras como ellas. Si soy un monstruo, desempeñaré mi papel. Pero me alimentaré de mis colegas monstruos y algún día averiguaré cómo corrompieron la vida humana para hacer vampiros y los mataré a todos.

Me entraron unos escalofríos que nada tenían que ver con la ropa mojada. Cuando Viv estaba en plena matanza, por lo menos pensaba que ayudaba a los paranormales liberándolos. Este vampiro... era presa del odio. Resistí el impulso de alejarme rápidamente de él.

—¿Por qué puedes decidir? No puede decirse que los niños de los troles estén aquí por iniciativa propia. Escapa a su control, como fue tu... cambio. Les castigas por ser lo que son. ¿Qué sentido tiene eso?

Una sonrisa más fría que oscura la noche se dibujó en sus facciones.

—He tenido cuatrocientos años para pensármelo. Eres muy amable, pero cuando has sido monstruo tanto tiempo como yo, el «sentido» deja de influir.

Me retorcí, se me estaba quedando el culo helado en contacto con los escalones de cemento. ¿Dónde me había metido? Mi comunicador seguía estando en el abrigo mojado, que había sido tan tonta de abandonar en la orilla del río. A lo mejor podía dejarlo inconsciente de un golpe y buscar al Rechinadientes y a los demás troles. Pero probablemente lo matarían. De todos modos, ¿no se lo merecía en cierta manera? ¿Y el hecho de pensarlo me hacía tan mala como él?

—Tenía que haberme quedado en casa estudiando —masculté.

Soltó una risita por lo bajo.

—Desde luego. Parece que hemos llegado a un punto muerto. Yo no pararé y tú te has comprometido a pararme los pies, ¿no?

Me encogí de hombros.

—Es mi trabajo, más o menos.

—Entonces tendré que contarte un secreto.

—¿De qué se trata?

Se inclinó hacia mí.

—Tu olor no es totalmente humano.

Aquello fue la gota que colmó el vaso. Me iba a cargar a aquel tío. ¿Costaría mucho dejar inconsciente a un cadáver? Me levanté y apreté los puños.

—Dime algo que no sepa.

Se levantó también con una sonrisa cruel en los restos podridos y disecados de su rostro verdadero.

—¿Algo que no sepas? Muy bien. He descubierto que la sangre de los paranormales es más beneficiosa que la sangre humana.

Antes de tener tiempo de moverme me agarró por la muñeca. Intenté soltarme, pero fui incapaz.

Oh, pi-pi.

ME GUSTA LA VIDA
NOCTURNA

Volví a intentar zafarme del vampiro pero él ni se inmutó. No me lo podía creer. No podía estar pasando. ¡Se supone que los vampiros no tienen fuerza!

Al ver que cada vez estaba más aterrada, sonrió. Me entraron ganas de darle una patada en los dientes podridos. Qué harta estaba de esa sonrisa.

—¿No es lo que te esperabas? Te lo advertí.

Di un puñetazo desesperado con la mano izquierda pero solo le rocé la cabeza. Me empujó hacia delante y tropecé con los escalones del porche. Caí hacia atrás con fuerza y me golpeé la rabadilla contra el borde romo de un escalón, que me hizo proferir un grito de dolor agudo. Me tapó la boca con la mano y el hecho de tenerla tan cerca de los ojos me mareó, incapaz de centrarme en su glamour o en su verdadero cuerpo. Piel suave, piel muerta, piel suave, piel muerta... me tragué las náuseas.

—Cállate, no llames más la atención. ¡Seré rápido, monstruita mía! —Me ladeó la cabeza para que el cuello resultara bien visible.

Gritando de frustración, le mordí los dedos con todas mis fuerzas. Se echó hacia atrás de golpe, tomé aire y sentí arcadas solo de pensar en lo que acababa de meterme en la boca. Me agaché hacia un lado y me zafé de él. En cuanto recuperé el equilibrio eché a correr con la respiración entrecortada. Corrí calle abajo y doblé una esquina mientras miraba hacia atrás y casi choco contra una pared. Soltando un juramento, me di la vuelta con rapidez... demasiado tarde. Ya me había bloqueado el paso y me miraba lascivamente y con seguridad.

—Mejor que no lo hagas —dije, levantando las manos.

—Pues sí que quiero hacerlo.

—¡No! Yo... —La brisa helada me recorrió el cuerpo y el hormigueo que notaba en las manos aumentó. Notaba que el aire formaba pequeños remolinos a mi alrededor, conectados de forma extraña. De repente noté que mi cuerpo cansado y dolorido ganaba en ligereza, se tornaba inmaterial pero poderoso. Y también notaba el alma del vampiro delante de mí. Llamándome. Incluso la veía, con un tenue brillo alrededor del corazón.

Cerré los ojos y resistí el impulso de cubrir la distancia que nos separaba.

—Por favor —susurré—. No quiero hacerte daño.

Se echó a reír.

—¿Estás confundida, *Liebchen*?

Abrí los ojos de repente. Algo cambió en su expresión cuando vio mi mirada: su desdén de depredador fue sustituido por temor. Apreté los puños. Otra vez no. No, a no ser que me viera obligada. Reprimirme me costaba un gran esfuerzo y hablé con voz baja y dolida.

—Deberías echar a correr.

Esperaba que no lo hiciera.

Frunció el ceño y luego retrocedió lentamente por el callejón sin apartar sus blancos ojos de muerto de mí. Cuando llegó a la calle, un bate de béisbol apareció en la noche y le golpeó el cráneo.

Sacada de mi horrible deseo, se me abrió la vista. Jack

desplegó una amplia sonrisa y se dio con el bate en la mano.

—¿Echamos un partidito rápido?

Desvié la vista hacia el vampiro que estaba tendido en el suelo. Estaba indefenso. Totalmente indefenso. Lo cual significaba que ya no tenía excusa para vaciarlo. Respiré temblorosa e intenté aclararme las ideas antes de centrarme en Jack.

¡Jack!

—¿Dónde has estado, desgraciado?

Arqueó las cejas con una expresión dolida y fingida en el rostro.

—¿Así es como me lo agradeces?

—Dame ese bate y te demostraré lo agradecida que estoy, ¡cobarde!

—Eh, eh, no te precipites. ¿De qué nos habría servido que a mí también me hubieran secuestrado? Además, he vuelto. Justo a tiempo, por lo que parece. —Sonrió pero había algo en sus ojos intenso, acusador, casi como si supiera lo que estaba a punto de hacer... no, lo que podría haber hecho—. Pero lo tenías controlado, ¿no?

Le arranqué el bate de las manos.

—¿Tienes por lo menos algo útil? ¿Tobilleras de seguimiento? ¿Un comunicador de sobra?

Hizo unos gestos exagerados para comprobar si la camisa ajustada de manga larga que llevaba tenía bolsillos y acto seguido se encogió de hombros.

—Lo tengo todo en el abrigo.

Bajé la mirada hacia el abrigo de lana entallado de Jack. El abrigo que yo había estado llevando. Introduje la mano y, claro, en el bolsillo interno cercano al corazón había un comunicador fino y una única tobillera de seguimiento.

Lógico.

—Hay que estar preparado, ese es mi lema. —Me

173

sonrió con aires de suficiencia—. Eso y «duerme siempre que puedas». Oh y «Si no te enteras de que ha desaparecido, ¿qué tiene de malo que te lo coja?».

—Vale ya —dije, hastiada hasta lo indecible y con ganas de estar lo más lejos posible de ese vampiro. Le lancé el comunicador a Jack y me agaché, retorciendo los dedos mientras sujetaba la tobillera. No quería mirar el corazón del vampiro. No quería tocarlo. Puse el pulgar en la tobillera para activarla pero no pasó nada.

—Parece que no se fían de ti con las tobilleras. ¿Sabes por qué? —Jack se agachó para hacerlo él.

Tal vez su desconfianza guardara relación con el hecho de que había liberado a Lend. O porque yo era quien había soltado a casi todos los hombres lobo que tenían. Visto lo visto, yo tampoco confiaría en mí. Retrocedí varios pasos y me apoyé contra la pared, alcé la vista hacia el nuboso cielo nocturno intentando por todos los medios no mirar al vampiro.

Jack se levantó.

—Están en camino. —Lanzó el comunicador despreocupadamente al aire y lo recogió detrás de la espalda—. ¿Dónde están los troles?

Ah, mierda. Los troles. ¿Qué mentira podía contar para salir airosa de esa situación? No pensaba entregarlos a la AICP. En mi opinión, se habían ganado a pulso la vida allí. Aquella criatura vil que estaba en el suelo delante de mí era la única amenaza que había que eliminar.

Abrí la boca para inventarme una historia cuando se abrió una puerta en la pared que teníamos al otro lado y dos hombres con jersey negro de cuello alto salieron por ella mientras sus hadas escolta se amparaban en la oscuridad. Miraron en ambas direcciones antes de seguir adelante y arrodillarse al lado del cuerpo.

Uno se dirigió a mí, sus ojos de lobo amarillo brillaban bajo los marrones. Ah. Supongo que la AICP no acabó perdiendo a todos los hombres lobo.

—¿Los troles?

Hice una mueca de un modo que esperé pareciera de arrepentimiento.

—Hace mucho que se han marchado. Le seguían el rastro al vampiro, una especie de venganza de sangre. Algo tribal. Pero cuando descubrieron que yo pertenecía a la AICP se largaron antes de dejarse apresar. Les estaba siguiendo cuando me encontré con el vampiro.

—¿No tienen una base aquí? ¿No han apresado a ningún humano?

—No. Están de pasada. Me llevaron a un almacén vacío, donde estaban acampados. Ni rastro de personas.

Notaba que Jack tenía la vista clavada en mí y evité mirarlo a propósito. Iba a venderles esa mentira. El único que podía contradecirme era el vampiro. Tal vez debería haberlo vaciado... Pero no, Raquel daría por cierta mi versión.

El hombre lobo asintió y luego ayudó a su compañero a levantar al vampiro por las axilas.

—Con cuidado. Es muy fuerte. Más fuerte que tú.

El hombre lobo me miró de forma sospechosa.

—No, en serio. Mata... —Me callé porque caí en la cuenta del peligro de que se divulgase esa información—. Mejor que hable con Raquel. Aseguraos de que no se despierta hasta que lo tengáis en Contención. Con este no basta una tobillera. —Asintieron y lo arrastraron y cargaron como pudieron para cruzar la puerta. Atisbé a una de las hadas pero no la reconocí. Daba igual.

Con un suspiro, me deslicé por la pared para sentarme en el suelo e hice una mueca al notar el dolor de las lumbares que irradiaba desde la rabadilla. Cambié de postura unas pocas veces no sin dolor y me puse cómoda, como si pensara «no voy a morirme de esto pero podría ser». Un movimiento al final de la calle me llamó la atención. Birgitta, invisible para todos los demás, asintió hacia mí y luego desapareció entre las sombras. Por lo menos hoy había hecho algo bueno. Quizá. Tal vez.

—Y bien. —Jack se sentó a mi lado—. Un hipocampo, troles y un súper vampiro en una sola noche. He cambiado de opinión, lo cierto es que sí sabes divertirte.

Estaba a punto de llorar y me incliné hasta tener la cabeza apoyada en su hombro.

—No tienes ni idea. —No podía quitarme de la cabeza el deseo, la necesidad, que había sentido de vaciar al vampiro. Por culpa del sentimiento de culpa se me había formado un nudo en el estómago vacío. Pero no había hecho nada, tampoco lo habría hecho aunque Jack no me hubiera salvado el pellejo. Sentía un hormigueo en los dedos, que no parecían pertenecerme, y apreté los puños. No.

Guardamos silencio durante un rato. Jack tenso bajo mi cabeza, incómodo pero lo bastante amable como para no moverse. Me sentí curiosamente apegada a él en aquel momento, como si fuéramos los únicos cuerdos en un mundo rebosante de locura y matanzas. Notaba los hilos de ese mundo, que amenazaban con tirar de mí, y yo estaba dispuesta a coger cualquier áncora de salvación que tuviera a mi alcance. Aunque fuera una pesadilla rubia.

Alcé la cabeza para mirarle.

—¿Cómo me has encontrado?

—Cuestión de suerte. —Me respondió con calma pero dio la impresión de que la había soltado con excesiva facilidad. Entrecerré los ojos pero continuó.

—¿Por qué mentiste acerca de los troles?

—No mentí. —Nos sentamos ahí mirándonos el uno al otro, dos mentirosos avezados, hasta que no aguanté más—. ¿Jack?

—¿Hum?

—Gracias. —Se me quebró la voz un poco—. Si no hubieras aparecido...

—Si no hubiera aparecido, no te habría pasado nada. No hace falta que te pongas cursi conmigo cuando he decidido que, después de todo, quizá seas una chica divertida. Ahora resulta que llevas mi mejor abrigo y me gustaría mucho recuperarlo así que voy a llevarte a casa, ¿vale?

No podía negarme.

SINCERAMENTE UN
MENTIROSO

Raquel frunció el ceño al verme por encima del café solo que se estaba tomando.

—Solo de mirar lo que bebes me salen caries.

—Menos mal que la AICP tiene un servicio de odontología fantástico. —Sonreí y utilicé un palo de caramelo para remover el chocolate con nata. La cafetería era pequeña, con unas cálidas paredes de color amarillo y sillones en esquinas poco iluminadas, los escasos clientes se encorvaban encima de los portátiles a teclear trabajos de genialidad dudosa alimentados por la cafeína. Había elegido este lugar porque tenían sabores navideños ridículamente pronto (a pesar de las distintas arañas y murciélagos colgados en honor a Halloween) y porque estaba a media hora en autobús de mi ciudad, por lo que era poco probable que me encontrara con alguien conocido. Dudaba que alguno de mis colegas hombre lobo o vampiro reconociera a Raquel, pero prefería evitar descubrirlo.

—Está bueno. —Volvió a limpiar una mancha que había en la mesa y fulminó con la mirada a una pareja que estaba dándose el lote en la esquina que quedaba enfrente de nosotras. Por lo menos había aceptado quedar allí conmigo. Sobre todo porque me había negado en redondo a volver al Centro para informarle sobre la misión.

Bueno, para ser exactos, a mentirle sobre casi todo.

Ya habíamos repasado mi historia sobre lo de que los troles atravesaban paredes. Resistí la tentación de preguntar si el vampiro había dicho algo sobre ellos. Si había hablado y me pillaban, me enteraría. Odiaba ocultarle secretos a Raquel pero la situación lo exigía. Jack había mencionado que casi me había ahogado, así que le conté un rollo sobre que el hipocampo no me había matado porque una corriente aislada nos separó y me permitió salir del agua. No había motivos para darle más preocupaciones. El súper vampiro era sobrecarga de información suficiente para una visita.

Me estremecí al recordar cómo me había sujetado la muñeca y lo que había tenido ganas de hacerle.

—No vas a dejarlo salir de Contención, ¿no?

—Por supuesto que no. Es demasiado inestable para incluso la misión más básica. Pero hiciste bien en no decirle a nadie más por qué es tan fuerte. Es una noticia preocupante. Nunca me he topado con un vampiro que ataque a paranormales y el hecho de que le ayude a superar las flaquezas naturales de los vampiros... pues es mejor mantenerlo en secreto. —Exhaló un suspiro del tipo «las cosas nunca son fáciles, ¿eh?».

—Bien. Ese tipo es un psicópata, incluso para los estándares de los vampiros. Que ya es decir. —Me recosté e intenté encontrar una postura con la que no me doliera la rabadilla magullada. Tendría que buscar la manera de ocultárselo a Lend cuando viniera por la noche.

No, basta ya de ocultaciones.

—Oye, ¿y los elementales? ¿Crees que quizás el vampiro...? —Me sentía ligeramente enferma, preocupada por si se repetía la carnicería de Viv. No me veía capaz de lidiar con más muertes de paranormales.

Raquel negó con la cabeza.

—No, no creo que esté relacionado. No ha habido más muertes ni cadáveres. Casi todos los elementales que hemos identificado y con los que estamos en contacto han desaparecido, pero los elementales son raros, ya me entiendes. Solo llevamos siguiéndoles el rastro un par de décadas así que, que nosotros sepamos, este comportamiento es normal.

Asentí, aliviada. No más violencia. Tendría que contárselo a Lend, asegurarme de que sabía que no era solo su madre quien había desaparecido. Por supuesto, no estaba segura de si eso hacía que sonara mejor o peor.

Raquel dio un sorbo a su bebida.

—De todos modos, lo de los troles es una lástima.

Di un trago al chocolate y me escaldé la garganta.

—Sí. Una lástima. De todos modos, he traído a un paranormal peligroso, lo cual siempre fue el objetivo, ¿verdad?

—Por supuesto, y lo has hecho bien. Siento que no fuera una misión fácil tal como prometí.

—Sí, bueno, a ver si le compras a Jack un GPS o algo así. Está un paso por encima de las hadas, pero solo eso. Por lo menos ellos nunca me soltaron directamente al interior de un río. No me asignes más misiones cerca de acantilados, ¿vale? Me estremezco al pensar dónde me podría arrojar Jack.

—La próxima vez deja que baje él primero.

Me eché a reír y negué con la cabeza.

—Buena idea.

Para mi sorpresa, me preguntó por el instituto y me pareció surreal y perfectamente natural hablar con Raquel sobre mi gran trabajo sobre *Drácula,* el examen de Inglés en el que me había quedado dormida esa mañana debido a la aventura de los troles y mis quejas sobre la señorita Lynn. Tuve un flash con todas las veces que había fingido que Raquel era mi madre y soñando despierta que hacía algo así con ella.

Estaba bien.

—¿Y qué tal Lend?

Bajé la mirada hacia mi chocolate menguante.

—No demasiado bien. Yo... eh... pues no le he dicho que vuelvo a trabajar para ti.

Arqueó las cejas.

—Y se ha enterado.

—Sí. Ya te imaginas que no le sentó demasiado bien.

Asintió con expresión comprensiva y me tomó la mano entre las de ella.

—Lend y yo no empezamos precisamente con buen pie —solo Raquel describiría el hecho de que Lend le diera un puñetazo y que luego lo encarceláramos en una celda de la AICP y le interrogáramos como «no empezar con buen pie»—, pero siempre ha sido bueno contigo y no me cabe la menor duda de que sabréis superarlo.

—Gracias, yo...

Pero el pitido de su comunicador nos expulsó de nuestro pequeño retazo de normalidad. Leyó el mensaje y exhaló el suspiro tipo «el día no tiene suficientes horas», antes de alzar la vista hacia mí para disculparse. Hice un gesto con la mano.

—No te preocupes. Ve a salvar el mundo. Yo voy a seguir haciéndome una caries.

Hizo una pausa.

—Lo siento de veras, Evie. A veces me preocupa que no sea correcto haberte traído aquí de nuevo. Tal vez haya sido egoísta por mi parte. Pero no te imaginas cuánto te lo agradezco. —Sonrió y me dio una palmadita en la mano—. Seguiremos en contacto.

—Lo sé.

—Ya me dirás si necesitas ayuda con ese trabajo. Y si puedo ayudarte con lo de Lend.

Cuando se marchó, sentí una calidez en mi interior que se debía a algo más que el chocolate. A pesar de lo desastroso de la misión, la cosa había funcionado. Y haber recuperado a Raquel significaba mucho más de lo que habría imaginado jamás. Aquello valía unas cuantas experiencias casi fatales en Suecia, ¿no? Lend lo entendería. Yo se lo haría entender.

Después de un trayecto en autobús y tres horas más me sentía agotada por intentar buscar la manera de hacerlo. Lend no me había dado una hora concreta a la que aparecería así que me tumbé en el sofá con el teléfono, cambiando de postura hasta que encontré una en la que la rabadilla no me dolía.

Las aventuras de la noche anterior me pasaron factura y me sumí en un sueño intermitente. Una mano delicada que me apartaba el cabello de la cara me despertó. Lend se agachó en el suelo, con los ojos al mismo nivel que los míos.

—Hola —dijo con voz queda.

—Hola. —Me incorporé rápidamente, demasiado rápido, y chillé de dolor.

—¿Qué ocurre?

—Nad... —Me callé—. Ayer por la noche me di un golpe fuerte en la rabadilla.

—¿Cómo?

—Me caí en un escalón.

—¿Dónde?

—En Suecia.

Parte de la preocupación huyó de su cara y se sentó sobre los talones.

—Oh, ¿y qué estabas haciendo en Suecia para caerte en un escalón?

—¿Luchar contra un vampiro?

Adoptó una expresión fría.

—Ya veo que es totalmente seguro volver a trabajar para la AICP. Perfecto. ¿La próxima vez vendrás con un hueso roto? ¿Ves? ¡Esto es exactamente lo que quería decir! La AICP vuelve a tenerte en sus garras y me mientes, me ocultas cosas y ya te has quedado atrapada en el Centro y te has hecho daño. ¿Por qué te enfrentabas a un vampiro?

Meneé la cabeza.

—La cosa no iba de vampiros. Se suponía que...

—¡No! Las cosas nunca son como uno supone. Me cuesta creer que Raquel te sorbiera los sesos otra vez para que les hagas el trabajo sucio.

Y de repente pasé de estar desesperada a dar explicaciones y de ahí al cabreo.

—No tienes ni idea de lo que dices. Te piensas que porque los vampiros de por aquí juegan limpio en todas partes hacen los mismo. ¿De qué sirve el experimento de David para proteger a la gente de los paranormales que no quieren descubrir su naturaleza más positiva? Algunos de ellos son monstruos, Lend, ¡lo sabes perfectamente! ¡A veces la AICP da asco pero por lo menos hacen algo! Me encantaría estar en esta ciudad sirviendo tortitas tranquilamente pero ¿sabes qué? ¡No eres el único que quiere ayudar a los paranormales! Es cierto que yo no lo hago del mismo modo que tú, pero no me acuses de hacer el trabajo sucio de la AICP. ¿Tu querido vampiro? ¡Estaba acechando y matando a niños trol! ¡Y de no ser por mí, quién sabe a cuántos más habría matado!

—¿Niños trol?

Lo miré enfadada.

—Sí, fui a Suecia a localizar una colonia de troles.

—¿Los encontraste?

—Por supuesto que sí. Porque me dedico a eso y se me da bien. Los troles me pidieron ayuda y como no molestaban a nadie yo les protegí de lo que les hacía daño. Y, antes de que preguntes, no, no entregué los troles a la AICP, pero sí, sí entregué al vampiro psicótico. Así que quizá me estén utilizando pero yo también los utilizo a ellos y te agradecería que no te comportaras como si fuera una idiota que hace lo que le dicen los demás.

Guardó silencio durante unos instantes y me preparé para su siguiente argumento.

—Lo siento.

—Yo... Un momento, ¿qué?

—Lo siento. Tienes razón. No entiendo por qué consideras que la AICP es la mejor opción, pero nunca he sabido ser imparcial con ellos. No me gustan ni van a gustarme, pueden hacerte daño de muchas maneras. Pero si tú crees que es importante, entonces lo acepto. No eres idiota, lo sé, eres la mejor persona y más lista que conozco.

—Entonces... ¿todo bien? —La esperanza me palpitaba en el pecho y me liberó de parte de la ansiedad que me había embargado a lo largo de toda la semana.

—Prométeme que no me mentirás más. Odio que la AICP siga formando parte de tu vida pero puedo aceptarlo si dejas de engañarme. Eso me molesta mucho más que otras cosas, el hecho de que pienses que no puedes ser sincera conmigo. Me ves como nadie más puede —mi verdadero yo— continuamente. Yo quiero lo mismo de ti.

Asentí con lágrimas en los ojos. Tenía razón. Él no podía engañarme. No era justo que yo le ocultara cosas.

—¿Se acabaron las mentiras?

Tragué saliva. «Eres inmortal, Lend».

—Se acabaron las mentiras —mentí.

Exhaló un suspiro, aliviado, y se sentó a mi lado. Me rodeó con el brazo cuidadosamente y apoyó la cabeza en el respaldo del sofá.

—Bueno, ¿qué quieres hacer ahora?

Ojalá lo supiera.

MENTIRAS, LABIOS
Y LUNÁTICOS

—Me veo incapaz —susurré, con el estómago revuelto. Lend me puso la mano encima de la mía y me rodeó la cintura con el otro brazo. Apoyé la cabeza en él, agradecida por aquello. Por nosotros. La situación no se había normalizado pero íbamos camino de ello.

—Claro que puedes. —Me presionó el dedo encima de la tecla Intro y, así, presenté la solicitud a la única universidad en la que quería entrar.

—Voy a vomitar.

—Bueno, en ese caso, por favor, usa el baño, porque esta noche tengo que dormir aquí. —Se echó a reír y me dio un delicado beso en el cuello.

Me desplomé en su cama y arrugué el edredón azul que tan familiar me resultaba. Estar juntos en casa de su padre era remontarse a los viejos tiempos, cuando nos escapamos del Centro por primera vez y yo viví allí.

—Tenía que haber repasado los trabajos una vez más. ¿Y qué me dices de la Selectividad? Podía haber sacado mejor nota en Matemáticas. Igual que la nota de Inglés. —Me tapé la cara con las manos—. No puedo respirar. ¿Cuando presentaste la solicitud podías respirar? ¿Esto es normal?

Lend se sentó junto a mí, su peso hundió la cama de tal forma que rodé hasta su lado.

—Es normal. Me sentí exactamente igual. Pero, si te sirve de consuelo, tú estás mucho más guapa con el cague que llevas encima que yo.

Miré por entre las manos.

—Pero ¿y si no me aceptan?

Me abrazó.

—Deja de preocuparte por eso. Te aceptarán.

—Bien. Alguien tiene que vigilarte a ti y a esa dríada que tienes por auxiliar de laboratorio.

Se echó a reír y me apretó hasta que no pude respirar.

—¿Por qué iba a interesarme una ninfa arbórea lasciva cuando puedo tener a una Evie que hiperventila?

Liberé los brazos y le pinché en el costado. Le hice cosquillas hasta que me soltó. Y entonces, incapaz de resistir lo adorable que era su boca cuando reía, le besé. Así dejé que la tensión se deshiciera en sus labios. Por todos los cielos, mira que llegaba a saber bien el chico.

Justo cuando estaba relajándome para una buena sesión de meterse mano, nos interrumpieron unas voces altas procedentes de abajo.

—¿Esperabais visita? —pregunté, incorporándome.

Lend me retiró los dedos del pelo.

—No que yo sepa.

Las voces subieron de volumen y era obvio que se trataba de una discusión.

—Un momento... es Raquel. —Fantástico. Por supuesto, aparecía justo cuando la cosa empezaba a ir bien con Lend. En esos momentos no necesitaba el drama de la AICP para recordarle mis mentiras. Bajamos corriendo a la cocina. David estaba de espaldas contra la encimera y en el rostro tenía una expresión que era una mezcla de ira y vergüenza. Raquel estaba frente a él, señalándole el pecho con el dedo y rematando cada frase con un pinchazo para dejarle las cosas claras.

—¡A mí no me hables de confianza, David Pirello! ¡No te atrevas a hablarme de confianza! Si sabes algo acerca de dónde están y no has...

David carraspeó con fuerza y Raquel se giró y nos encontró ahí de pie. Estaba roja por los sentimientos, algo que apenas había visto en ella. Estaba guapa, con las mejillas sonrojadas y los ojos brillantes. El ceño fruncido disminuía el efecto en cierto modo pero rápidamente adoptó una expresión neutral.

—Oh. David no me ha dicho que estabais aquí. —Se alisó la falda como si fuera capaz de liberar los sentimientos que había reprimido en cuanto entramos en la estancia—. Evie, quería preguntarte qué tal va la búsqueda de universidad.

Sonreí con suspicacia, segura de que aquel no era ni por asomo el motivo de su visita.

—Genial, hace unos cinco minutos que he enviado la solicitud a Georgetown.

—Deberías presentar solicitudes al menos para tres universidades más, para asegurarte una plaza.

Reprimí el impulso de fulminarle con la mirada. Mi orientador universitario no paraba de repetirme lo mismo pero, por lo que a mí respectaba, solo existía Georgetown.

—Buen consejo, gracias.

—¿Qué estás haciendo aquí? —preguntó Lend.

—Han pasado ciertas cosas últimamente sobre las que quería la opinión de tu padre. Por desgracia, no me ha sido útil. —Fulminó a David con la mirada. A él se le veía enfurruñado—. Evie, ya me contarás qué tal van las solicitudes. —Con una sonrisa, pasó por nuestro lado y salió por la puerta delantera.

—¿Desde cuándo utiliza puertas normales? —preguntó Lend.

—Es para mostrarse educada. —Fruncí el ceño y sentí un afán protector hacia ella.

—¿Qué quería realmente?

David negó con la cabeza.

—Más elementales y paranormales en una ubicación determinada que se escabullen de su red. De todos modos, no es problema nuestro. Si la AICP crea problemas, que se los solucionen. Más poder para cualquiera que los supere.

Cambié el peso de un pie al otro con incomodidad. No tenía ni idea de qué lado estaba en aquel caso en concreto. Probablemente de ambos. O de ninguno. Lend estaba callado y yo me estrujé el cerebro para encontrar qué decir y llenar el silencio.

El móvil me sonó en el bolsillo. Menos mal.

—Es Arianna, un momento. —Abrí el teléfono y fui al otro cuarto—. ¿Arianna? ¿Qué pasa?

—¿Hay algún motivo por el que un tío rubio esté saltando en nuestra cama o mejor me lo cargo?

—No te molestes —gruñí—. Ya lo mataré yo. —Si tenía que volver a lidiar con Jack, que volvía a fastidiarme con su presencia...

Lend apareció justo cuando terminaba la llamada.

—¿Algún problema?

Me guardé el móvil en el bolsillo, con cuidado de evitar su mirada. Aquello no era un trabajo de la AICP. Y estábamos pasando una tarde de lo más agradable hasta que había aparecido Raquel. No había motivo para crear tensiones.

Suspiré. La verdad. Le diría la verdad siempre que pudiera para compensar cuando no podía.

—Jack está en el apartamento molestando a Arianna.

Lend frunció el ceño.

—¿Qué le ha entrado?

—Ni idea. De todos modos tengo que volver porque me toca trabajar. —Últimamente había estado vagueando en el restaurante. Ya no necesitaba el dinero pero ellos seguían necesitando ayuda y me sabía mal dejarles tirados. Además, trabajar era una forma fácil de vigilar a Nona. No había visto a más hadas, pero eso no significaba que no pasara algo.

—¿Quieres que venga a ayudar?

Le sonreí, agradecida de que no se pusiera hecho una furia por lo de Jack. Sin duda le costaba.

—Deberías coger una película. Así no hace falta que los dos apestemos a comida grasienta. Necesito pensar que me espera un novio agradable.

—Me refería a ayuda con Jack.

—Oh, no. Lo único que pasa es que está un poco desequilibrado y solo.

Me rodeó la cintura con los brazos frunciendo el ceño.

—¿Y no puede estar desequilibrado y solo al lado de la novia de otro?

—Se lo propondré. ¿Me recoges a las ocho?

Se inclinó y me besó con suavidad.

—Sí. Llámame si tienes algún problema.

Dudaba que fuera a llamar a Lend, pero no me cabía la menor duda de que la presencia de Jack siempre acababa acarreando problemas.

ESTILOS DE VIDA ALTERNATIVOS

Jack estaba a medio salto cuando irrumpí en mi cuarto. Le agarré por el tobillo y lo coloqué en posición horizontal. Cayó con fuerza en mi cama y rodó hasta el suelo.

Y se echó a reír.

—¡Hagámoslo otra vez! ¡Pero esta vez saltaré más alto!

—¡No! ¡Ni hablar! ¿Qué estás haciendo aquí?

Se sentó en el suelo y se encogió de hombros.

—Estaba aburrido.

—¡Me da igual! ¡No soy tu canguro!

Los ojos azules le brillaban. En serio, ¿a quién le brillan los ojos en la realidad? Entonces arrugó la cara de forma que el labio inferior le sobresalía. Me guiñó el ojo con sus párpados ridículos de tan largos que eran.

—Pensaba que éramos amigos.

—Oh, ¡basta ya!

—Venga. —Se levantó de un salto y me tomó de la mano—. Hagamos algo divertido.

—¡No puedo! Tengo que trabajar y luego tengo una cita.

—¿El chico de las sartenes otra vez? Pensaba que habíais cortado.

—¡No! ¿Por qué íbamos a cortar?

Jack se encogió de hombros.

—No sé. No parecía muy emocionado la última vez que le vi. De todos modos, da igual. He venido a comprobar que estás bien. Eso parece, aunque sigo pensando que es un aburrido. ¿Puede llevarte a ver krakens?

—¡Ni hablar! ¿En serio? ¿Existen? Siempre quise... —Me callé y respiré hondo—. Mira, estoy ocupada. Con mi novio. —Esta vez me pareció ver un destello de autenticidad en su expresión decepcionada. Perfecto. Otra persona a la que fallaba. De todos modos, sabía de dónde venía. Si las únicas dos posibilidades entre las que podía escoger eran el Centro y los Reinos de las Hadas, pues entonces necesitaba un amigo—. ¿Podemos dejarlo para otro día? Los fines de semana estoy muy ocupada.

Se encogió de hombros y su sonrisa perenne retornó con el esplendor de sus hoyuelos.

—Probablemente busques la manera de que estén a punto de matarte.

Arianna se aclaró la garganta desde el umbral de la puerta. Había pasado por su lado a toda velocidad sin dar explicaciones y sin duda ahora me tocaba dárselas. El problema era saber qué decir.

—Oh, humm, Arianna, te presento a Jack. Él... eh... bueno, ¿qué te ha dicho?

Puso los ojos en blanco. Los ojos color chocolate delineados con kohl de su glamour imitaban los movimientos de sus ojos blanco lechoso de cadáver.

—Ha dicho que había venido a inspeccionar las camas, me he imaginado que era uno de tus «viejos» amigos.

—No, no lo es... bueno, más o menos. No es un hada, es humano, pero... eh... —No le había contado a Arianna mi nuevo acuerdo con la AICP. Lend ya estaba lo bastante enfadado por ello y no quería que mi compañera de piso también lo estuviera.

—Jack. —Le dedicó su sonrisa más galante y le tendió la mano—. Definitivamente humano pero... —Le cogió la mano y acercó los labios a ella—, estoy dispuesto a probar un estilo de vida alternativo si ello me permitiera conocerte mejor.

—Humm, ¿cómo? —Arianna retiró la mano con expresión asqueada pero con un tímido esbozo de sonrisa—. La vida eterna ya es lo bastante mala como para pasarla con plomazos como tú.

Él suspiró con fuerza.

—Qué malas son las chicas. Por lo menos las hadas te matan y punto si no quieren disfrutar de tu compañía. —Puso una mano en la pared y se apoyó en ella mientras daba golpecitos con el pie con impaciencia.

—¿Adónde vas? —pregunté, sintiéndome culpable por no poder pasar el rato con él.

—A encontrar un hada que me mate, por supuesto. —Nos guiñó el ojo y luego fingió caerse por el interior de la puerta de hadas cuando apareció. Hasta Arianna se rio cuando la puerta se cerró detrás de él.

—¿Dónde encontraste a ese?

—No tengo ni idea. Soy un foco de atracción para los locos, supongo.

—Deben de notar que eres su alma gemela.

—Mira quién fue a hablar. ¿No tienes más legiones de muertos vivientes con quienes liderar una revolución gloriosa?

—Zombis, no muertos vivientes. Hay una distinción clara. Y no. Ahora mismo busco nuevos talentos. La revolución gloriosa la dejo para mañana.

—Pues que tengas suerte. Oye, ¿quieres salir? Lend estará aquí todo el fin de semana.

Se encogió de hombros. Últimamente estaba cada vez más retraída. Pero, a falta de un apocalipsis de hadas, esta vez no pensaba dejarla colgada.

—Ya, bueno. ¿Maratón de *Easton Heights*? —Además, como Arianna no dormía, podíamos mirar DVD toda la noche, lo cual significaba que no tenía por qué dejar de estar con Lend. Para mí era un plan perfecto.

Asentí y sonreí entusiasmada.

—¡Juerga!

—Lend se quejará.

—Está muy mono cuando se queja.

—A ti te pasa algo raro —dijo ella.

A mí me pasaban muchas cosas raras, pero estaba claro que querer a Lend no era una de ellas.

—Ah, oye —dijo, señalando unas carpetas gruesas del escritorio—. He pedido documentación de otras universidades de Washington D.C.

—¿Por qué?

—Plan alternativo. Ya sabes, por si acaso.

Fruncí el ceño. Cualquiera diría que era ella la que salía a escondidas con Raquel.

—No me hace falta un plan alternativo.

Volvió a poner los ojos en blanco.

—No seas idiota. A veces las cosas no salen bien. Siempre hay que tener distintas opciones. Eres afortunada de poder tenerlas.

—No me hacen falta opciones. Hasta luego. —Cerré la puerta detrás de mí con más fuerza de la necesaria.

Al llegar abajo, entré en la cocina y me encontré a Nona y a Grnlllll de pie uno junto al otro e inclinados sobre algo que Nona tenía en el brazo. Entrecerré los ojos, convencida de que no veía bien. Daba la impresión de que le hablaban a una especie de lagarto o salamandra naranja brillante, lo cual no podía ser cierto.

Pero, claro, Nona era un árbol. O sea que pocas cosas de las que hacía podían considerarse raras. O lo eran todas. La verdad es que ahí no había ninguna pauta de normalidad.

—Oye, ¿Nona? —Se enderezó y colocó el brazo detrás de la espalda en actitud protectora y con expresión severa. Fruncí el ceño y me planteé si quería evitar que viera eso o si estaba enfadada conmigo por no trabajar lo suficiente—. ¿Dónde me necesitas hoy, en las mesas o en la caja?

—En ningún sitio, Evie. Gracias. Puedes irte.

—Va... vale... —Estaba claro que ahí pasaba algo raro. Entre su conversación susurrante con Grnlllll y el encuentro con Reth, Nona se me estaba escapando. Y estaba también la manera como me miraba cuando pensaba que no me daba cuenta... como si estuviera, no sé, esperando. Algo.

Estaba convencida de que no quería saber el qué.

Mientras cruzaba el restaurante para marcharme, os juro que todas las miradas del local, ninguna de las cuales era humana, estaban puestas en mí. Contuve un estremecimiento y saqué el móvil para llamar a Lend a fin de que viniera a recogerme. Ni por asomo pensaba caminar bajo el cielo abierto.

La cabeza se me desviaba peligrosamente hacia el escritorio. El tablero liso y regular de conglomerado resultaba tentador y el zumbido incluso más regular y suave de la voz de mi profesora de Inglés al fondo parecía haber descubierto una cura desconocida para el insomnio.

No recordaba la última vez que había estado tan aburrida. Ojalá me aceptaran en Georgetown. Entonces podría relajarme. Ahora mismo no podía permitirme más deslices, por si miraban mis notas.

Motivo por el cual estaba haciendo otra carrera divertida para subir nota durante el almuerzo para la señorita Lynn. «Carrera divertida», menudo nombre poco acertado. Es como decir «gremlin tranquilo» o «arpía amable». O «libro de texto de historia entretenido». Era mi tercera carrera divertida de la semana y estaba segura de estar sacrificando años de mi vida ya de por sí acortada por una dichosa nota. De todos modos, correr era tan agotador que no podía aburrirme. A diferencia de este mismo instante.

Reprimí un bostezo. Quería que pasara algo, lo que fuera. A lo mejor Lend aparecía de nuevo y me rescataba y podíamos tener otra cita mágica y superar la tensión que todavía parecía existir entre nosotros en los momentos de tranquilidad. Apoyando la cabeza en el puño miré hacia la puerta.

¿Y si entraba un zombie, apestando a muerte y descomposición? Seguro que iría a por la Futbolista Pelirroja Brutita que se sentaba junto a la puerta. Era capaz de enfrentarme a un zombi. La regla de la mesa de la profesora parecía tener filo y ¿qué impresión más guay daría a mis compañeros de clase? Sobre todo si tuviera mi pistola.

Exhalé un suspiro, incliné la cabeza hacia atrás y contemplé el techo. Nunca funcionaría. Ninguna regla sería lo bastante afilada. Además, nunca llevo la táser al instituto. Y aunque salvara a todos los de la clase, me expulsarían de todos modos debido a la tolerancia cero del instituto con la violencia.

Tendría que sobrevivir sin el aprecio y admiración eternos de mis compañeros de clase. Lo cierto es que la mayoría de ellos apenas me prestaban atención. Tenían sus pandillas formadas y aunque se mostraban amables, no me relacionaba con nadie fuera del instituto. En parte era culpa mía, dado el tiempo que pasaba trabajando en el restaurante y dedicada a Lend los fines de semana.

Pero para ser sinceros, sobre todo era porque, por mucho que quisiera, yo no encajaba ahí. Sus dramas giraban alrededor de quién salía con quién y quién le había dicho qué a quién y quién entraba dónde y tal y pascual. Mis dramas giraban alrededor de los qué... como en «¿qué demonios es esa horrible criatura que está a punto de cortarme el pescuezo?».

O por lo menos es lo que solía ser. Había estado toda la semana con los nervios a flor de piel. Raquel no me había necesitado para nada, lo cual me dejaba demasiado tiempo para estresarme por todo. No tenía ningún sitio adonde ir donde me sintiera segura o tranquila. El restaurante estaba lleno de paranormales, y aunque Nona se comportaba como siempre, cada vez que me miraba me entraba el cague. Arianna era como mi poltergeist privado, siempre en casa, siempre emponzoñando el apartamento con sus cambios de humor. Salir me ponía demasiado nerviosa: la brisa que me seguía a todas partes, tener que mirar al cielo constantemente por si había sílfides y los gentíos por si había hadas. No tenía ningún sitio adonde ir que sintiera como propio.

Era como Jack había dicho: no tenía hogar.

Pero en esos momentos estaba sencillamente aburrida. O sea que a lo mejor aparecía algún vampiro despistado por el instituto y...

Un papel dio un golpetazo en el escritorio y tardé varios segundos en darme cuenta de lo que estaba viendo. Mi examen. ¡Mi último examen! Mi examen con una...

No, no podía ser verdad.

Observé con descrédito la nota que adornaba la primera página. ¿Suficiente +? ¿Suficiente +? ¿No sabía cuánto tiempo me había pasado estudiando para ese examen estúpido e inútil? ¿No sabía que me había pasado la mitad de la noche anterior batallando contra las fuerzas del mal? ¿Acaso no sabía que tenía que entrar en el dichoso Georgetown?

El Suficiente+ estaba ahí, burlándose de mí. Menos mal que no llevaba la táser en el bolso, porque habría quemado esa nota execrable ahí mismo. La clase acabó antes de que asimilara las instrucciones que la profesora nos había dado antes de marchar, y Carlee estaba de pie al lado de mi mesa.

—¿Un Suficiente Alto? ¡Qué bien!

—Qué bien no me permite entrar en Georgetown —me quejé, peligrosamente al borde de las lágrimas. Por favor, por favor, que miren mi expediente académico antes de que publiquen mis últimas notas.

—¡Seguro que entras! Eres muy lista. No te preocupes. —Me pasó el brazo por encima de los hombros mientras nos íbamos a comer—. Hablemos de cosas alegres. ¿De qué me disfrazo para Halloween? No acabo de decidirme entre un vampiro sexy o un hada sexy. ¡Tengo un tubo entero de gel para el cuerpo de purpurina para cualquiera de los dos disfraces por si quieres ir de lo que yo no iré!

¿Ahora resultaba que los vampiros y las hadas eran brillantes?

Venga ya.

COMPLICACIONES
ACARAMELADAS

Gemí al tiempo que me sujetaba el vientre.

—*Easton Heights* nunca trató esto. Entra voz dramática superpuesta: «En el siguiente episodio: Halloween acaba siendo un fracaso. Carys consume cantidades letales de azúcar. ¿Sobrevivirá para asistir a la fiesta anual de antiguos alumnos? Y, lo más aterrador, ¿se lo pedirá alguien ahora que ha engordado seis kilos?»

Arianna frunció el ceño mientras me colocaba bien la peluca con unas horquillas.

—Nadie te ha obligado a comerte una bolsa entera de Tootsie Rolls. Estate quieta.

Arreglarse resultaría mucho más fácil si tuviéramos un espejo, pero Arianna los odiaba, así que yo estaba sentada en una silla en medio del diminuto salón. No podía quejarme demasiado puesto que habría sido imposible conseguir un disfraz tan bueno yo solita. A veces compensaba tener a una ex estudiante de escuela de moda muerta viviente por compañera de piso.

—Vale. —Retrocedió y admiró su obra con un asentimiento contundente—. Ya estás preparada.

Me levanté de un salto y me miré en el espejo del baño.

—¡Oh, Arianna, qué alucinante!

La peluca roja y la cinta para la cabeza púrpura complementaban el vestido púrpura, las mallas rosas y el pañuelo de seda verde. Siempre me había gustado la pandilla de *Scooby-Doo*. Eran lo más opuesto a mí. Cazaban monstruos que resultaba que eran humanos mientras que yo veía a humanos que en realidad eran monstruos, creo que ellos lo tenían mejor. Y encima consiguieron una furgoneta guay.

—Entonces ¿queda bien? —llamó Arianna desde la otra sala.

—¡Eres un genio! ¡Soy la mejor Daphne de todos los tiempos!

—Y tan humilde, encima.

Regresé a donde ella estaba. Ya se había colocado frente al ordenador para jugar.

—¿Quieres venir con nosotros? —pregunté.

—No salgo por Halloween.

—Oh, venga ya. ¡Halloween es tu noche!

Alzó la vista y me dedicó una mirada glacial.

—Gracias, paso.

Vacilé, sintiéndome culpable. Últimamente apenas había pasado tiempo con ella. Incluso me había quedado dormida a la media hora de empezar nuestra maratón nocturna la semana pasada.

No quería reconocerlo, pero ese estúpido súper vampiro de Suecia había hecho aflorar de nuevo todo el odio que sentía por los vampiros y me costaba mirar directamente a Arianna. Además, durante las últimas semanas parecía muy retraída y antisocial.

Bueno, más retraída y antisocial, por lo menos.

Pero se había tomado la molestia de hacerme ese disfraz tan alucinante. Lo mínimo que podía hacer era conseguir que saliese.

—Venga, ¡lo pasaremos bien! Además, este año los

vampiros están de moda, o sea que tú estás a la última. No pensarás pasar Halloween encerrada en este estúpido apartamento, ¿verdad que no?

Entrecerró los ojos.

—Eso es precisamente lo que quiero hacer, muchas gracias. Además, odiaría imponerte mi presencia cuando está claro que no disfrutas de ella. No quiero tu compasión, Evie.

—¡Eso no es cierto! —Suspiró y retomó el juego—. Bueno, vale, ya lo pillo. Yo tampoco querría salir conmigo.

Estaba a punto de contradecirla cuando sonó un claxon en el exterior. Le puse la mano en el hombro, pero ella me la apartó, sin ni siquiera mirarme. Cuando Arianna estaba de malas, no había forma de hacerla entrar en razón.

Intenté despojarme del sentimiento de culpa mientras bajaba las escaleras a toda prisa y cruzaba el restaurante. Lend salió del coche cuando yo aparecí, un viaje especial a casa aquel jueves solo para mí. Fruncí el ceño.

—¡No te has arreglado!

Sonrió y me abrió la puerta.

—¡Por supuesto que sí! ¡Me he disfrazado del hombre no invisible!

Le di un buen golpetazo en el pecho.

—Vago.

—Oye, voy disfrazado todas las horas del día. Tú solo te disfrazas una vez al año, lo cual creo que te convierte en la vaga. Sin embargo, con estas mallas rosas estás guapísima, así que lo dejaré correr.

—Qué detalle por tu parte. —Me besó y se entretuvo en mis labios y me embargó una cálida felicidad. Íbamos a estar bien.

Yo miraba por la ventanilla mientras íbamos en coche hacia la casa de su padre, emocionada al ver a los primeros grupos que pedían truco o trato. Recordaba vagamente cuando lo hacía de pequeña. Una de mis familias de acogida le daba muchísima importancia: tallábamos calabazas y tal. A la mujer que regentaba mi último hogar de acogida no le parecía seguro, o sea que tuvimos que quedarnos en casa a ver dibujos de Charlie Brown en tres ocasiones. A día de hoy siguen sin gustarme los beagles.

Raquel, por supuesto, pensaba que esta fiesta era una soberana tontería en la que la gente iba por ahí fingiendo ser las cosas de las que les protegíamos. Además, a ella siempre le preocupaba ofender a nuestros «compañeros de trabajo» infravalorando su existencia. A juzgar por el humor de Arianna, quizá Raquel estuviera en lo cierto.

Me volví hacia Lend.

—¿Qué planes hay para esta noche?

—Primero tallar calabazas. He hecho algunos diseños. Vamos a hacer papilla a mi padre.

Sonreí, ansiosa por ver qué había dibujado. Últimamente la mayoría de sus bocetos eran para su clase de anatomía humana. Prefería con diferencia cuando dibujaba para pasar el rato.

—Genial, ¿y luego qué?

—Hacemos manzanas caramelizadas y nos colocamos en la puerta. La única gente que se pega la caminata hasta la casa son los hombres lobo de la localidad que tienen hijos, así que siempre tiene gracia verlos.

—¡Oh, fantástico! —Lo dije como si lo creyera pero me había llevado una decepción. Era mi primer Halloween normal de adolescente. Yo tenía otra idea, algo un poco más emocionante que dar caramelos a los cachorrillos de hombres lobo. Carlee daba una fiesta por la noche, su juerga de Halloween anual, y aunque no me relacionaba con ninguno de los asistentes, sentía cierta curiosidad. Solo había visto fiestas de verdad en la tele. O en el Centro, pero esas eran sosas. Siempre resultaba extraño mezclarse con paranormales que había cazado y capturado personalmente. Además, nadie le añadía alcohol al ponche.

Sin embargo, estar con Lend era mejor que cualquier otra cosa, y él odiaba las fiestas. Era bastante hogareño dado que había tenido que estar aislado cuando era pequeño hasta que controló el cambio de forma. Y aunque al hacerse mayor tenía el potencial para tener éxito (es decir: estaba más bueno que el pan), sentía que nadie podría conocer a su verdadero ser.

Hasta que llegué yo, claro está. Lo cual me hacía feliz hasta lo indecible.

Lend lanzó una mirada hacia mí y sonrió.

—Qué mal se te da fingir que estás emocionada. No es eso todo lo que haremos.

Me animé rápidamente.

—¿No?

—Bueno, ya estás vestida para la ocasión, así que he pensado que podríamos ir a... la bolera de discoteca.

—¿Bolera de discoteca? ¿En serio? ¿Eso existe?

Se echó a reír.

—Nunca he ido, pero hace unas semanas mencionaste la bolera y pensé que hoy que es una noche especial podía impresionarte con mi falta de habilidad para los bolos. Aparte de que estás demasiado guapa como para perder el tiempo con los niños que piden truco o trato. Hay un concurso de disfraces, así que tienes el premio asegurado.

Me eché a reír, atolondrada, y le cogí la mano para besarle los nudillos. Sabía que él prefería quedarse en casa pero había hecho aquellos planes para hacerme feliz. Y quería fardar de mí, lo cual satisfacía mi vanidad más de lo que estaba dispuesta a reconocer. El mejor novio de todos los tiempos.

—¿Fotos, por favor? Y si vamos a la bolera de la disco mejor que te arregles.

Fingió un suspiro, pero su cabello de glamour se le rizó de forma exagerada y yo grité encantada. Luego le cambió a un cabello más corto con un mechón rubio trigo.

—Me imagino que con un corbatón y pantalones azules puedo quedar genial como Fred para tu Daphne, ¿no?

Una noche perfecta.

—¿Eso no es para... preescolares? —No podía parar de reír mientras Lend sacaba parachoques para nuestro canalón. Todo el local estaba iluminado con luces de neón, con una bola de discoteca gigante que lanzaba destellos por todas partes. La música palpitaba a tal volumen que había que gritar para oírse, pero todo el mundo lo estaba pasando bien. Incluso vimos a Kari y Donna un par de pistas más allá, sus risas alocadas recordaban a las focas que solían ser. Me saludaron con alegría, haciendo caso omiso de la larga cola de chicos que intentaban flirtear con ellas.

—Sí, los parachoques son para preescolares o para dos adolescentes incapaces de lanzar bolos por el canalón aunque les fuera la vida en ello. Lo cual, por suerte, no es el caso. Porque, de lo contrario, estaríamos muy mal.

Cogí mi bola de un rosa estridente (que me estaba planteando seriamente comprar) e imité el estilo perfecto de un tipo que iba en plan mohicano y que tenía al lado. En vez de lanzar en línea recta por la pista y tirar todos los bolos, mi bola salió disparada de un modo inexplicable hacia Lend.

—Bueno, esto se está poniendo peligroso. —Lend me devolvió la bola y, rodeándome con los brazos, la lanzamos juntos. Después de derribar los parachoques de ambos lados, derribó la friolera de tres bolos.

Di varios saltos y grité:

—Eso es prácticamente un pleno, ¿no?

—¡A mí ya me vale!

Para la siguiente ronda, Lend se agachó y lanzó la bola con ambas manos desde entre las piernas, y hacia la pista del mohicano. A él no le hizo ni la mitad de la gracia que a nosotros, pero Lend sonrió y se disculpó y salvó la situación con su encanto.

—Menos mal que estamos guapos —dije cuando Lend se sentó en los asientos de plástico naranja que tenía al lado—. Porque no tenemos mucho futuro como jugadores de bolos.

—¿O sea que el rubio te parece guapo?

Le pasé los dedos por el pelo ridículo.

—La verdad es que no. Me gustas alto, moreno y guapo. Bueno, mi preferido es alto, invisible y guapo, pero aun así...

Un presentador interrumpió la música disco atronadora para marcar el comienzo del concurso de disfraces. Lend me acercó y volvimos a empezar y entonces noté que el bolso vibraba. ¡Mi teléfono! Lo saqué y me sorprendió ver el nombre de Carlee en la pantallita. Oh, mierda, ¿se me había olvidado decirle que no iba a ir a su fiesta?

—¿Carlee? ¿Qué pasa? ¡Siento no haber podido venir! —grité por encima del ruido, acercando a Lend a las puertas dobles situadas junto a la entrada para evitar el barullo. No quería que Carlee pensara que le había dado plantón. Aunque así fuera.

—¡Evie! ¡Evvvvvvvie! —Prolongó mi nombre y de-

trás de ella oía el parloteo de demasiadas voces hiper
adolescentes—. Chica, has intercedido por mí. ¡Te debo
una!

—¿Qué?

—¡Tu amigo! ¡Le dijiste lo de la fiesta, niñata astuta!

—¿Qué amigo?

—¡Jack, por supuesto!

FELIZ Y RARITO
HALLOWEEN

Me puse un dedo en la oreja que tenía libre para oír mejor el teléfono y me separé un poco de Lend.

—¿Cómo dices? ¿Quién está ahí? —Era imposible que Carlee hubiera dicho lo que me parecía haber oído.

—¡Jack, el guapo! Gracias por decirle que viniera. ¡Paso totalmente de John! ¡Y cuánto me alegro de haberme puesto el disfraz de ángel putón! ¿Puedes darme algún consejo? Lo que le gusta, lo que no le gusta, lo que sea.

—Es... ¿Jack está ahí? ¿Ahora? —Lend volvió la cabeza con fuerza y de repente se concentró en la conversación.

—Sí, está... un momento... —De fondo se oyó el grito agudo de una chica y luego una fuerte ovación. Carlee soltó un juramento y se echó a reír—. ¡Ha hecho una voltereta desde el rellano del segundo piso y ha aterrizado en el recibidor!

Me llevé la mano a los ojos en un intento por buscar la manera de mejorar aquello. Jack no podía estar allí. Mis mundos no debían mezclarse de ese modo. ¿Cómo se había enterado? Y, conociendo a Jack, estaba claro que acabaría metiéndolos en algún lío. Era lo habitual en él. Aparte de eso, la idea de que Jack y Carlee se enrollaran me hacía sentir ligeramente mal y sabía que no era por el exceso de manzanas caramelizadas que me había tomado en casa de Lend. ¿Qué pasaría cuando desapareciera y le partiera el corazón? Perdería a la única amiga normal que tenía. Y si él le hablaba de su vida real... bueno, probablemente ella pensaría que yo estaba loca por asociación. No quería pasar el resto de mi último curso sin un solo amigo.

—¿Puedes decirle que se ponga al teléfono? ¿Carlee? Dile a Jack que se ponga.

Se estaba riendo, gritando algo que no comprendí por culpa del ruido de fondo.

—Bueno, te dejo. ¡Todo el mundo va hacia el cementerio! Gracias otra vez... ¡Hasta mañana, chica!

La línea se quedó muda.

—Oh, pi-pi. —Cerré la tapa del teléfono, paralizada por momentos. Aquella situación estaba abocada al desastre. Jack no era precisamente un ejemplo de discreción, ni de cordura, ya puestos, y si le contaba mis secretos...

—Jack, eh... —La voz de Lend sonó monótona, controlada.

Meneé la cabeza mientras odiaba a Jack por fastidiarnos una velada perfecta.

—Me parece que se ha presentado en la fiesta de Carlee.

—Oh. —Lend no dijo nada. Yo me veía incapaz de vencer el pánico cada vez mayor por lo que Jack podía hacer o decir. Las luces estroboscópicas giraban cuando empezó el concurso de disfraces. Nos lo estábamos perdiendo.

—Debería... Van todos al cementerio. Debería asegurarme de que Jack no se mete en líos.

—Si es lo que crees... —Otra vez la voz monótona.

El hecho de que Lend intentara no transmitir ninguna emoción era mucho peor que verlo claramente contrariado por algo—. De todos modos, esta noche tengo que volver a la universidad. Puedo dejarte... me viene de camino. ¿Te llevará alguien después?

—Sí, ya me llevará Carlee. —Y aunque no fuera así, el cementerio estaba a menos de dos kilómetros del restaurante. Sería más fácil regresar caminando que pedirle a Lend que me esperara o viniera a por mí. Nuestra noche no debía acabar así. Vaya porquería más porqueriosa.

—¿Estás segura?

—Estoy segura, gracias.

El viaje fue penoso y, con cada minuto que pasaba en tenso silencio, más resuelta estaba a retorcerle el pescuezo a Jack. Sonó el teléfono cuando ya casi estábamos llegando y lo abrí.

—¿Carlee? ¿Qué ha pasado?

—Soy Arianna.

—Oh, ¿qué pasa?

—No puedo pasar un minuto más en este apartamento. Están haciendo una maratón de películas sangrientas en el Crown Theatre. ¿Vosotros dónde estáis?

Se me cayó el alma a los pies. Perfecto. Había elegido ese momento para hacer vida social.

—Hum, lo cierto es que voy a una fiesta y Lend iba a volver a la universidad. Pero igual podemos vernos más tarde. —Esperé su respuesta pero la línea se quedó muda—. Perfecto —mascullé mientras tiraba el teléfono al interior del bolso.

Lend se paró delante de la verja de hierro forjado que bordeaba el perímetro del cementerio. Era un lugar hermoso y, creedme, he visto unos cuantos cementerios en mi vida. Había árboles enormes cubiertos de hiedra por todas partes que le otorgaban una sensación de privacidad. Había senderos estrechos y pavimentados que recorrían el lugar, flanqueados de forma regular por bancos de piedra. Durante el día era tranquilo, hermoso, un lugar bonito en el que descansar eternamente.

¿Por la noche? Sí, un poco espeluznante. No se veía a más de seis metros en ninguna dirección por culpa de los árboles y el espacio estaba mal iluminado con pocas farolas.

—¿Llevas la táser? —preguntó Lend.

Solté una risa nerviosa.

—Curiosamente no suelo llevarla a nuestras citas. Además, es el territorio de tu padre. Probablemente sea el cementerio más seguro del mundo. —Los vampiros de aquí eran casi beligerantes en cuanto a sus reglamentos. Es imposible que dejaran que alguien enredara por su zona y llamara la atención.

—¿Llevas el collar, entonces?

Le sonreí y lo saqué de debajo del vestido.

—Sí. No me pasará nada. Y si tuviera la pistola, probablemente solo la emplearía con Jack.

Esperé hacerle sonreír, pero Lend suspiró y asintió.

—Pues hasta mañana por la noche, entonces.

—Sí. —Me incliné y fui recompensada con un beso rápido, nuestros labios apenas se rozaron. Menudo imbécil, Jack. Bajé del coche y Lend esperó hasta que crucé la verja. Cuando hube recorrido una pequeña parte del sendero, oí que se marchaba.

Por entre los árboles se filtró un grito y unas risas distantes, nerviosas y apreté los dientes. Tras varias vueltas y revueltas, encontré al grupo reunido alrededor de uno de los bancos. Parecían estar centrados en algo que había en el centro del banco. Me acerqué más y entrecerré los ojos. Jack, por supuesto. Hizo una voltereta hacia atrás para bajar del banco y recibió los aplausos de los presentes.

Entonces me vio y sonrió como si fuera una agradable sorpresa.

—¡Evie! ¡Has venido!

—Sí, qué curioso. De hecho, yo estaba invitada. ¿Cómo has acabado aquí?

—¡Evie! ¡Guay! —Carlee me abrazó. Debía de estar pelándose de frío con el vestidito blanco sin mangas, botas de go-gó y alas—. ¿No te parece increíble?

—Oh, sí, totalmente. Me encantan los cementerios. A ver si lo adivino, ¿ha sido idea de Jack?

—¡Sí! —Soltó una risa tonta—. ¡No sé por qué no se nos ocurrió antes!

A Jack le brillaban los ojos, embargado por una emoción casi febril.

—¿No te parece divertido? ¡Nunca he estado en una fiesta como esta! —Seguía odiándole por haberme hecho ir hasta allí, pero en parte estaba celosa. Aquello era exactamente lo que siempre había imaginado que sería una fiesta de Halloween nocturna, pero ahora tenía que hacerme la responsable y hacerle marchar antes de que causara estragos. De todos modos, aquello no era ni la mitad de divertido que jugar a los bolos. En gran medida no era más que frío, y daba la impresión de que la mitad de los estudiantes no tenían otro objetivo que acabar como una cuba.

—¡Eh! —Un tipo moreno y larguirucho que reconocí de los pasillos del instituto se colocó en el banco para llamar la atención de todos—. ¡Vamos a jugar al escondite! ¡Podéis esconderos por parejas! —Hizo un guiño lascivo antes de bajar de un salto. Carlee se volvió hacia Jack, demasiado emocionada, pero el tipo le dio una palmada en el hombro.

—¡Carlee busca!

Chillando, todos se dispersaron por la oscuridad.

Carlee hizo un mohín exagerado echando el labio hacia fuera.

—No te escondas mucho, ¿vale, Jack?

Él le guiñó el ojo. Ella soltó una risa tonta. Y a mí me entraron ganas de vomitar. Él se volvió y echó a correr hacia los árboles y yo me vi obligada a seguirle. Si las fiestas eran aquello, pues vaya rollo. Aunque probablemente no me habría parecido un rollo si estuviera con Lend.

Cuando alcancé a Jack, le agarré del brazo.

—¿Qué estás haciendo aquí?

—¡Esconderme! Así se juega, ¿no? Me parece que el nombre de «escondite» queda bastante claro. Vas de rubia.

—Igual que tú, imbécil. Repito, ¿qué estás haciendo aquí?

Se encogió de hombros.

—He pensado que sería divertido. Encontré la invitación en tu cama el otro día.

No había visto a Jack desde que recibí la invitación. Lo cual significaba que había estado en mi apartamento en mi ausencia y curioseando mis cosas.

—¿Qué estabas haciendo en mi habitación?

—Pasé por ahí para asegurarme de que estabas bien. Últimamente pareces un poco desanimada.

Fruncí el ceño, sorprendida. Me había esperado una respuesta fácil pero parecía sincero.

—Oh, bueno, no toques mis cosas. Y no deberías estar aquí.

—Venga ya. ¿Qué tiene de malo lo que estamos haciendo? No todo es un asunto de vida o muerte. Un poco de fiesta no hace daño a nadie. —Se giró y se internó más en los árboles y yo le seguí con un gruñido. Tenía que sacarlo de allí, aunque pareciera estar pasándolo realmente bien y no hubiera causado ningún daño que yo supiera.

Hasta el momento. Pero ¿cómo se atrevía a acusarme de no ser capaz de divertirme? Me lo estaba pasando en grande antes de que él lo estropeara todo.

Me sonó el teléfono y lo saqué. Lend.

—¿Diga?

—¿Le has encontrado?

—Sí. Ya nos marchamos.

—¿Va a volver contigo?

—¡No! Solo quiero alejarle de los estudiantes inocentes. —Alguien gritó por allí cerca y me puse rígida, aguzando todos los sentidos, pero entonces el grito se fundió en una risa y en gritos juguetones.

—Probablemente sea buena idea.

Me mordí el labio y escudriñé la oscuridad para ver si veía a Jack. Lo había perdido.

—Sí. —Intenté pensar algo más que decir.

—Llámame cuando llegues a casa, ¿vale? Quiero estar seguro de que llegas bien.

—Sí, por supuesto.

Exhaló un fuerte suspiro.

—Tenía que haberme quedado. Voy a dar media vuelta.

—No, de verdad, no pasa nada. Jack es problema mío, no tuyo. Te llamaré cuando llegue a casa y mañana por la noche vuelves.

—De acuerdo. —El silencio estático que había entre nosotros parecía aumentar los kilómetros que nos separaban—. ¿Hablamos pronto, entonces?

—Sí. Adiós.

Colgué el teléfono y lo observé entristecida durante unos instantes.

Acto seguido, miré a mi alrededor, resuelta a encontrar a Jack y sacarle rápidamente de allí para poder llamar de nuevo a Lend. Me había internado más que nunca en el cementerio, de hecho me pregunté si seguía en él o si no había ninguna verja que lo separara de los bosques circundantes. Se me erizó el vello de la nuca. Me sentía observada.

Algo me agarró del brazo y grité. Se me cayó el teléfono.

—Ho-la, ¡sí que estás nerviosa esta noche! —Jack desplegó una amplia sonrisa.

Le di una patada en la espinilla, me agaché y cogí el teléfono. Me lo introduje en el bolsillo y me volví hacia Jack.

—Vamos.

Se puso alerta.

—¿Adónde? Si te aburres, estoy seguro de que podría encontrar una fiesta más divertida en Nueva York. —Me tendió la mano y aunque estaba demasiado oscuro para verle los hoyuelos, prácticamente los notaba—. Vamos.

Negué con la cabeza. No podía salir con Jack, aunque me llevara a lugares que de otro modo no vería nunca. Sería una traición demasiado grande para Lend.

—Me voy a casa.

Una voz aterciopelada sonó en la oscuridad.

—¿Tan temprano, *Liebchen*?

SÚPER PI-PI

Me quedé de piedra, aterrada, cuando una sombra se separó de un árbol cercano y caminó hacia delante.

—¿Te sorprende verme, monstruita? —Habló con voz queda con un acento alemán que ahora resultaba más sutil.

Tragué saliva y asentí antes de pensármelo dos veces. ¿Que pi-pi estaba haciendo el súper vampiro ahí? ¿Y cómo iba a escapar de esa?

Sonrió, sus dientes perfectos y blancos del glamour por encima de los ennegrecidos y podridos.

—Por si te hace sentir mejor, para mí verte también es una agradable sorpresa.

—¿Cómo has llegado hasta aquí? —pregunté, retrocediendo un pasito mientras pensaba en la manera de ganar tiempo, de pedir ayuda a la AICP, de hacer algo. Los vampiros no tenían por qué ser fuertes. Complicaba mucho más las cosas. Y las hacía aterradoras.

—De eso se trata ahora, ¿no? —Me observó con calma, sin avanzar—. Estaba en la celda de esa institución odiosa cuando alguien me atacó por detrás y entonces me desperté aquí. Y ahora tú también estás aquí. Da la impresión de que es una noche en la que se producen coincidencias extrañas y aparecen monstruos en la oscuridad.

—Un momento... ¿alguien te asaltó por detrás? ¿En la celda cerrada con llave? ¿Y no viste a nadie?

Asintió, perplejo.

—¿Dónde estamos?

Fruncí el ceño e hice caso omiso de la pregunta. Era imposible que aquello fuera una coincidencia extraña. Alguien lo había dejado fuera de combate, lo había sacado del Centro y lo había llevado allí, sabiendo de algún modo dónde estaba yo. Solo había un tipo de «alguien» capaz de aquello.

Hadas. Por supuesto. Tenía que ser un hada. La pregunta era ¿cuál? ¿Era alguna broma de Reth? Me había puesto en peligro a propósito con anterioridad, cuando trajo a Vivian al Centro. Pero no le encontraba ningún sentido.

De todos modos, había un grupo siniestro de hadas que me odiaban, y una de las más firmes candidatas era Fehl, que estuvo a punto de morir a manos de Viv la primavera pasada. Y estaba el hada que se había presentado en el Centro. No me había parecido muy amable. Aparte de Nona quien, sin duda, estaba en contacto con por lo menos un hada que yo supiera. Y si lo que había dicho Reth era cierto, yo tenía que hacer algo por ese grupo de hadas. Cuando decidí no hacerlo, en cierto modo desbaraté todos sus grandes planes proféticos. Así que, básicamente, era difícil encontrar un hada que no quisiera perjudicarme. La sílfide, el hipocampo, ahora esto... tenía que haber alguien detrás de todo aquello. Alguien que iba a por mí. Los mismos «alguien» que siempre habían ido a por mí.

—Dichosas hadas —masculló con tono siniestro. ¿Por qué no me dejaban en paz?

Al súper vampiro se le iluminaron los ojos.

—¿Hadas? ¿Sabes dónde puedo encontrar alguna?
Puse los ojos en blanco.

—Créeme, si pudiera te dejaría suelto con la raza entera.

Alguien gritó y rio cerca y súper vampiro y yo desviamos la atención en dirección al sonido.

—¿Amigos tuyos? —preguntó. Noté una sensación gélida en el vientre.

—Humanos.

—Lástima. Con la sed que tengo... De todos modos, tú y yo tenemos una asignatura pendiente, *Liebchen*.

Me pellizqué el puente de la nariz. No quería estar cerca de él, me recordaba las muchas ganas que había tenido de arrebatarle el alma aquella noche.

—Mira, estoy cansada y esta noche las cosas no han salido como esperaba. Preferiría no tener que lidiar contigo ahora, así que ¿qué te parece que Jack, aquí presente, te acompañe al Centro? Te visitaré pronto y entonces podemos mantener una agradable y larga conversación.

Se echó a reír.

—Va a ser que no.

De repente comprendí y le sonreí.

—Bueno, de todos modos da igual, dado que la tobillera de seguimiento indica a la AICP tu ubicación exacta y llegarán en cualquier momento. —Oh, bendita seas, tecnología de la AICP.

Miró a su alrededor con movimientos lentos y despreocupados.

—Pero aquí estamos, parados, y no se les ve por ningún sitio.

Fruncí el ceño. Tenía razón. Tenían que haber llegado casi al instante. ¿Por qué no estaban allí?

—Hum —dijo Jack, lo cual me recordó que seguía detrás de mí—. ¿Se te ocurre algo, Evie? Parece que se me han acabado los bates de béisbol. —Súper vampiro dirigió una mirada glacial en dirección a Jack. Por dentro maldije al chico idiota por atacar y ponerse también él en peligro.

—Supongo que no has traído el comunicador.

—Ahora que lo pienso, no ha sido muy inteligente por mi parte.

O sea que estábamos solos. Hice ademán de coger la táser antes de recordar que la había dejado en casa, sana y salva en el cajón de los calcetines. No estaba nada bien.

Nos quedamos todos ahí de pie, la tensión resultaba palpable en la oscuridad. Súper vampiro hizo un amago hacia delante y grité mientras intentaba darle una patada. Se apartó rápidamente, esquivándome, y me incliné y cogí un buen palo del suelo del bosque. Bendita la previsión no intencionada de Jack al llevarnos allí atrás. Lo partí por la mitad con la rodilla y lo blandí, preparada para el siguiente ataque. Nunca le había clavado una estaca a un vampiro con anterioridad, el mero hecho de pensarlo me ponía enferma. Con un poco de suerte se sentiría débil por no haber bebido sangre paranormal durante el tiempo pasado en el Centro.

De repente alguien salió de un brinco entre la oscuridad al lado de él.

—¡Jack! ¡Estás aquí! —gritó Carlee.

¡Ella no!

—¡Carlee, corre!

—Ven aquí, querida —dijo súper vampiro con voz baja y autoritaria. Corrí hacia delante pero era demasiado tarde. Ella le miró a los ojos y no hizo falta nada más.

—Por supuesto —murmuró con voz soñolienta, feliz y claramente atontada. Se apoyó en él y la rodeó con el brazo al tiempo que me miraba con una sonrisa de regodeo. Fantástico. Mi amiga tan dulce y despistada estaba ahora bajo el hechizo del vampiro más fuerte que existía, y era culpa mía por ser un imán para los paranormales más atroces.

—Suéltala.

Él le acarició el cuello con la mano muerta mientras ella se acurrucaba alegremente contra su hombro.

—Suelta la estaca.

La sujeté con fuerza mientras intentaba que se me ocurriera la forma de salir de esa situación. Podía arremeter contra él. Si iba lo bastante rápido, no tendría tiempo de esquivarme.

—Le cortaré el cuello —dijo alegremente, anticipándose a mis pensamientos.

Respiré hondo y negué con la cabeza. No quería tener las manos libres. No quería tener que tomar aquella decisión. No ahora. No con él. Los dedos habían empezado a cosquillearme, las sangre me fluía rápidamente por la venas, y era hiper consciente del aire nocturno, que casi me empujaba hacia delante. Yo lo veía en la oscuridad, el destello de luz que le rodeaba el corazón.

—Créeme —susurré—, armada me siento más segura.

Apretó con los dedos el cuello de Carlee, clavándoselos en la piel. Se quedó sin aliento, pero aun así se la veía feliz.

—Ahora, por favor.

Solté el palo y perder ese peso en la mano me hizo sentir como si me quedara sin mi última defensa. Ahora no había nada entre mi persona y el alma del vampiro. Alcé la vista hacia el cielo nocturno, nublado y sin atisbo de estrellas. ¿Por qué las cosas nunca eran fáciles?

—Haz algo. —Jack me espoleó desde atrás.

Le fulminé con la mirada. Todo aquello era culpa de él. No, era culpa de las hadas. De todos modos, tenía que haber estado ganando un concurso de disfraces con Lend, no peleando por mi alma y la vida de Carlee. Exhalé un gruñido de frustración.

—¡Qué harta estoy de dilemas morales!

Súper vampiro frunció el ceño.

—¿Cómo dices?

—No me hagas hacer esto. ¿Te acuerdas del callejón? Entonces lo sabías. Lo vi... tu instinto te avisó, te dijo que me temieras. —Me incliné hacia delante con los puños cerrados y temblorosos en los costados—. Deberías seguir el instinto.

Sonrió y se lamió los dientes afilados.

—Me temo que tengo más curiosidad que miedo. Quiero probarte, descubrir qué tipo de monstruo eres.

—Pues buena suerte. —Entrecerré los ojos y extendí los dedos. No tenía otra posibilidad. No tenía más remedio. Aquello no era culpa mía. Me había quedado sin opciones.

Se echó a reír, y antes de que pudiera reaccionar lanzó a Carlee hacia Jack y los dos cayeron al suelo. Yo seguía mirándolos y no estaba preparada para que me atacara. Salimos los dos disparados y aterrizamos con fuerza en el suelo, él encima de mí. Gruñó, enseñándome los dientes, y se lanzó a mi yugular.

Los colmillos me perforaron el cuello. Grité y le empujé el pecho con la mano. En esta ocasión, cuando el canal se abrió yo estaba preparada. La ira me embargaba, lo abrí más, tirando el máximo posible y con la máxima rapidez. Nada de defenderse. Había que acabar con aquello. Arqueó la espalda pero estaba demasiado conmocionado, sentía demasiado dolor para escapar.

Entonces alguien gritó y chocó contra el súper vampiro, lo derribó y rompió la conexión. El corazón me iba a cien por hora y me faltaba el aliento, tenía el cuerpo revolucionado por la energía, ajena y deliciosa. Quería el resto de su ser. Me incorporé para quedarme sentada con el deseo de encontrar al vampiro y vaciarlo por completo.

Entonces vi a Lend, encima del súper vampiro, dándole puñetazos una y otra vez en la cara hasta que se aseguró de que el vampiro no iba a ningún sitio. Y entonces el peso de lo que había hecho, lo que iba a acabar, me cayó encima como una losa. Caí de espaldas y me tapé la cara con las manos.

Lo habría matado.

Es lo que quería.

ÉCHAME A MÍ LA CULPA

Lend no me quitó el brazo de encima de los hombros, me abrazaba tanto como me sostenía. Aunque zumbaba de energía nerviosa y culpable, me sentía hueca, como si fuera a desplomarme en algún momento. Raquel caminaba a un lado y a otro delante de nosotros, partiendo ramitas con los zapatos de salón. Después de que David la llamara, había querido llevarnos al Centro a hablar pero Lend se había negado.

Jack apareció resollando.

—Le he dicho a todo el mundo que venía la policía; el cementerio está despejado. —Por suerte Carlee no recordaba nada de cuando había estado bajo el influjo del vampiro; solo se sentía un poco aturdida y sospechaba que alguien le había echado alcohol a su bebida. Ojalá Jack la hubiera llevado de vuelta al grupo, así no se habría enterado de nada.

Jack miró a Lend con expresión furiosa.

—Estaba a punto de salvarla. No hacía falta que vinieras.

Lo fulminé con la mirada. No me había salvado él. Había sido Lend. Pensaba que había evitado que me vaciaran, pero en realidad había evitado que vaciara al vampiro. Me preguntaba qué pensaría si supiera que había atacado al monstruo equivocado.

No, yo no era un monstruo. Súper vampiro se lo merecía. Y Lend me había salvado de mí misma. Era positivo.

—Mira —dije—, no tiene sentido. ¡No hay ninguna otra explicación aparte de las hadas!

—Pero ¿por qué iba un hada a llevarse al vampiro del Centro?

Reprimí el deseo de poner los ojos en blanco.

—Humm, ¿para matarme? ¿Porque me odian? En otra ocasión ya enviaron a Evie a por mí. Probablemente no sea más que la nueva táctica de la Reina Oscura. Últimamente ha habido demasiados encuentros con hadas y ataques raros.

—Pero solo las hadas transportistas sabían que el vampiro estaba en el Centro.

—Con una basta, ¿no? —dijo Lend.

Raquel suspiró; estaba demasiado cansada y tensa para intentar buscar siquiera una explicación.

—He comprobado los registros, y las dos hadas transportistas que lo trasladaron estaban de guardia y tenían coartada para toda la noche.

—Entonces ¿cómo explicas que su tobillera de seguimiento estuviera desactivada? —inquirí.

Se restregó los ojos.

—No sé. Podría deberse a un error de entrada de datos. No sabemos si el localizador de la tobillera se había activado de forma correcta, lo cual no debería resultar un problema, puesto que se suponía que nunca debía salir de Contención.

—¡Menudo consuelo!

—Ahora lo tenemos en la sección de alta seguridad y te prometo que es imposible que un hada lo saque de ahí.

Me crucé de brazos. Sabía que me mostraba caprichosa pero era tarde. Estaba cansada y el subidón de azúcar había bajado de la peor forma posible. Odiaba esa noche. Odiaba lo que había hecho. Odiaba que no lo odiara y una parte de mí pensaba que estaba totalmente justificado. Bastantes interrogantes tenía ya en mi vida; no me gustaba tener que plantearme si era o no buena persona.

—Vale, me voy a casa. Y si llego tarde al instituto porque me quedo dormida, espero que llames y me excuses.

Raquel me dio una palmadita en la mano y volvió a mirarme el cuello antes de que Lend me llevara a casa. Subió arriba conmigo y me abrazó cuando me eché a llorar en cuanto llegamos a mi cuarto.

—Lo siento muchísimo, no debí dejarte ir sola. Si no hubiera regresado... No quiero ni imaginarlo, Evie. Lo siento mucho, mucho.

Negué con la cabeza y enterré el rostro en su pecho. No tenía ni idea.

—No es culpa tuya. Gracias por... salvarme.

Se quedó conmigo hasta las dos o las tres. Yo dejé de llorar y después de revisar otra vez la herida del cuello y hacerme jurar que le llamaría si necesitaba cualquier cosa, regresó a la universidad para la primera clase de laboratorio de la mañana.

Me tumbé en la cama, completamente vestida con el estúpido disfraz, agotada pero incapaz de evitar que la cabeza me diera más y más vueltas. Por supuesto que había sido un hada quien había liberado al súper vampiro para que fuera a por mí. Al parecer, ahora que era peligrosa, enviaban a otros paranormales a hacer el trabajo sucio. Típico de hadas, retorcidas y perezosas. Yo había perdido el control por culpa suya y casi había vaciado al vampiro. Culpa suya, no mía.

No supe que me había quedado dormida hasta que

me di cuenta de que Vivian estaba sentada a mi lado en una colina poblada de hierba.

—¿Qué pasa esta vez?

Me sobresalté, la miré y me mordí el labio. No había hablado con ella desde la sílfide. Era la persona con más probabilidades de comprender lo que yo estaba pasando, lo mal que me sentía por lo que había hecho, pero también lo muy justificada que estaba.

También era la última persona del planeta con la que podía hablar. Porque, de lo contrario, entonces reconocía que era tan débil como ella. No, yo no era como ella. ¡Fue en defensa propia!

Pero de todos modos, en realidad no era culpa suya, ¿no?

—Todo es culpa de las hadas. Todo. No deberías estar aquí, de esta manera.

Entrecerró los ojos con aire pensativo y luego bajó la vista hacia la hierba en la que estaba sentada, arrancando la que tenía entre los dedos.

—Tomé mis decisiones, Evie. Fueron equivocadas.

—¡Pero las hadas te obligaron! ¡Te engañaron! —Era culpa suya que todo saliera mal, culpa suya que Lish estuviera muerta, culpa suya que yo no consiguiera ser feliz.

Exhaló un suspiro.

—Mira, hice lo que hice. Y no puedo cambiarlo. Ninguna hada me hizo matar a esos paranormales. Me gustaba lo que hacía. —Abrí la boca para rebatirle la afirmación, pero me puso una mano encima de la boca—. No, ya sé que intentas perdonarme, pero no lo racionalices. Les debes mucho más a tus amigos. No los maté porque las hadas me obligaran, las maté porque estaba desesperada y sola y es lo que quería hacer. Pensé que les hacía un favor pero, más que eso, me gustaba el modo como me hacía sentir. Y eso es lo peor. Siempre, siempre era yo. Y si tú no me hubieras parado, probablemente seguiría haciéndolo.

Sus palabras quedaron suspendidas entre nosotras como una espada. Una oscuridad desagradable, fría y vacía se filtró por mi pobre alma triste. Quería que le echara la culpa a las hadas. ¿Por qué se empeñaba en sacar el tema cuando yo quería olvidarlo? ¿Y por qué demonios sus confesiones me hacían sentir culpable?

—Pero las hadas —dije con una especie de gemido— te destrozaron la vida. No paran de complicármela a mí. Sin ellas, podríamos tener... en fin, todo sería distinto. Más fácil.

Vivian se echó a reír y habló con dureza.

—Que le den por saco a los clarividentes... ahora no pueden tocarme. Y yo no puedo tocarles, por desgracia. Si pudiera, mataría a cada uno de ellos por lo que nos hicieron. Pero estoy convencida de que sin ellos ninguna de nosotras existiría. Probablemente sea mejor que esté aquí atrapada en la tierra de los sueños para no tener más almas entre manos, literalmente.

Sonrió con malicia y me dio un codazo. Solté una risa de dolor, pero en realidad esa noche quería dormir normal, dormir liberada de las conversaciones que me provocaban dolor de cabeza y me partían el alma.

Cerré los ojos y los abrí en mi cuarto a oscuras. Por un momento pensé que seguía dormida, que Viv y yo habíamos cambiado de ubicación, hasta que me di cuenta de que la persona sentada en el borde de mi cama que me observaba no era la loca de mi hermana.

CUESTIONES DE VIDA
Y NO MUERTE

Me incorporé en la cama con el corazón desbocado y me tragué el grito justo a tiempo de reconocer el pelo de punta. Encendí la lámpara de la mesita.

—¿Arianna? Me has dado un susto de muerte. ¿Qué ocurre?

No me estaba mirando a mí sino más allá de mi cabeza, a un punto indefinido de la pared. Sus ojos de glamour parecían tan muertos como los verdaderos.

—No lo entiendo. No entiendo nada.

—¿Cómo dices?

Entonces me miró y negó con la cabeza lentamente.

—Lend me ha contado lo ocurrido. Lo del vampiro. Evie, yo no quiero serlo. Yo no soy así, esta cosa, esta pesadilla viviente e interminable en la que me he convertido. No debería existir. Ojalá no existiera. —Hablaba en voz baja, monótona. Daba más miedo que si estuviera disgustada o llorando—. ¿Sabes que no me llamo Arianna? Era Ann. Odiaba ese nombre. Normalucho y aburrido, igual que yo, y mi vida y mi familia. Odiaba a mi familia. Eran blancos, anglosajones y protestantes, lo más de clase media y convencionales posible. Mi madre hacía artesanía y trabajaba en la junta escolar, y mi padre era contable. Querían que fuera rubia y feliz y que perteneciera al máximo de equipos. Siempre me obligaban a apuntarme a los equipos: de natación, de animadoras, de atletismo. Daba igual. Querían que encajara en algún sitio. Era lo último que yo deseaba.

»Mi madre y yo solíamos pelearnos acerca de qué color tenía el pelo, mi último *piercing*, mi música. Cuando dejé los estudios y me marché a la escuela de moda, no dije adiós, ni gracias, ni os quiero. Me alegré de dejarles. Me dijeron que cometía una estupidez por mudarme a una gran ciudad en la que no conocía a nadie y apenas tenía dinero suficiente para vivir. Me daba igual. Por fin iba a saber quién era yo, encontrar un lugar en el que ser distinta.

»Entonces conocí a Félix, que era negro y delicioso y todo lo que mi familia no era. Me dijo que mi sitio estaba con él, que nuestro amor duraría para siempre, que él veía quién era yo en realidad, quién podía ser. Me prometió que me enseñaría el mundo. Nunca me di cuenta de que su mundo era siempre nocturno.

»Y entonces me mordió, y la primera vez me gustó. Pero luego volvió a hacerlo y se me bebió la sangre y me desmayé. Cuando me desperté me dijo lo que era. No le creía, pensé que estaba loco. Le había dado confianzas demasiado rápido y sabía a qué escuela iba, dónde trabajaba, dónde vivía. No me sentía segura en ningún sitio. Así que me marché a casa. Llegué por la noche, aparqué delante de la casa. Veía a mis padres a través de la ventana saledíza, leyendo en el salón y vi la luz, la calidez y la seguridad. Me dispuse a subir por el camino de entrada y entonces Félix se levantó de donde estaba sentado en el porche, esperándome.

»Mis padres me encontraron ahí a la mañana siguiente, muerta.

Reprimí las lágrimas. Nunca la había oído hablar de

lo que le había pasado. Los vampiros nunca habían tenido mucho sentido para mí... ¿cómo era posible que un humano se convirtiera en un paranormal inmortal y por qué tenían glamoures? Los hombres lobo eran raros, de eso no había duda, pero no disponían de inmortalidad ni glamoures. Raquel nunca había sido capaz de explicarme de dónde salían los vampiros. Lo único que sabía era que para convertirte en uno, tienen que haberte mordido más de una vez en el transcurso de un mes más o menos, y el vampiro tiene que dejarte con vida suficiente para que se obre el cambio antes de que se te pare el corazón. No es fácil y, en su mayor parte, los vampiros no tienen ningún interés en aumentar sus filas. Menos mal, porque si con un mordisco bastara, el mundo habría quedado invadido por los chupasangres hace siglos.

Arianna siempre parecía tan dura, tan hastiada, que a veces me preguntaba si había buscado un vampiro y realizado el cambio a propósito. A pesar del tono desapasionado, se me partió el corazón al enterarme de la verdad: no era más que una chica en busca de un lugar donde encajar. Me resultaba familiar.

—Por supuesto —continuó—. No recuerdo que me encontraran. Lo siguiente que pasó es que me desperté en un depósito de cadáveres. Félix estaba allí, esperándome, con aquella expresión en el rostro. Estaba muy emocionado. Pensaba que había hecho algo maravilloso.

—¿Dónde está ahora? —susurré.

—Fui con él porque no tenía ningún otro sitio al que ir y ni idea de cómo vivir como vampiro. Entonces eligió a una chica solitaria y bohemia, la acechamos y la atrajimos hasta un callejón.

Se me encogió el estómago. No creía que Arianna hubiera matado jamás a nadie. ¿David estaba al corriente de su pasado?

Cerró los ojos.

—Y cuando Félix la calmó para que ladeara la cabeza y nos ofreciera el cuello, lo maté.

—Un momento... ¿lo mataste a él?

Me miró por primera vez desde que había empezado su historia.

—Yo ya era esto, esta farsa de vida. Él me arrebató todo lo que tenía, todo lo que podía haber sido. No iba a permitir que se lo hiciera a otra persona.

Me senté sin mediar palabra, sin saber qué decir. Ella y David eran totalmente pacíficos cuando se trataba de lidiar con otros paranormales, pero había matado a otro vampiro para proteger a una chica inocente. ¿Acaso aquello suponía que lo que yo hacía estaba bien? Porque súper vampiro habría hecho daño a otras personas. A Carlee, a los demás compañeros. Sé que les habría hecho daño. Negué con la cabeza y me centré.

—Arianna, lo siento mucho.

Sonrió entristecida.

—No importa. Al final encontré a David y aquí estoy. Y aquí me quedaré, porque la vida eterna no es vida y no tengo ni idea de qué hacer al respecto. Ann está muerta y yo estoy aquí atrapada, muerta y viva y ninguna de las dos cosas.

Le puse la mano en el hombro.

—¡Estás viva! Sigues siendo una persona.

Me miró con ojos despiertos una vez más.

—No me mientas, Evie. Tú ves qué soy exactamente.

Me abochorné y me planteé lo mal que lo había estado haciendo todos aquellos meses fingiendo que no me horrorizaba el aspecto que tenía bajo el glamour.

—¡Pero esa no eres tú!

—Sé lo que soy, pero no entiendo por qué. —Se levantó—. No debería haberte despertado. Sin embargo, a veces me gusta verte dormir. Ojalá pudiera dormir. Dormir y no despertarme jamás.

Antes de que pudiera decir algo se marchó de mi habitación y del apartamento. Me quedé sentada, atónita, antes de desplomarme en la cama.

¿Por qué se me había ocurrido pensar que la vida sería más fácil fuera del Centro?

ABRAZA-ÁRBOLES

Lend estaba sentado y, desde los hombros hasta los pies, estábamos en contacto en el reservado del restaurante. Una ventaja de ser atacada por el súper vampiro era que Lend no había vuelto a mencionar el tema de los métodos de contención de la AICP. El hecho de ver de primera mano lo que algunos paranormales hacían convertía los criterios de la AICP en mucho menos sospechosos.

Por desgracia, aquello era lo único bueno que podía extraerse de la noche anterior. Era todo lo que podía hacer para no ponerme a saltar arriba y abajo, y martilleaba nerviosa la mesa con los dedos. Me sentía acorralada, llena hasta los topes de energía ansiosa. No quería pensar en su procedencia. Esperaba que no fuera el alma del súper vampiro que tenía en el interior. No era más que... no sé, restos de nervios. Eso era.

Me sobresalté cuando Nona nos dejó los platos en la mesa y se marchó a la cocina medio susurrando.

—¿Seguro que estás bien? —preguntó Lend.

—Bien, bien, estoy bien. —Levanté el brazo para rascarme el cuello pero me contuve. Lo tenía dolorido pero ya se estaba curando. Si me dejaba cicatriz, súper vampiro me las iba a pagar.

De todos modos, ya había pagado. Se me agrió el estómago, el sándwich de queso fundido que tenía delante de repente me pareció incomestible.

—Hola, chicos. —David se sentó delante de nosotros, con la frente arrugada de la preocupación mientras me miraba el cuello—. ¿Qué tal estás, Evie?

Hice un movimiento con la mano para restarle importancia al asunto mientras movía la rodilla arriba y abajo debajo de la mesa.

—Estoy cansada. Hoy me he saltado las clases para dormir. Me pondré bien. ¿Dónde está Arianna? —Esa mañana no había estado por casa. Siempre estaba en casa. Por la forma como había hablado la noche anterior, no podía evitar plantearme si es que estaba lo bastante cansada de la vida eterna como para hacer algo al respecto. El poltergeist Steve me pasó por la cabeza y me esforcé para no dejarme embargar por el pánico. Fuera lo que fuese Arianna, era mi amiga. No podía perderla.

—Me ha enviado un SMS diciendo que no podía venir a la reunión de hoy.

No estaba segura de si eso era buena señal o no. Por lo menos seguía en contacto con David. Tendría que pillarla a solas, hablar con ella, hacer algo para mejorar la situación. Pero ojalá supiera qué.

—Raquel también ha llamado esta mañana.

Alcé la mirada, sorprendida.

—¿Vosotros dos habláis mucho?

David se encogió de hombros con gesto evasivo.

—Quería asegurarse de que venía a ver cómo estabas. Está preocupada. ¿Crees que la agresión de anoche está relacionada con los clarividentes?

Lend me apartó la mano con cuidado de donde yo pelaba el vendaje sin darme cuenta. Me mantuvo la mano cogida, acariciándomela con el pulgar. Dejé de mover la rodilla y respiré hondo. El hecho de concentrarme en la mano de Lend me tranquilizó.

—Sí, eso creo. Han pasado demasiadas cosas raras. Primero la sílfides, luego el hipocampo...

—¿Pero eso no fue al azar? Jack te soltó en el agua.

—Oh. —Fruncí el ceño. No se me había ocurrido. ¿Cómo iban a saber las hadas que caería en el agua ahí y entonces? —A lo mejor es que tuve muy mala suerte. Pero de todos modos, eso ya lo sé—. Pero Reth ha estado aquí un par de veces y luego está el hada que vi caminando por la calle, más un hada que apareció en el Centro cuando estaba allí y Raquel tuvo que librarse de ella. Y luego el vampiro. Solo un hada podía armar un lío semejante.

—Cierto. —David se frotó los ojos con aire de cansancio. Lend hacía exactamente lo mismo cuando estaba preocupado. A veces sus similitudes, la forma como se reían de chistes viejos que yo nunca pillaba, la confianza calurosa y juguetona que tenían el uno con el otro me dolía. Qué afortunado era Lend de tener un padre como David. Ojalá hubiera sido mi padre el que venía corriendo a ver cómo estaba en vez del de mi novio.

Noté que me miraban y alcé la vista para ver a la misma vieja con cara de rana que había puesto mala cara cuando Lend y yo nos habíamos besado en la acera hacía una eternidad. Estaba en el exterior del restaurante, mirando a través de la ventana. A mí. Entrecerré los ojos pero entonces la mujer miró más allá hacia otra cosa y de repente dio media vuelta y se marchó. Me giré rápidamente y vi a Grnlllll, haciendo un movimiento furioso para espantar con las manos pequeñas tipo garra.

—¿De qué iba eso? —pregunté, pero la gnomo no me hizo ningún caso y regresó detrás del mostrador donde no le veían. Kari y Donna estaban sentadas en los taburetes de la barra, con los platos de fletán sin tocar mientras me observaban con sus ojos enormes y redondos. Desplegaron las mismas sonrisas juguetonas. Sonrisas traviesas...

—Tal vez no sean solo las hadas —dije, cada vez más suspicaz. Me levanté y me dirigí directamente a la cocina. Grnlllll dio un salto delante de mí para intentar impedirme el paso, pero le pasé por encima y salí por la puerta.

Nona estaba ahí atrás, inclinada encima de un gran cuenco de madera tallada muy ornamentada.

Y hablándole al cuenco.

—... a nuestro cuidado. Continúa la recogida. Las cosas se pondrán en su lugar cuando llegue el momento y...

Nona alzó la mirada, sorprendida de verme.

—¿Con quién hablas? —pregunté, acercándome corriendo. Antes de que llegara al cuenco, meneó la mano en él y cuando me incliné para mirar lo único que vi fue agua revuelta—. ¿Qué estás haciendo?

Sus hermosos labios esbozaron la misma sonrisa exasperante de siempre.

—Nada, nena.

—¡Mentirosa! —grité. Oí que la puerta volvía a abrirse detrás de mí.

—¿Qué problema hay? —preguntó David.

—¡Ella! —Señalé con el dedo enfadada al espíritu arbóreo—. ¡Miente! Estaba hablando con un cubo de agua. Aquí pasa algo, pero no me quiere decir qué. Primero se reúne con Reth, ahora hay un montón de paranormales raros en la ciudad y me vigilan. ¡Sé que me están vigilando! —Me giré para fulminarla con la mirada—. Trabajas con las hadas, ¿verdad?

Nona se puso seria.

—No, nena, no. Los clarividentes no son amigos de

mi especie. Y te prometo lo que siempre te he prometido: aquí estás a salvo. Nunca permitiré que sufras ningún daño mientras estés a mi cargo.

—¡Pero es que no estoy a tu cargo!

—Evie —dijo David con voz mesurada mientras me ponía una mano en el hombro. Lend se encontraba a mi otro lado en actitud protectora—. Hace ya mucho tiempo que conozco a Nona. Y las huldras no pueden mentir. No intenta hacerte ningún daño.

—Por favor, disculpadme —dijo Nona, cogiendo el cuenco y llevándoselo por la puerta trasera.

Me quedé echando humo.

—¿Cómo sabes que no pueden mentir? Además, ¿qué hace aquí, para empezar? ¿Por qué iba a querer regentar un restaurante un espíritu arbóreo?

David se encogió de hombros.

—Un montón de elementales y paranormales se mezclan con los humanos de vez en cuando. Es entretenido, supongo. —¿Así es como veía la relación de Cresseda con él? ¿Él la entretuvo un rato? No comprendía cómo era capaz de vivir con ese dolor y rechazo.

Negué con la cabeza.

—No me lo creo. —Me dolía la cabeza. Me dolía el cuello. Me dolía el cerebro. Hoy me dolía toda mi vida.

—Si Nona hubiera querido hacerte daño o entregarte a las hadas, ¿no lo habría hecho ya? —planteó Lend—. Me refiero a que hace meses que vives aquí. Sé que han pasado cosas raras pero no creo que Nona tenga nada que ver.

Suspiré. Probablemente tuviera razón.

—Pero ¿y las miradas? ¡Siempre me están mirando!

—Eres agradable de mirar, ¿sabes?

—Ya.

—En serio, aunque probablemente no sea más que

curiosidad. La mayoría de ellos no saben qué eres, pero saben que tú sabes lo que ellos son. No es normal. Mera curiosidad.

—Vale —masculle. Quizá me había puesto paranoica.

Lend me rodeó con los brazos y apoyó la frente en la mía.

—Por increíble que parezca, me preocupo más por tu seguridad que tú. Y si de verdad te preocupa, marchémonos de aquí. Puedes volver a vivir con mi padre, ¿no?

David asintió.

—Si te hace sentir mejor, por supuesto.

Negué con la cabeza. No quería volver a vivir con David sin que Lend estuviera allí. Me caía bien pero era una situación rara. Y tampoco quería dejar a Arianna sola. Tenían razón. Probablemente me estaba tomando demasiado a pecho lo que hacía Nona. Aquello eran travesuras de hada, no de ella.

De todos modos, sabía cuándo me mentían. Y no pensaba volver a sacar la basura para esa gnomo susceptible ni una vez más.

VAMPTÁSTICO

Me estaba volviendo loca. ¿Por qué una decisión rápida no podía ser, pues eso, rápida? Todas aquellas tonterías de comienzos de diciembre resultaban exasperantes. ¿Cuánto se tardaba en revisar un boletín de notas, un par de resultados de exámenes y unos cuantos trabajos sin sentido? La imagen de una pila de papeles con todo mi futuro en el interior esperando en el escritorio de alguien me atormentaba mientras escuchaba a los profesores parlotear sobre algo que de ningún modo podía ser tan importante.

Cuando el instituto consideró que mi cabeza estaba aceptablemente llena de hipotenusas y enlaces químicos y metáforas, me pusieron en libertad. Como nuevo ritual, le rogué a Carlee que me llevara a casa en el coche para llegar antes al buzón. Negó con la cabeza mientras yo botaba nerviosa en el asiento.

—Si dijeron a comienzos de diciembre, todavía no habrá llegado. Lo más probable es que llegue tarde.

—Lo sé. —Tenía razón. Sabía que tenía razón pero era incapaz de tranquilizarme hasta que no estuviera segura de que tenía razón. Vi como los árboles pasaban a toda prisa, por una vez no me asustaba la conducción rápida y errática de Carlee. ¡Más rápido, más rápido!

—Además, tampoco llevas tanto tiempo esperando. Mi prima tuvo que esperar algo así como cuatro meses para que la aceptaran en la Universidad de Virginia.

Exhalé un fuerte suspiro.

—Hace una eternidad que espero. —Había tenido paciencia, mucha paciencia durante mucho tiempo después de enviar la solicitud. El hecho se ser atacada por súper vampiro e intentar hablar con una Arianna totalmente indiferente después de su charlita de medianoche eran distracciones (no necesariamente agradables) y había intentado centrarme en otras cosas. De todos modos, no creía poder soportar una espera mucho más larga. ¿Cómo iba a pensar en otra cosa? Decid lo que queráis sobre los zombis y sus problemas de higiene, por lo menos te matan rápido. ¿Las juntas de admisión de las universidades? Les gusta prolongar la tortura el máximo de tiempo posible.

—¿Has tenido noticias de Jack últimamente?

Me meneé sintiéndome culpable en el asiento, obligada a pensar en algo que no fuera Georgetown. Carlee quizá no recordara que el súper vampiro la había vapuleado en Halloween, pero sí que recordaba haber flirteado hasta más no poder con Jack.

—No, parece que ha desaparecido de la faz de la tierra. Típico de él.

—Oh. —Asintió pero se llevó una decepción. Ojalá conociera a algún chico majo y normal para presentárselo de forma que pudiera compensar el hecho de haber metido a Jack en su mundo. Pero yo solo conocía a un chico majo en mi vida, pero de normal no tenía nada. Además, era todo mío.

Aparcamos delante del restaurante y a punto estuve de caerme del coche, apenas le lancé un «adiós» a la sufridora Carlee mientras me abalanzaba hacia el buzón. Sabía que era irracional, pero aquel día tenía una sensación extraña. La expectativa había estado aumentando toda la tarde y ahora me sentía a punto de explotar. Solo faltaban dos semanas para la fecha que nos habían dado. Además, era un martes, lo cual significaba que tenían el lunes para recuperar tiempo y enviar la carta, así que si la recibía entonces llamaría a Lend y vendría a casa a celebrarlo y planificaríamos nuestra vida juntos y...

El buzón estaba vacío.

Proferí una serie de insultos que avergonzarían incluso a un vestuario masculino, que culminé con una patada rotunda al poste del buzón. Y lo peor era, por supuesto, que no había llegado. Había estado todo el día nerviosa en vano.

Subí dando fuertes pisadas, haciendo caso omiso de lo que Grnlllll me gruñó para que hiciera algo. Raquel no me había necesitado durante las dos últimas semanas (sospechaba que se sentía culpable por lo de súper vampiro y el hecho de que le había conocido por culpa de una misión a la que me había enviado), por lo que había recuperado los turnos. Aunque seguía habiendo una cantidad inusual de paranormales nuevos en la ciudad, yo no había visto a más hadas, y Nona seguía desafiando mis intentos de pillarla haciendo algo sospechoso.

Hoy, sin embargo, tenía mejores cosas que hacer que ayudar en la cocina y preocuparme por los paranormales. Mis planes giraban en torno a mi habitación y reposar durante varias horas.

Me desplomé en la cama e intenté practicar un agujero en el techo con la mirada. El hecho de no haber recibido la carta hoy era bueno. Si iban a rechazarme, probablemente lo hicieran rápido. Aquellos paquetes de admisión tan bonitos y gruesos tardaban en prepararse. Sin duda introducían cada hoja con amor y atención personalizados.

Entraría. Tenía que entrar. Pero ¿por qué, oh, por qué, no podían decírmelo ya y evitarme así esta agonía? El comunicador pitó con tono apagado desde su puesto de honor en el cajón de los calcetines. Me sorprendió la cantidad de tiempo que había conseguido reposar, pues ya había anochecido. Estaba ansiosa por encontrar algo, cualquier cosa que me distrajera del purgatorio de la solicitud. Lancé los calcetines por la habitación y extraje el comunicador. El mensaje rezaba: «Trabajo de vampiros, inmediatamente, sí o no.»

Bueno, quizás hubiera cosas peores que esperar. Vampiros estúpidos. De todos modos había que hacerlo. Tecleé un sí rápido y apenas me había quitado el collar y enfundado la pistola táser cuando una luz destelló en la pared y Jack me tendió la mano.

Se la cogí antes de que la puerta se cerrara y él tiró de mí para que la atravesara.

—Hola, Evie. ¿Estás pasando un buen día?

Fruncí el ceño.

—No. Acabemos con esto. Y si me dejas caer en otro río, te juro que esta vez vendrás conmigo.

Se echó a reír, el idiota, y nos apresuramos juntos por el vacío. Me intenté centrar en mi ira y fastidio y no pensar en volver a enfrentarme a un vampiro. No tendría la tentación de vaciar a otro paranormal. Nunca más. Lend y yo íbamos por buen camino y yo estaba mejorando. No me sentía rara a todas horas. La brisa continuaba siguiéndome, estaba pasando más tiempo del necesario en el baño y me parecía notar agua corriente siempre que me acercaba a ella, pero esta nueva energía nerviosa no era más que estrés. Eso es todo. Me imaginé que en realidad no había cogido tanto del súper vampiro y cuanto más pensaba en ello, más segura estaba que había sido la decisión correcta.

De todos modos, tener que enfrentarme a otro vampiro me ponía tensa.

Aparecimos en un callejón sucio y estrecho situado entre dos edificios de madera pintados de colores vivos.

—¡Y ni siquiera te has desplomado de forma repentina hacia tu muerte! —Jack sonaba demasiado satisfecho de sí mismo. Al final del callejón se oían gritos fuertes, lo cual tenía sentido puesto que estábamos en una feria barata, repleta de una multitud de gente y rincones oscuros. Vamptástico.

Me cercioré de que la táser resultaba fácilmente accesible.

—Quédate aquí, enseguida vuelvo. No debería tardar mucho.

Me giré hacia la feria pero Jack me tomó del brazo.

—No puedes capturar, ¿recuerdas? Lo cual me convierte en la otra mitad de nuestro fabuloso dúo de caza y captura.

Me contuve para no soltarle un comentario petulante, consciente de que él no tenía la culpa de que yo estuviera estresada.

—Vale. Intenta no quedarte atrás. —Me marché enfadada hacia la muchedumbre, sin intentar absorber el ambiente como solía hacer. Ya no necesitaba comprender las miradas de la humanidad. Ya tenía suficientes en los pasillos del instituto.

Tras una media hora frustrante, vi por fin la cabeza de un cadáver con glamour en medio de un gentío que esperaba para subir en la noria. Rodeaba con el brazo a una bella joven que llevaba una vestimenta muy poco apropiada para el clima y que dejaba bien visible un cuello esbelto y lleno de sangre. Lo miraba con esa expresión insustancial, embriagada, típica de las mujeres que están bajo el influjo de un vampiro. O la cara que yo pongo a veces delante de los *cupcakes*.

Hummm, *cupcakes*.

Entrecerrando los ojos, desabroché la funda de la táser. Sin duda el vampiro había planeado llevársela a dar una vuelta inolvidable en la noria, y de la que nunca saldría. Probablemente la mordiera en lo alto, con una tendencia enfermiza por el dramatismo, y luego se comportaría como si ella estuviera borracha mientras él la arrastraba hacia alguna esquina oscura para acabar. Me embargó la ira mientras me pasaban por la cabeza imágenes de una Arianna inocente. Según el protocolo para vampiros de la AICP tenía que atraerlo a un lugar apartado para que nadie se enterara de las criaturas asesinas que rondaban por allí.

Me abrí camino entre el gentío, le di un golpecito en el hombro y lo atonté con la táser.

Abrió unos ojos como platos sorprendido antes de desplomarse, retorciéndose, al suelo. Su futura víctima se lo quedó mirando durante unos segundos antes de proferir un pequeño grito. La gente se apartó de nosotros y formaron una especie de círculo alrededor del chupasangre inconsciente.

Puse los ojos en blanco ante la Chica de Cuello Apetitoso.

—Oh, supéralo. Habría sido la peor relación de tu vida. —Jack se me acercó desde atrás sonriendo avergonzado a la multitud mientras se agachaba y le ceñía la tobillera de seguimiento. Cogí al vampiro por la muñeca y lo arrastré sin contemplaciones fuera del círculo, hacia el callejón.

Había gente, gente que no tenía ni idea, observando confundida mientras intentaban averiguar qué tipo de espectáculo estaba ofreciendo y si debían aplaudir o llamar a la policía.

—Llama a los transportistas —dije. Solté al vampiro en la entrada del callejón. Gracias a súper vampiro, las nuevas reglas exigían la detención inmediata de todos los vampiros sin que se les leyeran sus derechos ni pasaran por la unidad de procesamiento.

Jack pulsó el botón y luego me miró.

—Ha sido... sutil.

—Vete a la mierda —masculé. Si el público en general acababa enterándose del hecho de que lo supernatural estaba vivo y vivía entre nosotros, ¿de verdad era tan negativo? Evitando que se enteraran de esas cosas estábamos creando víctimas como Arianna.

Además, atraer al vampiro habría sido muy lento. Y enfrentarse al vampiro a solas...

No me habría tentado. Quería marcharme a casa, eso es todo.

En cuanto llegaron los transportistas, empujé a Jack hacia la pared.

—Ahora a casa. —Hizo una reverencia fingida y me escoltó por una puerta y hacia la oscuridad, de vuelta a la comodidad conocida del armario de mi habitación. Salimos de allí y lo primero que vi fue una carta.

En la cama.

Una carta blanca.

Con un remitente que hacía semanas que quería ver.

En un sobre que era mucho, mucho más pequeño de lo que tenía que haber sido.

IR A NINGÚN SITIO, IR A ALGÚN SITIO

—¿Evie? ¡Evie! ¡Ay! —Jack apartó la mano rápidamente de la mía, la zarandeó y me fulminó con la mirada—. Más tarde necesitaré estos dedos.

No me podía mover. Mi futuro yacía en la cama... ¿cómo había llegado hasta allí? ¿Por qué no estaba en el buzón?

Grnlllll. Había intentado llamarme la atención al llegar del instituto. Debía de haber recogido el correo, lo cual significaba que sabía que mi carta estaba ahí. Arianna probablemente también lo supiera, dado que Grnlllll no subía escaleras. Arianna debió de ser quien la había dejado en la cama.

Los ojos me escocían de las lágrimas y la vergüenza y tenía el estómago totalmente revuelto.

Quizá no fuera una carta de rechazo. Tal vez se hubieran subido al carro de lo ecológico y se tratara de una carta de aceptación con instrucciones para acceder a la información que necesitaba online.

Tal vez.

Por favor.

Por favor, por favor, por favor. Cogí el collar de la

cómoda, sujetándolo como un talismán mientras me acercaba y el estómago me dolía un poco más con cada paso que daba. Tomé el sobre temblando. ¿Por qué no habían esperado dos semanas más para enviármelo?

—No puedo —susurré.

—¿No puedes qué? —preguntó Jack, lo bastante curioso como para haber dejado que la puerta de hada se cerrara detrás de él.

—No puedo abrirla. —Cerré los ojos con fuerza. Se la tendí—. Ábrela tú.

Por una vez no hizo un comentario estúpido y se limitó a cogerme el sobre de la mano.

Cada sonido de papel rasgado me arrancaba un parte del alma. Tal vez no fuera un rechazo. Tal vez no fuera un rechazo. Tal vez no fuera...

—Estimada señorita Green, blablablá, nos gustaría darle las gracias en nombre de blablablá, lamentamos que en esta ocasión no podemos aceptar... —Se paró, al igual que mi corazón.

Me veía incapaz de abrir los ojos. No iba a abrirlos. No iba a entrar en Georgetown. Se había acabado. Todo por lo que me había esforzado, todo lo que había perseguido desde que me marchara del Centro se había esfumado. Trabajaría en el restaurante el resto de mi vida, haría trabajillos sin sentido para la AICP y Lend se aburriría de mí y se casaría con la lozana ayudante de laboratorio y se casarían y vivirían felices y comerían perdices y yo

no

iba a ir

a ninguna parte.

Mi futuro era un vacío absoluto, peor incluso que los Caminos de las Hadas, porque por lo menos siempre tenían un destino.

Ahora yo no tenía destino.

—Me estás asustando. —Al final me llegó la voz de Jack y abrí los ojos aunque apenas era capaz de verle—. Bueno, vale, sí, respira. Respirar ayuda a estar vivo, me he dado cuenta. ¿Por qué es tan negativo que una dichosa universidad te deniegue el acceso?

—Mi vida —dije con voz entrecortada— ha terminado. Ha terminado. Todo.

Frunció el ceño con expresión dudosa.

—¿Pero quién quiere ir a un sitio llamado Georgetown? Ridículo. Entendería que estuvieras destrozada si tuviera un nombre distinguido como, por ejemplo, Jacktown, pero tal como es, te lo has tomado demasiado a pecho. ¿Por qué quieres seguir estudiando? Yo fui una vez durante unas cuantas horas y casi me vuelvo loco...

—Pero, yo... es todo lo que había planeado y...

Movió la mano en el aire como si quisiera aplastar todos mis sueños, que le parecían un fastidio.

—Haz otros planes. De todos modos no es lo que querías realmente. Quizá pienses que sí pero ese no es tu mundo. —Me sonrió, sus ojos azules era lo único que me llegaba con nitidez a través de las lágrimas y lloré todavía más. Con un suspiro, pasó de mala gana el peso de un pie al otro—. ¿Quieres que vaya a buscar a Raquel? ¿O al nervioso de tu novio?

—No. —Me veía incapaz de ver a Lend, no podía decirle que no era lo bastante buena. A Raquel tampoco. Se llevaría una decepción conmigo. Había intentado ser normal, crearme un hogar en este mundo y había fracasado estrepitosamente. ¿Cómo era posible que Lend fuera bueno en ambos mundos y yo no lo consiguiera en ninguno? ¿Por qué me iba tan mal en la vida?

Jack echó los hombros hacia atrás.

—Parece, como de costumbre, que todo depende de mí. Menos mal que siempre estoy preparado para un nuevo reto. —Me tomó de la mano y abrió una puerta, que me hizo atravesar con él. Yo protestaba con tal fuerza que el collar de Lend se me cayó de la mano. Eché la vista atrás cuando se cerró la puerta y vi el collar que brillaba caído en el suelo de mi vida de cualquier manera.

—Jack, yo... —Respiraba de forma entrecortada y era incapaz de pronunciar más de unas cuantas palabras seguidas—. No quiero... por... favor...

Se paró en seco y me miró con el ceño fruncido. Enarcó una ceja como si se planteara un problema particularmente desconcertante, me puso la mano que tenía libre en la nuca y vaciló durante unos instantes.

Entonces me besó.

Con una conmoción aún mayor de la que ya tenía, me di cuenta de que sus labios estaban en contacto con los míos, pero no era capaz de procesar la situación. Los tenía lo bastante carnosos y cálidos, pero los extraños movimientos machacantes no se parecían en nada a los besos de Lend que a menudo disfrutaba.

Y... era Jack. Jack. De todas las cosas que me habían planteado hacer con él, la mayoría implicaban violencia. Ninguna de ellas incluía acción entre labios.

Eché la cabeza hacia atrás, pero no fue difícil alejarnos puesto que él se apartó al mismo tiempo.

Entonces arrugó la nariz.

—Bueno, ha sido... interesante. Siempre quise probarlo, pero ahora que lo he probado, estoy convencido de que no quiero volver a hacerlo.

Enfurecida, le di un golpe en el hombro con la mano que tenía libre, odiando el hecho de que tuviéramos que seguir cogidos de una mano para que yo no me perdiera para siempre.

—Eres un —golpetazo— engendro —golpetazo—. ¿Qué has hecho? —GOLPETAZO.

Esquivó otro golpe.

—Y tenía la impresión de que el después era un poco menos... —Hizo una mueca cuando le golpeé con fuerza— doloroso.

—Escucha, asqueroso, si hubiera querido que me besaras, te lo habría pedido. ¡Y no lo he hecho, y no lo haría! ¡Y si vuelves a intentarlo, más te vale que no, buscaré a ese hipocampo y te arrojaré al agua para que te mueras!

Y entonces, como si no bastara con aquel beso inoportuno y torpe, se echó a reír.

—¡CÁLLATE!

Negó con la cabeza mientras sonreía con aires de suficiencia.

—¿Lo ves? Dos objetivos cumplidos. Uno: probar un beso. Fracaso estrepitoso, sin duda por tu culpa, pero un esfuerzo encomiable de todos modos. Debería ir a buscar a tu amiga Carlee. Probablemente se le dé mejor que a ti.

¿Por qué mis ojos, capaces de atravesar el glamour, no disponían de una función de láser? No pensaba matarlo. Solo le marcaría con fuego la palabra «engendro» en la frente.

—¿No vas a preguntarme cuál era mi segundo objetivo? —Coqueteó con la mirada.

—No, no pienso preguntarte.

Me dio un codazo en las costillas.

—Ya no lloras, ¿verdad?

Tendría que soltarle la mano para estrangularlo, o sea que esa opción quedó descartada.

—¿Estar tan enfadada que me entran ganas de matarte es mejor?

Vacilé, recelando como siempre de la idea que Jack tenía de la aventura pero sin ganas de volver a casa. Además, en parte estaba en lo cierto, por lo menos había dejado de gimotear. Sabía que en cuanto volviera a mi habitación, donde estaba la carta, volvería a desmoronarme. El mero hecho de pensar en aquello me estaba desgarrando y... mejor olvidarlo.

Le apreté la mano más fuerte de lo necesario.

—¿Qué tenías en mente?

Entrecerró los ojos y sonrió, su rostro angelical de repente se tornó malvado.

—Vamos a jugar. —Me arrastró detrás de él mientras íbamos a todo trapo por los Caminos. Él cambiaba de dirección constantemente, alterando la trayectoria de izquierda a derecha como si siguiera un sendero que cambiaba continuamente. Nunca había visto a nadie que no fuera recto.

—¿Sabes adónde vas? —pregunté, cada vez más nerviosa. No me atraía la idea de perderme en los Caminos de las Hadas con Jack ni con ninguna otra persona. Y cuanto más rato pasábamos a oscuras, mayor era el pánico que sentía.

—Va cambiando. Nunca dos veces en el mismo sitio. Hace que resulte bastante difícil de encontrar, sobre todo cuando te dan la lata, pero ahora vamos... —Se paró, triunfante—. Aquí. Saca la mano. Dime qué sientes.

Puse los ojos en blanco y saqué la mano al lado de la de él, contra el vacío y... ahí había algo. O no algo, sino la «idea» de algo. No era tangible y no estaba segura de cómo conseguía notarlo, aparte de la ligera agitación bajo los dedos, el reconocimiento de un lugar en medio de ninguna parte. Imaginé que era parecido a los amputados que notaban extremidades fantasma, solo que en este caso era una puerta fantasma. Ahí no había nada pero debería haberlo.

Jack me miró de hito en hito.

—Lo notas, ¿verdad?

Negué con la cabeza.

—Creo que sí; no sé. Es raro.

—No hay motivo por el cual yo pueda y tú no. De hecho, tú puedes abrir mucho más que puertas. Te resultaría fácil si centraras tu ajetreada mente en ello en vez de preocuparte por las notas, la universidad y los besos. Sobre todo los besos. Vaya asquerosidad.

—Sí, asqueroso cuando es contigo. Pero ¿cómo puedes hacerlo?

—Creo que la comida de hada te cambia un poco. Además, si observas el tiempo suficiente y quieres algo con todas tus fuerzas, te sorprendería lo que llegas a ser capaz de hacer. De lo que harás. A mí los Caminos de las Hadas me ofrecieron la libertad.

El corazón se me encogió entristecido en el pecho al recordar la vida de Jack con las hadas. Igual que Vivian, pero Jack parecía tan seguro de sí mismo, más cuerdo que ella. Lo cual no era gran cosa pero, aun así... no estaba totalmente desequilibrado.

—Siento mucho lo que te ocurrió en la infancia, Jack. Debió de ser duro.

Sonrió enseñando los dientes.

—Ah, pero mira en qué joven tan agradable me he convertido. Solo tengo que agradecer a las hadas lo que soy ahora.

—¡Pero de todos modos puedes marcharte! ¿Por qué sigues yendo a los Reinos de las Hadas? ¿Por qué no regresar definitivamente a la Tierra, dejarlo atrás?

—¿Regresar a qué? Además, ya sabes que una vez pruebas la cocina de los clarividentes, nunca regresas. Nunca puedes regresar.

—¿No podías traerte un lote o algo así? ¿Almacenarlo?

Negó con la cabeza.

—Me temo que de un modo u otro las hadas y yo estamos unidos. Todavía no he acabado con ellas.

Su sonrisa me pareció un glamour más auténtico del que había visto jamás. Justo cuando pensaba que empezaba a aprender algo acerca de él, aparecía esa sonrisa y borraba toda emoción verdadera. ¿Cómo iba a interpretar lo que había debajo?

—Avancemos —dijo—. La puerta. Puedes palparla.

—¿Qué palpo exactamente?

Siguió con los dedos de forma casi reverencial el espacio donde la puerta nos aguardaba, mirando a la oscuridad.

—¿Sabes cuando estás en el límite entre dormido y despierto y el sueño que dejas te parece más real que cualquier otra cosa que el mundo tenga que ofrecerte? Cuando abres los ojos es como si una parte de ti se hubiera quedado, y sabes que nunca sentirás de una forma tan profunda, que no experimentarás con tanta veracidad como en ese espacio minúsculo entre el sueño y la vigilia. Vamos a entrar en eso. —Contuve el aliento y él salió del estado en que estuviese. Guiñó un ojo y abrió una puerta—. Bienvenida al Reino de las Hadas.

CASAMENTERO, CASAMENTERO

Antes de poder decirle a Jack que no, ya habíamos traspasado la puerta y estábamos en los Reinos de las Hadas. Las únicas veces que había estado allí había sido con Reth, en habitaciones de piedras doradas, prados arremolinados y muebles demasiado sofisticados. Nunca pensé que querría volver pero me quedaría con las habitaciones de Reth sin pensármelo dos veces.

El cielo que teníamos encima era de color rojo carmesí, una gran extensión rota por un negro tenue, como la ausencia de estrellas. Aunque veía con claridad, el aire era denso y pesado como una noche de verano y transportaba un toque de canela carbonizada. Estábamos en la orilla negra como el tizón de un lago gigantesco, plateado pero sin reflejo alguno, como desafiando al cielo. Unas rocas descomunales rompían la monotonía de la llanura que nos rodeaba, esparcidas como de forma violenta, elementos retorcidos y torturados. Toda la escena resultaba fascinante, hermosa pero equivocada.

—Jack —susurré, tirándole de la mano—. No deberíamos estar aquí.

—Tienes razón —convino. Exhalé un suspiro de alivio—. Olvídate de los suministros. —Extendió la mano hacia fuera y nos deslizamos de lado, el aire cambiaba mientras el paisaje de pesadilla quedaba sustituido por una habitación. Yo me balanceaba vertiginosamente.

»Lo siento. —Jack me soltó la mano y se dirigió a una mesa del rincón—. Una vez estás en los Reinos es más fácil ir de un lugar a otro. Aunque se tarda algún tiempo en acostumbrarse. Cuidado con la alfombra si es que vas a vomitar.

Agarré el borde de un sofá para mantener el equilibrio y miré a mi alrededor. Aquella debía de ser la habitación más rara que había visto en mi vida. Las paredes eran rocas de color verde pálido y estaban iluminadas por luz de ambiente que no se veía, los muebles parecidos a lo que había visto con Reth, carpintería que se iba desplazando y terciopelos suntuosos. Sin embargo, había calcetines sucios, calzoncillos tirados y zapatillas de deporte asquerosas desperdigados por entre las galas de las hadas.

Basta que haya un chico para que los Reinos de las Hadas parezcan un vertedero.

Jack levantó una caja de cartón hecha jirones y la colocó encima de la mesa de roble, luego cogió una fruta luminosa de un bol. Parecía un melocotón, si los melocotones fueran azules y estuvieran hechos de pedacitos de cielo. Cerró los ojos mientras lo mordía con una expresión arrebatada y hambrienta en el rostro. Nunca había probado nada tan delicioso como parecía ser aquella fruta. Respiré por la boca intentando no olerla. Cuando acabó, me ofreció el bol.

—¿Quieres uno?

—Paso, gracias.

Se encogió de hombros.

—No tienes ni idea de lo que te pierdes. Ah, bueno, trabajo mejor con el estómago lleno. Ahora que tenemos suministros, podemos volver a la carga.

—Vaya, no tan rápido. ¿Qué era ese sitio? No quiero volver a ir. —Al menos la habitación de Jack era contenida, cerrada. En la orilla del lago extraño habíamos estado totalmente expuestos. No quería estar en territorio de Hadas de ninguna de las maneras pero de verdad, de verdad que ahí no quería estar.

—Lo siento, no hay tiempo que perder. Tenemos que coger un barco. —Jack mantenía la caja en equilibrio apoyándola en la cadera y me cogió de la mano antes de que tuviera tiempo de separarla. Con otro cambio que me revolvió el estómago, regresamos a la orilla del lago.

Pero esta vez no estábamos solos.

Un barco grande, de un negro brillante como la obsidiana, pasó en silencio. El agua plateada permaneció inmutable a su paso y ni siquiera se onduló. Retrocedí, pero el barco continuó sin incidentes, y se detuvo en el siguiente recodo de la orilla. Un puente arqueado descendió de uno de los lados. Me quedé aterrada al ver quién iba a bajar.

—¿Jack? —susurré con apremio.

—Oh, sí. No deberían vernos. No creo que fueran a matarnos pero nunca se sabe.

—¡Yo sí que voy a matarte! —susurré mientras nos agachábamos detrás de una de esas rocas horribles. Jack atisbó por el borde. Yo me amilané. Había pasado demasiado tiempo huyendo de las hadas como para llegar ahí por iniciativa propia, prácticamente ofreciéndome a ellas—. ¡Vamos!

—Deberías ver esto.

—¡No! ¡No! ¡De verdad que no debería y tú tampoco deberías! Salgamos de aquí.

—Mira. —Jack tiró de mí hasta que también pude ver. La procesión era tan silenciosa como espeluznante. Hadas, hermosas y terribles a partes iguales, bajaron por el puente con pasos cuidadosamente medidos. Tenían todos los colores de pelo imaginables, desde el negro al blanco cegador, pero los rostros eran severos, con una crueldad perfectamente grabada. La vestimenta, de un curioso tono violeta oscuro, flotaba a su alrededor movida por una brisa imaginaria. Al igual que el último miembro, las hadas se giraron para colocarse frente al barco. Contuve la respiración expectante.

Aparecieron las siguientes figuras y me mordí el labio para evitar gritar del horror. Varias personas —humanas— iban a cuatro patas con la cabeza rapada, totalmente desnudas con excepción de unos dibujos plateados que llevaban pintados en el cuerpo. Llevaban a la espalda una bella plataforma forjada, toda de plata, que se desplazaba y se arrastraban perfectamente al unísono como para no perturbarla. Se pararon sin ninguna señal, esperando. Intenté reprimir la bilis que se me agolpaba en la garganta. Mucho peor que sus cuerpos desnudos, flacos y fibrosos era la expresión de sus rostros.

Eran felices.

Más que felices, estaban hechizados, sus expresiones bordeaban el éxtasis.

—¿Para qué son? —susurré, pero Jack me cortó con una mirada asesina.

No tuve que esperar mucho. Una mujer por lo menos una cabeza más alta que el resto de las hadas apareció con paso majestuoso. Y en ese preciso instante me di cuenta de que la belleza y el terror eran una unidad inseparable. ¿Cómo era posible que algo poco menos arrebatador que el terror verdadero fuera hermoso? El pelo se le arremolinaba como aceite negro, unos arcoíris oscuros ondulados que le caían en cascada por la espalda. Tenía los ojos de un negro puro en contraste con la piel de alabastro, los labios violetas carnosos, crueles, perfectos. Cualquier cosa que saliera de esos labios sería dolor y placer, inevitable, irresistible.

Así pues, aquí estaba la eternidad. Iría hacia ella, tenía que ir hacia ella. En un mundo en cambio constante, condenado a morir, ella era un absoluto, era la gravedad, lo era todo. Quería perderme en ella para siempre.

Jack me pellizcó el brazo y me retorció la piel entre los dedos. Me volví hacia él para fulminarlo con la mirada con un grito entrecortado. Puso los ojos en blanco.

—Novata. Intenta no lanzarte hacia la Reina Oscura, ¿vale?

Negué con la cabeza intentando quitarme los restos del deseo, la necesidad, de la cabeza. Había faltado poco. Muy poco.

Odio a las hadas.

Me di la vuelta, decidida a no dejarme cautivar por su magnetismo. Me centré en cualquier cosa que no fuera ella y me dediqué a observar a sus esclavos. Al unísono, la gente se tumbó boca abajo y ella ascendió a la plataforma. Elevada a la perfección sobre sus espaldas mientras volvían a ir a rastras, ella observaba con frialdad al séquito que dejaba atrás.

Las hadas se pusieron en fila detrás de ella y ella fue transportada a través del llano. Cuanto más se alejaba, más fácil resultaba respirar. Me apoyé en la roca, exhausta por el esfuerzo de resistirme al tirón de la Reina Oscura. Si era oscura, aquello la convertía en la reina de la Corte de los No Videntes. Quienes habían hecho a Vivian. Los que me querían muerta. Menuda distracción, Jack. ¿Qué era no entrar en Georgetown comparado con enfrentarse a la muerte y querer lanzarse a sus pies? Si me paraba a pensarlo, últimamente Jack me había proporcionado un montón de experiencias potencialmente fatales. Tendríamos que hablar al respecto.

Se inclinó a rebuscar en la caja.

—¿Quién es esa pobre gente? —susurré, sintiendo todavía náuseas al recordar la expresión de sus rostros.

Se encogió de hombros sin alzar la mirada.

—Ya no son personas. Las mascotas no videntes no duran mucho.

Me estremecí y me rodeé con los brazos.

—Tienes que llevarme a casa, creo que esas hadas me están buscando y preferiría que no me encontraran. De todos modos, ¿por qué estamos aquí?

Jack se enderezó con una amplia sonrisa que me hizo sentir mucho peor que como me habían hecho sentir los esclavos. Sostenía en cada mano una botella de cristal con un líquido ámbar.

—¿Quieres que nos emborrachemos?

—No seas imbécil. Emborracharse no hace que el Reino sea más agradable. Sujeta esto. —Me tendió las botellas y luego cogió dos tiras largas de tela húmeda y las metió en las botellas abiertas de forma que solo sobresalieran unos pocos centímetros.

—¿Qué...?

—¿Sabes estar calladita? —Cuando acabó con la tela, buscó en el bolsillo y extrajo una caja de cerillas.

Oh, pi-pi, no.

—¡Jack! ¿Qué estás...?

Prendió ambas mechas y cogió una de las botellas. Sonriéndome como un maniaco, se volvió y lanzó su botella. Dio vueltas perezosamente, un rastro de luz hasta que desapareció detrás de la cubierta del barco. Quizá no funcionara. Quizá...

Se formó una bola de fuego enorme que quemó el aire y se propagó por todo el barco.

—¿Evie? Más te valdría lanzar eso.

Bajé la mirada horrorizada a mi cóctel Molotov en

llamas antes de lanzarlo lo más lejos posible de mi persona. Chocó contra el costado del barco y la mayoría de las llamas cayeron al agua plateada.

Que procedió a arder.

—¡Vaya, eso sí que no me lo esperaba! —Jack asintió con gratitud mientras las llamas se propagaban y se extendían por encima del lago. El barco, devorado ahora, crujía y gemía sus gritos de muerte—. Añadir un poco de licor de hada al petróleo le ha dado un impulso extra, creo.

Un grito sobrenatural rasgó el aire, que me heló hasta los huesos. No quería por nada del mundo conocer a quien lo había proferido.

Jack se echó a reír y me tomó la mano temblorosa.

—Ahora llega el momento en que echamos a correr.

VIEJOS AMIGOS

—¡Jack! —Mi voz resultaba irreconocible, casi una octava más alta. En parte se debía al terror, pero en gran medida era una reacción ante el humo denso, acre, sólido como un puño, que me entraba con fuerza por la garganta. El aire se llenó de él mientras el lago que estaba detrás de nosotros se convertía en un infierno.

Apenas veía a Jack, tenía mi única vida en su pesadilla.

—¡Prepárate! —gritó, y con una giro de vértigo el paisaje se combó. Seguíamos en la misma dichosa llanura, pero lo bastante lejos como para estar fuera de peligro. Unos zarcillos de humo se adherían a nosotros como seres vivos e intenté quitármelos de encima con todas mis fuerzas.

Observé como las nubes oscuras ascendían en ondulaciones sinuosas, ennegreciendo el cielo rojo nocturno. El lago ardía de forma uniforme, como un único cuerpo en llamas, el barco de la Reina Oscura había quedado prácticamente reducido a cenizas.

Jack se puso las manos en las caderas, supervisando la escena con un asentimiento de satisfacción.

—Ha salido mucho mejor de lo que esperaba.

—Por favor, ¡vámonos! —Si todavía veíamos el caos,

estábamos mucho más cerca de lo que quería estar. Imaginaba cómo sería la mirada de medianoche de la Reina Oscura si nos encontraba. Se me puso la carne de gallina, por el miedo o la expectación. No sabía qué. Ninguna de las dos opciones era buena.

—¿A qué viene tanta prisa? Dediquemos unos instantes a regocijarnos con la satisfacción del trabajo bien hecho.

—¡Yo no quería hacer eso!

—¿No? —Inclinó la cabeza y enarcó las cejas—. Pensaba que odiabas a los clarividentes.

—¡Así es, pero eso no significa que quiera ir por el Reino de las Hadas prendiéndole fuego a todo!

—¿Qué sentido tiene odiar algo si no eres proactiva? —Me pasó el brazo por encima de los hombros, guiándome para que contemplara el infierno con él—. No me dirás que no es satisfactorio, no después de lo que viste. A las hadas les importan muy pocas cosas, pero les encantan sus caprichitos. Ese barco era una de las chucherías preferidas de la Reina, por no hablar del lago entero. Todos los siglos que pasó creando este paisaje y ahora ¡puf! Una bola de fuego bien lanzada y le has hecho sentir más ira y dolor del que probablemente haya sentido jamás. Y mucho menos de los que se merece sentir.

Observar las llamas era como si el humo que persistía se abriera camino hacia mi pecho, oscuro y filtrante, sustituyendo el temor por ira. Jack tenía razón. Se merecían aquello. Se merecían algo mucho peor que aquello.

Entrecerré los ojos hasta que la línea de fuego brillante fue lo único que veía. Ahora que lo pienso, era exactamente lo que necesitaba ese paisaje. Era lo que le tocaba.

Me volví hacia Jack.

—¿Qué más tenías en mente?

Desplegó una sonrisa que hizo que se le marcaran los hoyuelos.

—Sabía que no eras una inútil. Una parada rápida para recoger más suministros y...

—Vosotros.

Los dos dimos un respingo. Nos volvimos y encontramos el origen de aquella voz horrible y áspera. Algo se agazapó, montaraz y retorcido. Un pelo apelmazado y enmarañado cubría a medias unas facciones hundidas. Lo que otrora fueran ropajes buenos estaban ahora rasgados y sucios de forma que resultaban irreconocibles. Pero entonces le vi los ojos, a ella. Ojos color rubí. Ojos color rubí que en otro tiempo acompañaban a una voz como el cristal que se hace añicos.

Fehl.

La había visto por última vez en la cocina de Lend, cuando Vivian intentó vaciarla de vida. Se había librado pero al parecer el desgaste la había dejado mucho peor. La elegancia etérea y desapegada de la clarividente había desaparecido. Se había asalvajado, tenía una mirada enfebrecida, los movimientos bruscos y precipitados.

—Vosotros me habéis hecho esto.

Levanté las manos y di un paso atrás.

—¡No, yo no! Lo siento, pero... —Hice una pausa, no lo sentía. Fehl había pasado por alto las normas que la ataban a la AICP para trabajar con Vivian y proporcionarme lo que pensaba que sería mi muerte. Lo que casi había provocado mi muerte. Además, esa noche le salvé la vida evitando que Viv la vaciara por completo. Volviendo la vista atrás, quizá no debería haberlo hecho. Me puse bien erguida—. Me parece recordar que esto te lo has provocado tú misma.

Soltó una risa, algo entre un graznido y una tos.

—Sí, un trabajo bien hecho y bien recompensado.

Pero si acabo... si le llevo un trofeo a mi reina... me querrá de nuevo. Me arreglará. —Fehl estaba erguida, haciendo una mueca como si le doliera.

—¿Has roto a un hada? —Jack se alejó sin quitarle los ojos de encima—. Una pequeña advertencia no habría estado mal. No quiero morir ahora que por fin la cosa se ha puesto divertida.

—Relájate —espeté—. No vamos a morir. Ella no puede hacerme daño.

Fehl se rio otra vez, un deje del viejo cristal asomaba de nuevo.

—Chiquilla, no tienes ni idea de lo que soy capaz de hacer.

—¿Puedes lidiar con ella? —preguntó Jack. Me di cuenta de que, por primera vez desde que lo había conocido, parecía asustado. No quería saber a qué se había enfrentado a manos de las hadas. Hadas como Fehl. No iba a permitir que volvieran a hacerle daño.

Extendí los dedos preguntándome qué sentiría un hada mientras observaba a Fehl moviéndose adelante y atrás sobre los pies, meneándose como un gato preparado para el ataque. No estaba mal, no podía estar mal arrebatarle parte del alma si servía para protegerme a mí y a personas indefensas como Jack. A decir verdad, no difería demasiado de lo que hacía la AICP. Yo era como una táser humana.

Fehl gruñó y luego saltó hacia delante, cubriendo la distancia que nos separaba más rápido de lo que creía posible. La esquivé, pero tropecé y caí de espaldas por las prisas de apartarme de en medio. Ella pasó de largo y se deslizó por el suelo antes de girarse rápidamente mientras yo retrocedía apoyada en las palmas de las manos, intentando ampliar el espacio que nos separaba.

Me enseñó los dientes con una sonrisa enfermiza y

me siguió obsesiva y lentamente. Ahora Jack estaba detrás de Fehl, mirando con el ceño fruncido. Quería gritarle que echara a correr, pero probablemente estuviera conmocionado. ¿Por qué no creaba una puerta para salir de allí? Si me levantaba, Fehl tendría la oportunidad de atacarme. Me devané los sesos, buscando un plan a la desesperada, cuando caí en la cuenta.

—¡Denfehlath! —grité—. ¡Para!

Los ojos se le desorbitaron de ira cuando todos los músculos se le quedaron parados. Estaba inmóvil, petrificada antes de dar un salto. Puede ser que hubiera perdido la capacidad de controlar a Reth cuando me engañó para que le dejara escoger otro nombre, pero seguía sabiendo el nombre de Fehl. Peor para ella.

Me levanté y me limpié las manos en los pantalones.

—No te muevas. —Contuve una sonrisa de regodeo mientras observaba el rostro torturado de Fehl. Ella estaba a escasos centímetros de la venganza que tanto había anhelado pero no podía hacer nada. Jack se me acercó y contempló a la Fehl paralizada como si mirara a la estatua de un museo.

—Interesante. La AICP no quiere darme los nombres de las hadas. Siempre me he preguntado por las órdenes asociadas al nombre. —Se volvió hacia mí—. Bueno, ¿y ahora qué? ¿Piensas dejarla aquí?

Me lo planteé. Los dedos se me retorcían a los lados y era hiper consciente de la energía extra, el cosquilleo característico y la agradable sensación de fluidez que a veces me corría por las venas. Veía el brillo en el pecho de Fehl, mucho más intenso en las hadas que en los vampiros. Quizá para darle una lección, pequeña...

Alguien carraspeó detrás de nosotros.

—Evelyn, me ha parecido notar tu presencia. ¿A qué debemos el placer de tu compañía, cariño?

Se me cayó el alma a los pies. Mal momento para la aparición de Reth. Me giré y me lo encontré de frente, hermoso a rabiar, aunque un tanto fuera de lugar en aquel paisaje infernal con su traje blanco victoriano y el pelo dorado. Miró con desdén a Fehl, chasqueó la lengua lentamente y luego contempló el incendio que seguía devastando el lugar.

—Vaya, hoy has estado muy ocupada, ¿no?

Jack me dio un codazo.

—Supongo que su nombre no lo sabes, ¿no?

—No tengo tanta suerte —masculló con amargura.

Reth frunció el ceño al ver a Jack, pero la expresión no empañó para nada su rostro perfecto y sin arrugas.

—¿Qué estás haciendo aquí, chico? Creo que Dehrn te está buscando. Por algo del robo de sus libros de saber popular.

Jack lo fulminó con la mirada con una mueca petulante en los labios pero no respondió.

Un chillido que rebosaba más energía y poder destructivo que cualquier incendio nos llegó procedente del lago.

—Ha llegado el momento de marcharse. —Jack me cogió de la mano y el paisaje se alejó retorciéndose ante nosotros. Dejamos atrás a Reth y a Fehl paralizada, cuyos ojos gritaban con la furia que su cuerpo no podía demostrar. Sentí una punzada de ira por desperdiciar la oportunidad de...

Tenía que dejar de pensar en eso. Ahora ya no podía hacernos daño y aquello era lo que importaba. Era el único motivo por el que me había planteado siquiera tocarla.

Nos paramos y me desplomé en el suelo de la habitación de Jack, suspirando aliviada por todas las balas que habíamos esquivado.

—Me cuesta creer que hayamos salido sanos y salvos de ésta.

—A mí también —respondió Reth, sosteniendo un calcetín sucio con el brazo extendido—. De todos modos, siempre está bien tener invitados.

Menuda forma de librarse del asunto.

PREGUNTA, RESPUESTA

—¡Márchate! —le grité a Jack, cogiéndole todavía de la mano. No quería enfrentarme a Reth, no en su territorio y no después de lo que habíamos hecho. Jack me sujetó con más fuerza mientras la habitación giraba a nuestro alrededor. Cerré los ojos e intenté no dejarme vencer por el mareo.

—Vale. —Jack me soltó y abrí los ojos. Estábamos en un campo rectangular, rodeado de hierba naranja que nos llegaba hasta la cintura, suave como las plumas y susurrando secretos a la deliciosa brisa dulzona que nos rodeaba. El campo estaba delimitado por árboles de un blanco inmaculado, inclinados bajo el peso de más frutas de aquellas azules a la que no pensaba acercarme a menos de diez pasos.

—¿Por qué no vinimos aquí primero? —pregunté. Podía acostumbrarme a algunas partes de los Reinos. Aparte del fruto malvado y tentador, claro está.

—Todo esto es bastante tedioso.

Me di la vuelta y me encontré a Reth de pie justo detrás de nosotros. Otra vez. Intenté tomar la mano de Jack, pero Reth me agarró por la muñeca. La mano encajaba perfectamente alrededor de la cicatriz en proceso de desaparición que había dejado allí.

—Permíteme que te ahorre las molestias. No puedes ir a ningún sitio, sobre todo dentro de los Reinos de las Hadas, donde no pueda encontrarte.

Le fulminé con la mirada.

—¿Qué se supone que quieres decir con eso?

—Significa que corretear de aquí para allá como un par de niños traviesos no sirve de nada. Veamos, ¿qué estás haciendo aquí? Después de todas las veces que te he invitado, me duele un poco que hayas venido aquí con el servicio.

Jack se enfureció a mi lado y lanzó una mirada asesina a Reth.

—Hago lo que me da la gana —espeté.

—Querida, tienes un instinto de conservación asombrosamente poco desarrollado. Te recomiendo que evites la ira de la Reina Oscura, puesto que ya tiene una opinión bastante baja del valor de tu vida. Veamos. —Sacó un reloj de bolsillo que no tenía manetas y lo miró con el ceño fruncido—. Ha sido un gran placer pero de verdad que tengo que marcharme. Intenta no destruir el prado, si no es mucho pedir.

Me soltó la muñeca y me hirvió la sangre. Ya había tenido bastante con que apareciera, soltara unos cuantos comentarios crípticos y luego volviera a desaparecer. Le agarré del brazo. Me miró, enmarcando con sus cejas la cara de sorpresa.

—¡No! ¿Por qué has estado enviando criaturas para que me atacaran? ¿Y qué quieres decir con eso de que puedes encontrarme en cualquier sitio? Y si tantas ganas tenías de que estuviera aquí, ¿por qué te marchas ahora que por fin he venido?

Reth sonrió, sus ojos como el sol líquido.

—No sé a qué te refieres, puesto que mi único objetivo siempre ha sido protegerte. Nunca enviaría a nadie a atacarte. Sin embargo, pienso que ha quedado claro que eres terca como una mula y categóricamente incapaz de elegir lo que es bueno para ti. —Me tocó la frente, luego el corazón y yo me aparté de su dedo—. Si tuvieras la cabeza un poco más vacía, igual que el alma. Te daré la bienvenida a casa cuando decidas volver, pero tengo expresamente prohibido obligarte a ello. La Corte de los No Videntes no dio esa opción a Vivian en este asunto y fíjate lo bien que acabó. Por cierto, ¿vas a dejar a esa horrible hada paralizada para siempre?

—Fehl se merece... ¡no cambies de tema! No has respondido por qué sabes dónde estoy en todo momento.

Utilizó la mano libre para separar mis dedos de su muñeca sin esfuerzo alguno. Dichosa fuerza de hada.

—Si no te importa, cariño, tienes los dedos fríos como el hielo. Y en respuesta a tu pregunta, ¿cómo no iba a saber dónde estás? Me llena de dolor que no sientas nuestra conexión.

Lo fulminé con la mirada.

—¡Y un cuerno!

Reth se echó a reír, la hierba naranja que nos rodeaba se balanceaba al mismo tiempo, danzando al son de la belleza plateada del sonido.

—Supongo que saber tu verdadero nombre ayuda.

Ya me había tomado el pelo con eso en otra ocasión, la noche que lo había liberado ordenándole que adoptara un nombre nuevo. No me lo tragaba.

—Sí, ya, siento informarte, pero todo el mundo sabe que me llamo Evelyn, así que no eres precisamente especial. Y no me vengas con este rollo del «nombre verdadero». Si tengo uno y lo supieras, ¿por qué has tardado tanto en encontrarme? —No podía negarlo. Las hadas dan mucha importancia a los nombres y, viniera de donde viniese, las hadas no se habían enterado de mi existencia hasta hacía un par de años como mucho.

Cuando Reth me conoció en el Centro ni siquiera me prestó atención al comienzo. Luego un día todo cambió, como si de repente se hubiera fijado en mí. En aquel momento, me sentí halagada (es decir: locamente embobada), pero desde que me enteré de que las hadas eran en parte responsables de mi existencia, me resultaba exasperante intentar entender *a)* como es que no habían sabido dónde estaba y *b)* él había sabido quién era.

Reth asintió.

—Ah, una historia excelente. Tal vez tu amigo debería quedarse a oírla...

Me giré y vi que Jack había ido desplazándose lentamente hacia los árboles. Negué con la cabeza y le lancé una mirada asesina.

—Ni lo intentes, Jack. Tú me trajiste aquí, así que te quedas conmigo hasta que llegue a casa.

Exhaló un suspiro y se desplomó para sentarse en el suelo de forma que la hierba le hacía cosquillas en la cara. Me di la vuelta hacia Reth.

—Adelante. —Si iba a darme respuestas, respuestas de verdad, valía la pena arriesgarse a pasar un poco más de tiempo en los Reinos de las Hadas. Se me erizó el vello de la nuca: tal vez ese fuera el motivo por el que había tenido tantas ganas de marcharme. Él sabía que si yo creía controlar la situación, sería más probable que me quedara.

Oh, le odio. Pero tenía que saberlo.

—Sin duda recuerdas cuando nos conocimos. —Sonrió, y yo odiaba que él supiera que yo recordara cada minuto que habíamos pasado juntos. Hay que ver lo que pasa con los ex. Como si no fueran malos ya de por sí, el mío era inmortal y casi una deidad. Menos mal que ya no quería saber nada de los inmortales.

Ay, pi-pi. Pero Lend no contaba como inmortal.

—Cuando descubrí tus habilidades especiales en la

AICP, le hablé a mi reina de ti y se preguntó si aquí, por fin, había llegado la Vacía que se había creado y luego... —Hizo una pausa y una breve sombra cruzó su rostro radiante— perdido.

—¡Tú no me creaste! —grité, sorprendida ante mi propia vehemencia—. Mientes. ¡Probablemente me robaras y me cambiaras, igual que robaste a Jack y vete a saber a cuántos más! Pero me libré.

—Si tú lo dices.

—¡Cállate! ¡Dime la verdad o te juro que dejaré este lugar reducido a cenizas!

Reth tuvo la desfachatez de parecer divertido.

—Por lo que parece tu nuevo amigo es una mala influencia. De todos modos, veo que esto te molesta. Aunque no se me permite dar esta información a nadie aparte de a los clarividentes, por lo menos ahora estás en territorio de Hadas, lo cual podría considerarse estar dentro de los clarividentes, ¿verdad que sí?

—Me he perdido en el «aunque».

Asintió, satisfecho en apariencia.

—Sí, eso ya va bien. Ahora que has venido a los Reinos de las Hadas por iniciativa propia, lo cual era la estipulación de mi reina, se abren infinidad de posibilidades. —Me tendió una mano. No la tomé, no podía tomarla y su sonrisa tenía un curioso deje blando—. Venga, Evelyn, no tienes por qué estar asustada.

Apreté la mandíbula y lo fulminé con la mirada. No le tenía miedo. Y tampoco me asustaba obtener por fin algunas respuestas. Oh, ¿a quién pretendía engañar? Estaba aterrada. Había muchas cosas que quizá descubriera y que no quería saber. Nada bueno saldría de lo que estaba a punto de decirme. Pero eso no cambiaba nada. Tenía que saberlo.

Le di la mano.

La escondió en el hueco del codo dándole una palmadita condescendiente.

—Creo que echaba esto de menos. —Se volvió y atravesamos una puerta que ahora estaba enfrente de nosotros. Sonó un chillido de pánico y estuve a punto de caerme cuando Jack me sujetó. Conseguí pasar al otro lado por los pelos antes de que la puerta se cerrara.

Reth suspiró impaciente.

—¿Es imprescindible que nos siga?

No podía creerme que se me hubiera olvidado pedirlo. Cinco minutos con Reth y ya estaba haciendo el idiota.

—Sí, es imprescindible.

Jack me cogió la mano libre y los tres caminamos juntos por la oscuridad. Tenía ganas de preguntar adónde íbamos, pero no quería darle el gusto a Reth de que notara lo aterrada que estaba. Se daría cuenta en cuanto abriera la boca.

Abrió una puerta y salimos a la luz cegadora del sol. Estaba desorientada, como cuando vas al cine por la tarde y sales y ya es noche cerrada. ¿Cómo se había vuelto a hacer de día? Era tarde cuando habíamos salido de mi apartamento. ¿Acaso estábamos en el otro extremo del mundo o algo así?

—Los Reinos de las Hadas modifican el tiempo, como si me hubiera leído el pensamiento.

—Entonces ¿dónde estamos? —Habíamos llegado a través de una pared blanca de bloques de cemento ligero, que daba a una zona de aparcamiento gigantesca. Miré arriba y abajo, preguntándome qué lugar místico necesitaba un parking de tal envergadura. ¿Y lavabos de señora?

Reth, en vez de responder, caminó por la acera. Jack y yo tuvimos que corretear para alcanzarlo. Cuando doblamos la esquina, me quedé paralizada de la conmoción. De todos los sitios en los que podía enterarme quién era yo en realidad —qué era en realidad— aquel no se me había pasado por la cabeza ni por casualidad.

Estábamos en una carrera de la NASCAR.

—¿Qué narices estamos haciendo aquí? —Tenía que habérmelo pensado dos veces antes de confiar en Reth. Nunca había sido muy propenso a las bromas pero, por lo visto, había aprendido a tener sentido del humor. Sin duda a él aquella situación le parecía divertidísima. Se volvió hacia mí, sin rastro de risa en sus ojos verdaderos, que le brillaban bajo el glamour que ocultaba su hada.

—Creo que ya va siendo hora de que conozcas a tu padre.

LAS REUNIONES FAMILIARES SIEMPRE SON UN COÑAZO

—¿Mi padre? —Me quedé mirando a Reth, intentando procesar lo que había dicho—. Voy a conocer... ¿tengo un padre? ¿Y está aquí?

El pelotón de coches llenos de logos multicolores pasó zumbando por la pista, separado de nosotros por una verja de tela metálica y una zona de mantenimiento. Era demasiado para digerir. A pesar de las afirmaciones de Reth y Vivian acerca de que me habían «hecho», tenía un padre. Un padre que iba a las carreras de la NASCAR en vez de, por ejemplo, cuidar de mí.

Reth contempló la escena que nos rodeaba, su rostro era la viva imagen del desdén.

—Por desgracia, sí. Por aquí, por favor. —Se abrió camino por entre la multitud moviéndose entre los asientos. En tres ocasiones estuvieron a punto de echarme cerveza por encima, pero todo el mundo se movió para dejarle pasar, la mayoría (hombre o mujer) se lo quedaban mirando aturdidos por el esplendor que le otorgaba el glamour.

—Vaya —dijo Jack cuando empezamos a subir por una escalinata de cemento interminable por entre las gradas—, ¡qué emocionante!

—¿No podemos hablar? —Por fin recibía algunas respuestas pero estaba cagada de miedo.

Reth se giró hacia una sección de casetas que tenía una pinta mucho mejor que los bancos de aluminio del resto. Abrió la puerta de la primera y me hizo un gesto para indicarme que entrara. Temblando, entré. La caseta de muebles lujosos tenía cuatro sillones y una mesita auxiliar llena de latas de Coca-Cola vacías.

En el sillón central que tenía vistas a la carrera había un hombre con el pelo largo hasta los hombros de un castaño tan intenso que parecía madera pulida. Estaba de espaldas a nosotros e inclinado hacia delante, absorto en la carrera.

—Sé buen chico y tráeme algo de beber —pidió Reth a Jack, cerrándole la puerta en las narices antes de que llegara a entrar. El hombre del sillón todavía no se había vuelto y Reth entrecerró los ojos molesto—. Lin. —El hombre nos rechazó con una mano fina y perfecta.

Una mano de hada.

Se me cayó el alma a los pies. No. No, eso no. Cualquier cosa menos eso. No podía ser, él no podía ser, yo no podía ser. Reth me pasó el brazo por encima de los hombros, guiándome suavemente hacia los dos escalones que daban a la ventana. Cuando le vi la cara a Lin no me quedó la menor duda. Tenía un glamour borroso, como si apenas estuviera ahí, y su rostro tenía todos los rasgos de las hadas. Unos ojos rasgados demasiado grandes, nariz delicada, labios carnosos, piel intemporal. Pero los ojos, de un verde esmeralda poco natural estaban bordeados de rojo como si llevara días sin dormir. Aparte de la estropeada Fehl, nunca había visto a un hada que no presentara una apariencia impecable.

—Lin —repitió Reth, con severidad en su voz dorada.

—Oh, lárgate. El treinta y tres está adelantando.

Miré a Reth sin ganas de mirar más a la extraña hada. Me ponía los nervios de punta, tenía algo que me producía cansancio y desconfianza al instante. Ahí había algo, algo que intentaba despertar algún recuerdo. Por favor, que no sea el reconocimiento. Reth parecía asqueado mientras Lin abría otra lata de Coca-Cola y la engullía.

—Melinthros —dijo Reth con una voz que resonó con fuerza en la caseta.

El hada alzó la vista rápidamente y por fin nos miró.

—Vete con cuidado, guaperas, tengo un dolor de cabeza horrible y si vas por ahí diciendo mi nombre, es probable que las cosas se pongan feas enseguida.

¿Desde cuándo las hadas se llamaban «guaperas» entre sí?

Lin volvió a centrarse en la carrera.

—¡No! —gritó. Lanzó la lata ya vacía contra el cristal. A continuación, con una sonrisa malvada en sus facciones delicadas, susurró algo y movió una mano hacia el grupo de coches que pasaban a toda velocidad. El coche de delante volcó sobre un lado, deslizándose mientras salían disparados fragmentos y chispas del mismo. Los coches de atrás chocaron contra él y entre sí, incapaces de evitar el destrozo. Un coche amarillo brillante chocó contra otro y fue a parar encima de este, por lo que aplastó el techo antes de salir disparado y chocar contra un muro.

Todo esto se produjo en menos de diez segundos, y luego la pista se convirtió en un revoltijo de humo y piezas coloridas de lo que habían sido coches. Un comentarista que se oía de fondo soltó una larga retahíla de juramentos y declaró que se trataba de la peor colisión en la historia de la carrera.

Lin se recostó en el asiento con una sonrisa complacida en el rostro.

—Me encanta este deporte. —Cogió otra Coca-Cola

del suelo y se la bebió de un trago. Se limpió la boca antes de mirar a Reth.

—¿Qué estás haciendo aquí otra vez?

—He traído a tu hija. —La voz de Reth estaba tan exenta de emoción como vida me destruía. No podía respirar, no podía asimilar aquello, era incapaz de decir si la habitación daba vueltas o era yo. Reth me sujetó el hombro con más fuerza y me condujo a una de las sillas. Me senté pesadamente y me quedé mirando al suelo.

Yo no tenía parte de hada.

¡No podía ser! No tenía ningún sentido.

Oh, pi-pi, ¿cuándo había tenido sentido algún aspecto de mi vida?

—No es ella. —Lin frunció el ceño y colocó la mano cerca del suelo—. Tiene esta altura, no habla mucho, llora mucho. Debe de estar rondando por aquí. —Miró por encima de uno de los sillones como si yo a los tres años estuviera allí, jugando.

Reth ensombreció los ojos dorados.

—Sí, es una descripción acertada de hace catorce años, cuando la perdiste.

—No la perdí. —Lin se puso recto indignado—. Ella... —Hizo una pausa mientras se rascaba la cabeza. Entonces me miró entrecerrando los ojos—. Bueno, fíjate, me parece que tienes razón. Pálida, con gesto trágico, ¿verdad que ella es así? De todos modos, aquí está. Llévala a la reina o adonde toque. Se me ha olvidado. ¡Ohhh, están despejando la pista!

Se quedó mirando fijamente, traspuesto, mientras lo que quedaba de los coches se retiraba de la pista al tiempo que los técnicos sanitarios se llevaban a varias personas en camilla.

Alcé la vista hacia Reth con labios temblorosos. No sabía qué era peor, que mi padre fuera un hada o que hubiera pasado los últimos catorce años ajeno al hecho de que yo había desaparecido. Reth estaba haciendo una mueca, sus labios carnosos chafados en una única línea de desaprobación.

Cogió una lata y la sostuvo con las yemas de los dedos como si estuviera contaminada. La AICP había descubierto con gran pesar que lo único de nuestro mundo que afectaba a las hadas eran los carbonatos; era como un alcohol de alta graduación, lo cual convertía a mi padre en un hada alcohólica. Por supuesto. El listo de Reth volvió a colocar la lata con mucho tiento.

—Por eso evité los asuntos de la corte. Mezclar nuestros destinos con el de los humanos nunca acaba bien. Es indignante. Esto es lo que pasa cuando se obliga a un hada a vivir fuera de los Reinos. Todos hemos acabado mancillados por la absurdidad y decadencia de este mundo.

—Reth —susurré para que no se me quebrara la voz. Ya me habían empezado a brotar las lágrimas pero no quería perder la compostura. Ahí no. No delante de esa cosa que era mi padre—. Por favor, no entiendo nada de todo esto.

Sacudió el polvo del asiento y se sentó a mi lado.

—Confiaba en que podría dar explicaciones, pero de nuevo me corresponde a mí. —Reth clavó sus ojos sin fondo en los míos y me tomó la mano. No había ninguna de las llamas forzadas de antes, solo una presión tranquilizadora, como si intentara ser mi punto de anclaje—. Supongo que la idea de tu existencia empezó hace unos veinte años. —Me recorrió la mejilla con suavidad—. Fue muy mala idea desde el comienzo.

LO QUE DIJO

—Mi reina declaró que teníamos la responsabilidad de aceptar que habíamos creado nuestra propia prisión en los Reinos de las Hadas. Sin embargo, la Reina Oscura tenía otras ideas en mente. Tras numerosos errores, a cada cual más desastroso, la mayoría de los clarividentes consideró que crear al ser Vacío, alguien capaz de crear y controlar puertas, era imposible. Quedaríamos relegados al reino de las Hadas y este triste montículo polvoriento para siempre. Alguien pidió la ayuda de mi reina pero ella se negó, influida por el afecto irracional hacia la vida humana. Siempre pensé que sin duda podía irle mejor que a los vampiros.

—¿Vampiros?

Hizo un movimiento de desdén con la mano.

—Los vampiros fueron uno de los primeros errores de la Reina Oscura. Consideró que si podía matar primero a los humanos y luego recrearlos con su magia, se convertirían en Vacíos y absorberían almas. En cambio absorbían vida y ninguna alma. Qué mal gusto, la verdad.

—Un momento... ¿vosotros creabais vampiros?

—¿Era culpa suya que Arianna hubiera sufrido esa maldición?

—Por favor, no me interrumpas, cariño. Nuestra magia se fue diluyendo a medida que este mundo nos contaminaba, lo cual es el motivo por el que no esperábamos que la Reina Oscura tuviera éxito. Cuando mi reina oyó hablar de Vivian, una verdadera Vacía, se dio cuenta de que también tenía que crear una o arriesgarse a que la Reina Oscura abriera una puerta y nos dejara encerrados aquí para siempre al resto. Así pues, sin que lo supiera nadie más, eligió a un hada de su corte —miró con sorna a Lin, absorto en la carrera— y le asignó la creación de un ser Vacío.

—¿Creación? —susurré. No quería saberlo.

—A las hadas no les resulta fácil pasar un tiempo prolongado en este reino mortal. Acaba por agotarlas, tira de los hilos que nos conectan a la eternidad. Nos convertimos en sombras tenues de lo que se supone que debemos ser. —Ahora el glamour borroso de Lin tenía sentido, incluso sus rasgos de hada parecían tensos—. Pero para hacer lo que necesitaba, se vio obligado a quedarse aquí. Encontrar a una mujer mortal predispuesta no le supuso ningún reto, claro está.

—¿Mi madre? —Tenía una madre. Una madre humana.

—A nadie se le había ocurrido probarlo así, dado que las relaciones humanas son tan tontas y complicadas. De todos modos, Melinthros estaba lo bastante insensibilizado y pudo hacerte.

—O sea que soy... ¿soy mitad hada? —Se me revolvió el estómago. Tenía ganas de vomitar. Me afectaba incluso la forma como lo había dicho... «hacerme».

—Por supuesto que no. No funciona así. No puedes formar parte de la eternidad con un punto de partida tan indudable.

—¿Qué quieres decir, entonces?

—Por el hecho de tener una madre mortal y un padre hada no eres mitad hada. Lo que pasa es que no eres de todo mortal. Menos que mortal, en cierto sentido. Los rasgos de hadas no se traspasan.

La sensación fría y vacía de la que había huido durante tanto tiempo brotó, y amenazó con inundarme de todas mis carencias. No era especial, no era paranormal, ni siquiera era normal. No era ninguna de las dos cosas. Nada.

—Es necesario por supuesto. Las almas humanas, frágiles de por sí, son increíblemente complejas, en constante cambio. Es imposible añadirles o quitarles algo. Un verdadero humano nunca sería capaz de funcionar como conducto o atraer más energía para sí. Tú eres única en todos los reinos porque eres capaz de transferir energía. El por qué de que puedas crear puertas nunca lo he tenido claro, aunque mi reina opina que se debe a algún curioso sentido humano de hogar combinado con la energía extra y el tirón de las almas para marcharse de este mundo.

Se paró, como si esperara que yo dijera algo. ¿Qué iba a decir? ¿Qué podía decirle a los demás, de ahora en adelante?

—Por supuesto, estaba el asunto de que Lin te perdiera, y tienes nuestras más sinceras disculpas por ello. De hecho, nadie sabía de tu existencia, salvo la reina, y ella no estaba al corriente de que Lin te había perdido, dado que nunca visita el reino mortal. Imagina su sorpresa cuando le describí tus habilidades únicas y se dio cuenta de que eras la Vacía y que Lin no te estaba preparando para nosotros. Desgraciadamente, yo no fui el único que te reconoció, lo cual hizo que la corte de los No Videntes complicara la situación enviando a Vivian a por ti.

»Mi reina me dio el nombre de Melinthros y me encargó que determinara qué había ocurrido exactamente y cómo convertirte en lo que necesitábamos que fueras. Siempre había evitado meterme en los asuntos políticos de la corte. Decisión sensata, diría yo. Ha sido agotador. Fue idea mía darte un alma extra, pero resultó ser un desastre. —Me rozó la cicatriz con los dedos.

Negué con la cabeza, demasiada información que me embotaba las ideas.

—En realidad no pertenezco a ningún sitio, ¿verdad?

—Tonterías. —Me acarició la muñeca—. He dicho que fuiste un error desde un buen comienzo pero eres un error encantador, y con la cantidad adecuada de ajustes, encajarás bastante bien en mi Reino. Y si le eres útil a la reina, todavía mejor. No estás hecha para esta Tierra, Evelyn. No te mereces ser frágil, corruptible, mortal. Deberías ser eterna. —Se me acercó más, con una sonrisa tierna y posesiva a partes iguales en su rostro perfecto—. Eterna conmigo. Quería tener un lugar aquí, un hogar. Tenía que tener algo.

—¿Y mi madre?

Reth dejó de sonreír y se volvió hacia la otra hada.

—¿Has encontrado a la madre de la chica?

Lin masculló algo ininteligible.

—¿Qué ha dicho?

—No sabe dónde está.

—No. —susurré.

—Lo siento. Amar a los clarividentes no es saludable para los mortales. Se convierte en una adicción y si el objeto de su obsesión desaparece, se consumen. Se desaconseja en mi corte, a no ser que lleves al mortal al Reino donde se sacie viviendo entre hadas. Me quedé de pie, a punto de quedarme abrumada de dolor. Me veía incapaz de lidiar con eso. Era demasiado. Como el tirón de la Reina Oscura, aquel sentimiento iba a engullirme por completo, consumirme. Necesitaba cambiarlo. Las palabras de Jack resonaron en mi cabeza, siempre era mejor estar enfadada que triste.

—Tú. —Me planté directamente enfrente del hada que me había creado. No alzó la vista—. Melinthros, haz el favor de mirarme.

Alzó la cabeza de golpe, mirándome enfurecido con ojos borrosos.

—Cuéntame qué le pasó a mi madre.

Habló como si le sacaran las palabras a la fuerza, lo cual era cierto, gracias a mi orden.

—Cuidó del bebé hasta que ya no hizo falta.

—¿Y ahora dónde está?

—No sé.

—¡Dime dónde está! —grité.

—No puedo.

Flexioné los brazos a los lados. Tenía que decírmelo. Le obligaría a decírmelo.

—Evelyn. —La voz de Reth era tan suave como su tacto en mi brazo—. Intenté encontrarla personalmente hace un año. Lo siento.

Los ojos dorados de Reth me devolvieron a la realidad. Una realidad en la que estaba más sola de lo que había estado jamás. Por malo que fuera descubrir que era lo mismo que Vivian cuando le había dado por matar, aquello no era nada comparado con lo que sentía ahora. Por lo menos entonces solo me había visto obligada a reconocer que no era del todo normal. Había asumido que significaba «más» que humana. No menos.

—Ven conmigo. Aquí no hay nada para ti, mi querida Neamh.

La última palabra me impactó, recorrió mi cuerpo como la electricidad. Conocía esa palabra. Yo era esa palabra. Había sabido mi nombre en todo momento. Pero no era ninguna hada y mi nombre no tenía poderes sobre mi voluntad. Nadie tenía poderes sobre mí.

—No soy tuya —susurré.

La puerta se abrió de repente. Jack apareció respirando con dificultad y con una copa dorada en una mano.

—Tu bebida.

—Jack. —Me acerqué a él, tambaleándome porque necesitaba estar en cualquier otro sitio. Necesitaba ser cualquier otra persona—. Por favor, llévame a casa.

—Aquí no estás a salvo de la Reina Oscura y nunca estarás completa. Deja que te lleve a casa —dijo Reth. Su voz traspasó la frialdad que me embargaba. No se refería a mi apartamento.

Me volví hacia él. Me conocía. Sabía lo que era, quién era. Aquello era culpa suya, suya y de las demás hadas. Destrozaban todo lo que tocaban. Sin embargo, dos podían jugar a ese juego.

—Melinthros —dije con la imagen de un accidente de coche fresca en la memoria—, regresarás a los Reinos de las Hadas y nunca volverás. —Sus ojos inyectados en sangre se le desorbitaron y sujetó una lata de Coca-Cola. Temblando, caminó de forma mecánica hacia la pared y creó una puerta antes de desaparecer de este mundo para siempre. Buen viaje. Esperé que su retirada durara una eternidad. Se merecía algo mucho, mucho peor. Quizás algún día cuando se me ocurriera un castigo lo bastante duro, le fuera a buscar.

Tomé a Jack de la mano y salí por la puerta de la caseta antes de parar un momento:

—Si te vuelvo a ver, Reth —dije—. Te mataré.

LA VERDAD TE HARÁ
LIBRE... O TE PARTIRÁ
EL CORAZÓN

Puse a Jack detrás de mí y tropecé con los escalones ya que apenas veía entre las lágrimas. Tenía que largarme de allí de inmediato.

—¿Qué ha pasado? —preguntó con el ceño fruncido mientras trataba de abrir una puerta en la pared—. ¿Te ha hecho daño?

Negué con la cabeza. No tenía ganas de hablar de ello. La gente pasaba junto a nosotros de camino al baño pero no me molesté en ocultar la puerta para no trastocar su visión del mundo. ¿Por qué disfrutaban de vidas felices e inocentes? El mundo era un lugar monstruoso. Un lugar monstruoso en el que yo no tenía cabida.

Por fin, trazó una puerta en la pared.

—¿A casa? —preguntó.

Le apreté la mano, cerré los ojos mientras nos desplazábamos por la oscuridad claustrofóbica del Camino y no los abrí hasta llegar a mi minúscula habitación.

—¡Evie! —Lend se levantó de un salto con expresión preocupada—. ¿Dónde has estado? Arianna llamó por lo de la carta, dijo que anoche no volviste a casa, y cuando vine encontré esto... —sostuvo en alto el collar de hierro que había dejado tirado en el suelo— y me asusté porque pensé que Reth había... —Se calló y desvió la mirada hacia Jack, que seguía apretándome la mano—. ¿Entonces estabas con él? —Lend apartó la mirada y maldijo en voz baja—. Creía que te había pasado algo o que te habían secuestrado. He llamado a todo el mundo. Estaba preocupado. Y has estado con él todo el tiempo. ¿Por qué? ¿Estabas haciendo algo tan importante que ni siquiera pudiste llamar? ¿Y por qué no acudiste a mí en cuanto te enteraste de lo de Georgetown?

Negué con la cabeza con el rostro bañado en lágrimas.

—No pude...

—¿Se lo dijiste a él pero no a mí? Me lo prometiste, juraste que ya no volverías a esconderme nada. Mentiste. —Se le veía dolido. El corazón se me rompió un poco más al verle así.

—¡No me atrevía a decírtelo! Lend, era nuestra vida... ¡lo era todo! Y fracasé. No me aceptaron. No valgo para eso.

Me sujetó por los hombros y me apartó de Jack.

—Evie, hay más opciones. Es un palo, pero no es el fin del mundo. No cambia para nada nuestra relación. ¡No sé por qué pensaste lo contrario! Nuestro futuro sigue siendo el mismo.

—¡No, no lo es! Nunca tendremos un futuro común. Me esforcé lo indecible por arreglarlo, pero no será posible. Ni siquiera soy humana. Tú tampoco lo eres, así que más vale que dejemos de fingir que lo nuestro funcionará.

Puso cara larga.

—Siempre hemos sabido que no éramos normales. ¿Por qué es tan importante de repente? Somos paranormales, ¿y qué?

—¡No lo entiendes!

—¿Y él sí? —Lend señaló a Jack enfadado.

—¡No! No soy paranormal, no soy nada. Solo soy fruto de otro experimento de las hadas que salió mal. Y no tendremos un futuro común porque el mío terminará en el olvido mientras que el tuyo no acabará nunca.

Lend estaba sorprendido.

—¿A qué te refieres?

Cerré los ojos. No me atrevía a mirarle a la cara. No podría estar con él y eso acabó por romperme el corazón del todo. Fue una tontería pensar que lo nuestro tenía futuro.

—Eres inmortal —susurré—. Tienes un alma luminosa, resplandeciente, perfecta y eterna. No morirás jamás.

Lend me soltó los hombros y dejó caer las manos. No quería abrir los ojos y verle la expresión.

—¿Desde cuándo lo sabes?

—Desde la noche del baile de fin de curso. Cuando me llené de las almas vi la tuya con claridad y... da igual. Siento no habértelo dicho. No quería perderte. —Me reí con amargura, abrí los ojos y clavé la mirada en el suelo—. Pero era inevitable, ¿no?

—Evie... ¿qué quieras que te diga?

—Ya se te ocurrirá algo. Tienes toda la eternidad por delante.

—Pero todavía podemos... —dijo en tono desesperado.

—¡No! —Por fin le miré los ojos acuosos, los mismos ojos que llegué a pensar que serían parte de mi futuro. A Lend también se le había partido el corazón, pero lo superaría, no como yo—. No podemos. No haré como tu padre, aferrado para siempre a un amor perfecto que no podía funcionar. No soy así. Te quiero demasiado como para que intente que te quedes conmigo cuando sé que querrás cambiar. Tendrás que cambiar y transformarte en lo que se supone que tienes que transformarte. No pienso quedarme de brazos cruzados esperando a que eso pase.

Me volví hacia Jack, quien abrió una puerta en la pared y me tendió la mano. Se la tomé y no pude evitar mirar a Lend por última vez.

Retrocedió un paso, sin mirarme, mientras negaba con la cabeza en silencio.

—Es lo mejor para los dos —susurré, deseando desesperadamente que discrepara e impidiera que me marchara, que hiciera algo.

Se quedó quieto.

Me encaminé hacia la oscuridad con Jack.

LA BELLA DURMIENTE

—¿Adónde? —preguntó Jack.

Me di cuenta de que había dejado de llorar. No valía la pena. Estaba anímicamente destrozada. Toda mi existencia era un error. No tenía hogar, ni familia ni futuro. No sentía nada. Al fin y al cabo, ¿por qué iba a llorar la pérdida de cosas que nunca debería haber tenido?

Negué con la cabeza.

—Da igual —dije con voz hueca.

—¿Quieres hablar de ello?

—No lo entenderías. —Nadie lo entendería porque nadie era como yo.

No, me equivocaba. Vivian y yo éramos iguales. De repente me entraron muchas ganas de verla. Me pregunté si sabría lo de nuestros padres. Si lo hubiera sabido me lo habría dicho. Ahora la entendía mejor que nunca y le perdonaba lo que había hecho. Al menos yo había crecido con la ilusión de ser normal. Ella siempre había estado atada al mundo de las hadas.

—¿Serías capaz de encontrar a alguien? No sé dónde está, pero la AICP la tiene en alguna parte.

Jack me sonrió en la oscuridad.

—Si la tiene la AICP seguro que la encontraré.

Se hizo a un lado y abrió una puerta que daba a un pasillo blanco que conocía de sobras. Corrimos hacia el despacho de Raquel.

—Espera aquí. —Jack dobló la esquina. Le oí llamar a la puerta.

—¿Jack? ¿Qué pasa? —preguntó Raquel.

—¡Evie ha desaparecido!

—¿Qué? ¿A qué te refieres con lo de que ha desaparecido?

—Fui a verla, pero al vampiro y a ese tonto que le gusta les entró el pánico. No saben dónde está.

—Reth —dijo Raquel en un tono tan amenazador que hasta a mí me dio miedo—. No te preocupes, Jack, ya me ocupo yo. No debí permitir que saliera al mundo sin protección, pero daré con ella y la recuperaré.

Oí los zapatos de salón de Raquel por el pasillo y, acto seguido, Jack se asomó sonriendo.

—Ya no hay peligro.

—Podrías haberte inventado otra cosa. No quiero que se preocupe.

—Tranquila. ¿Quieres fisgonear en la oficina conmigo o prefieres quedarte en el pasillo como una buena niñita?

Le fulminé con la mirada y me dirigí hacia la oficina. Jack abrió la puerta y entró como si fuera su despacho. Se sentó junto al escritorio y puso los pies encima del mismo mientras abría uno de los cajones.

—¿A quién buscamos?

—A Vivian. No sé dónde está. Supongo que en un sitio seguro, a salvo de las hadas, con mucho material médico. Ah, por si sirve de algo, es una paranormal de Nivel Siete.

—Los investigadores de la AICP estarían más que contentos si les contara lo que ahora sé sobre mí misma. Nunca lo habrían averiguado por sí solos. Afortunados ellos; a veces es mejor no saber... al menos no es tan doloroso.

Jack canturreaba con alegría mientras rebuscaba en las carpetas. Yo estaba inquieta, creía que Raquel volvería en cualquier momento y me trincaría con las manos en la masa. No me atrevía a hablar con ella. Trataría de racionalizarlo todo para tranquilizarme, pero la situación no tenía arreglo. Nunca lo tendría.

—Bingo. El ala de hierro.

—¿El ala de hierro?

—Hay una zona de Contención en la que las paredes están revestidas de hierro. Es imposible abrir una puerta.

Interesante. Me habría venido bien saberlo cuando estaba allí. Otro ejemplo más de que la AICP no me había facilitado toda la información. Nunca había sido uno de ellos, nunca había sido miembro de nada.

Fuimos hasta Contención siguiendo una ruta indirecta y luego entramos por una puerta de abastecimiento que nunca me había molestado en abrir. Daba a un pasillo largo y estrecho. Por suerte, no nos topamos con nadie. Jack se detuvo frente a una puerta sencilla junto a la cual había una placa que rezaba «Siete, Médico». Al menos podrían haberse dignado a usar su nombre.

Abrí la puerta y, allí, en una cama en el centro de una habitación blanca, estaba tumbada la única persona que podría considerar parte de mi familia. Me acerqué lentamente mientras observaba todos los gota a gota, máquinas y monitores a los que estaba conectada. En lugar de sentirme aliviada, me abrumó un sentimiento de culpa.

—¿Por qué está así? —preguntó Jack mientras se apoyaba en la pared, junto a la puerta.

—Por mi culpa —susurré. ¿Por qué no me había esforzado más en comunicarme con ella? Podría haberla convencido para que dejase de matar paranormales. Sin embargo, le había arrebatado las almas y la había dejado sin apenas nada para seguir adelante.

Pero si no le hubiera arrebatado las almas, Lish se habría quedado atrapada para siempre. Odiaba esa situación. ¿Por qué no era posible querer a alguien sin tener que preocuparse de los otros sentimientos?

Tomé la mano helada de Vivian entre las mías con cuidado de no tocar el gota a gota.

—Hola, Viv. —Le aparté un mechón de pelo rubio y se lo coloqué detrás de la oreja, pero no abrió los ojos. Lo único que indicaba que estaba viva era el pitido rítmico de uno de los monitores. Su respiración resultaba casi imperceptible—. Entonces... —Contuve las lágrimas y traté de que la voz no se me quebrase—. Tenías razón desde un buen principio. No tenemos hogar. Lo intenté, lo intenté de veras, pero... —Rompí a sollozar y apoyé la cabeza en su hombro—. Lo siento —dije entre lágrimas, con el sonido de la voz amortiguado por su cuerpo inmóvil—. Lo siento.

Al cabo de unos minutos sentí una mano en la espalda. Me puse de pie mientras me secaba la cara. Perfecto, después de todo lo sucedido voy y le mojo la camisa.

—No es culpa tuya —dijo Jack en voz bien baja.

—Díselo a ella.

—Evie, no hiciste nada. Fue cosa de las hadas. Es culpa suya.

Cerré los ojos. Jack trataba de consolarme y de que me sintiera mejor. La culpa era mía.

Sin embargo, tenía razón en parte. Si las hadas no la hubieran educado de esa manera y no hubieran intentado que se pelease conmigo, el enfrentamiento no habría tenido lugar. Las hadas la manipularon de tal modo que a Vivian le parecía normal arrebatarle la energía vital al mayor número de paranormales posible.

Maldita sea, fueron ellas las que nos crearon.

Por su culpa yo no era más que una cáscara vacía y fría

sin hogar. Por su culpa Vivian estaba postrada en aquella cama y no volvería a despertarse. Por su culpa Arianna estaba condenada a una vida eterna que no quería. También eran responsables de las personas que habían sido asesinadas o se habían transformado en vampiros a lo largo de los siglos; de los niños que, como Jack, habían desaparecido y habían pasado a ser mascotas, o algo peor, de las hadas; de la desaparición de mi madre.

Era culpa suya.

—Las odio —susurré.

—Por supuesto. —Jack me rodeó los hombros con el brazo—. Venga, larguémonos antes de que Raquel se imagine que estás conmigo.

Asentí y le apreté la mano a Vivian por última vez.

Volvimos por el pasillo y pasamos junto a unas celdas en las que antes ni tan siquiera me había fijado. La mayoría estaban vacías. Una voz me sobresaltó.

—*Liebchen*. —Detrás de una puerta protegida con un campo eléctrico estaba el súper vampiro. Sonrió, con el labio superior fruncido y los ojos medio cerrados. No estaba tan erguido como antes y su glamour se veía enfermizo y lívido—. Pareces muy infeliz. Ven conmigo, te llevaré lejos de este mundo, monstruita.

Lo miré de hito en hito. Así que Raquel lo había encerrado allí para que no volviera a escaparse. Jack puso los ojos en blanco y le hizo un corte de mangas. Me sujetó la mano con fuerza y me arrastró por el pasillo. No dejé de mirar al vampiro; me producía escalofríos recordar el que lo hubiera vaciado en parte.

Sus palabras resonaban en mi interior. «Monstruita.» Era cierto.

Jack encontró el pasillo más cercano sin revestimiento de hierro y trazó una puerta. No volví la vista mientras la atravesaba. Nunca volvería al Centro. Intenté no estremecerme al ver la oscuridad del Camino y cerré los ojos.

—No te gusta nada pasar por aquí —dijo Jack.

—Para mí el infierno sería así. Nada de fuego ni azufre, solo oscuridad, vacío y soledad.

Se rio.

—El infierno, ¿eh? Espero que dentro de poco desmontemos esa teoría. Además, si fuera el infierno, ¿crees que estaría a tu lado?

—No lo sé, si el infierno fuese una eternidad de molestias en lugar de tormentos, tal vez sí.

—Cada día me gustas más, pero ninguno de los dos irá al infierno. Somos víctimas. —Sonrió. La última palabra iba cargada de veneno—. Y si a veces somos algo malvados, pues bueno, está más que justificado.

Me pregunté si quería tranquilizarme por lo de Vivian, pero se quedó con la mirada perdida, absorto, como si anticipara las maldades futuras. ¿Qué es lo que quería que quemase esta vez? No me apetecía destruir nada más.

Abrió una puerta que daba a su habitación en el Reino de las Hadas. Me desplomé en un sofá de terciopelo verde oscuro.

—¿Me dejas dormir eternamente?

—Creo que eso ya lo hace tu hermana. —Lo fulminé con la mirada y levantó las manos—. Lo siento. Tema delicado, lo sé. ¿Quieres que te traiga algo de comer?

No tenía hambre, pero me apetecía estar sola y desconectar. Jack era energía pura, siempre estaba hablando o haciendo cosas. Me agotaba incluso cuando me encontraba mejor. De todos modos, no me quedaban más amigos en el mundo y le estaba muy agradecida. Nos entendíamos a la perfección.

—Comida de verdad, por favor. No quiero pasarme el resto de mi patética vida en este lugar.

—Tus deseos son órdenes. —Desapareció por la pared y me recosté. Cerré los ojos y me obligué a no pensar en nada. Me conformaría con dormir y no tener que pensar en el futuro sin Lend, sin ese vacío interior.

Estaba a punto de quedarme dormida cuando dos manos con uñas afiladas como cuchillas me cogieron por los hombros y me arrojaron al centro de la habitación.

—¡En pie! —dijo Fehl con voz áspera—. Quiero que sepas lo mucho que puedo hacerte sufrir sin matarte. —Me sonreía con una mirada febril—. ¿Cuántas extremidades necesitas para seguir viva?

Me sujetó del pelo y me levantó del suelo. Grité de dolor. El brazo me dolía lo indecible. Traté de protegerlo y una expresión de placer cruel iluminó la mirada de Fehl. Me agarró el brazo por donde estaba roto y chillé. Se me nubló la vista. No soportaba tanto dolor. Acabaría desmayándome. Quería desmayarme.

—¡Evie! —gritó Jack—. ¡No te rindas! ¡Lucha!

Tenía la cara de Fehl frente a la mía; su aliento era cálido y salvaje. La ira se sobrepuso al dolor; era una ira que nacía de todo cuanto aquella hada nos había hecho a Vivian y a mí, de lo que su especie le había hecho al mundo. Le hundí el puño de la mano buena en el pecho. Había llegado el momento de acabar lo que Viv había empezado.

Abrí las puertas de par en par. Vi una mirada de pánico y miedo en los ojos de Fehl y me crecí, emocionada. Se merecía sentirse así.

Su alma conectó con la mía; se produjo una descarga de energía y familiaridad mientras mis chispas y corrientes iban al encuentro del alma de Fehl. Le daban la bienvenida, querían absorberla. Su alma era algo oscuro y salvaje, una especie de viento que aúlla eternamente por un cañón sumido en la oscuridad. Saboreé esa oscuridad, sabía qué sentiría cuando fuese mía.

Justo en ese preciso instante supe que no quería que Fehl estuviese en mi interior.

La aparté y se estremeció. Se agazapó y se rodeó a sí misma con los brazos.

—¿Qué haces? —gritó Jack.

Temblaba, agotada por el esfuerzo que me había supuesto cerrar la conexión antes de arrebatarle el alma a Fehl. Estaba tan exhausta y dolorida que apenas veía con claridad. Negué con la cabeza.

—No quiero nada de ella. Denfehlath —dije. Me miró con atención—. Márchate y no vuelvas a acercarte a Jack ni a mí.

Se levantó con movimientos rígidos, como si fuera una marioneta de carne y hueso, y desapareció por la puerta de la pared.

Me desplomé en el suelo sin dejar de temblar.

—No lo entiendes. Iba a arrebatarle el alma, pero no quiero que esté dentro de mí, Jack. El alma de un hada sería mucho peor que no tener nada de nada.

Me miró como si estuviera a punto de estallar y luego exhaló un largo suspiro.

—Bien, de acuerdo. —Se sentó a mi lado y me cogió la mano buena—. Da igual, no importa, y menos después de lo que vamos a hacer.

—¿Qué vamos a hacer?

Me miró con una sonrisa beatífica. El rostro travieso adoptó una expresión angelical.

—Vamos a salvar el mundo, Evie. Nos aseguraremos de que las hadas nunca vuelvan a hacer daño a nadie.

LOS HOYUELOS DEL TERROR

Negué con la cabeza, confundida.

—¿A qué te refieres? ¿Cómo vamos a detener a las hadas? No pienso vaciarlas. Y aunque quisiera, hay demasiadas.

—Es mucho más sencillo. Sencillo y obvio. Este no es su mundo; las enviaremos a otra parte.

—¿Y no volverán? Saben trazar puertas.

—No usaremos una puerta, sino un portal. Las hadas solo pueden acceder a los Reinos de la Hadas y a la Tierra a través de las puertas. Si abriésemos un portal que diese a otro lugar, no podrían regresar.

¿Cómo sabía lo de los portales? No recordaba si se lo había contado o no. Tal vez se lo hubiera dicho Raquel. En cualquier caso, estaba claro que no sabía cómo funcionaban.

—No creo que pueda hacerlo. Además, ¿no es lo que las hadas querían? Reth siempre me decía que querían que las enviásemos de vuelta a su lugar de origen. Supongo que eso significaba que necesitaban un portal. No me apetece volver a lidiar con las hadas ni hacerlas felices con un portal que les permita ir a donde sea que quieran ir.

—Las podríamos enviar a otro lugar. —Jack no dejaba de sonreír, pero su tono era frío y amenazador.

Negué con la cabeza. No lo entendía.

—Pero ¿cómo conseguiríamos que atravesasen el portal? ¿Y adónde daría? ¿Y cómo lo abriría? Solo he abierto uno y fue por casualidad. —La noche que había liberado las almas que Vivian había arrebatado, el portal de las estrellas me llamó. Las almas de los paranormales que Viv había robado me cambiaron, me ayudaron a ver cosas que antes no veía y que no he vuelto a ver. Dudaba mucho que pudiera volver a encontrar ese portal... o cualquier otro, si es que existían.

—Tranquila, Ev. Lo tengo todo planeado. En el Camino solo hay una puerta que dé a los Reinos de las Hadas, ¿no? —Asentí y recordé cómo me sentí cuando Jack me la enseñó—. Muy bien. Aunque da a cualquier área, es una única puerta. Si trazases un portal justo en el mismo lugar...

—Las hadas entrarían por ahí sin saberlo. —Le miré. Por fin lo había entendido. Sería una trampilla, una puerta falsa.

—¡Exacto! No tendríamos que enfrentarnos a ellas. Pasarían por el portal y cuando se diesen cuenta ya sería demasiado tarde para dar la vuelta.

—Supongo que es posible. —Fruncí el ceño—. Pero aunque averiguara cómo hacerlo de nuevo, no tengo fuerzas para abrir un portal. La otra vez contaba con las almas de Vivian.

Arqueó las cejas.

—¿Me estás diciendo que no te queda ningún extra por ahí guardado?

En mi interior había fragmentos de almas de vampiros, sílfides e hipocampos. Me encogí de hombros, nerviosa, y negué con la cabeza.

—Tal vez me quede algún resto, pero no lo hice a propósito. Bueno, es decir, tuve que hacerlo. Pero no bastaría.

—¿Cómo lo sabes si no lo has probado?

—Supongo que podría intentarlo.

—¡Así me gusta! Y si no basta pues buscaremos más. Una pena que le dijeras a Fehl que se marchara y no volviera. Nos habría servido.

—No es tan sencillo. —Entorné los ojos. Me incomodaba que pensase que robar almas fuese algo tan frívolo.

—¡Vamos! —Me cogió de la mano buena y atravesamos la pared a toda velocidad hasta llegar al Camino. Tropecé de puro agotamiento pero estaba demasiado abrumada como para quejarme—. Hemos llegado. —Sonrió al ver la oscuridad que teníamos delante; noté que allí había una puerta.

—Entonces ¿las mando a casa? —Vaya dilema. Por un lado, es lo que ellas querían. Pero, por el otro, desaparecerían para siempre, lo cual tampoco es que fuera algo malo—. ¿Cómo sabré qué portal debo usar? No sé si podré encontrarlo.

Jack se volvió hacia mí con los ojos encendidos. Había algo en su rostro que me recordaba a Fehl y se me hizo un nudo en el estómago.

—No las enviarás a casa. He leído mucho sobre los portales y existe un destino mucho mejor.

—¿Cuál?

—El infierno, por supuesto. —Empalidecí y me apretó la mano—. Piénsalo bien, Evie. Después de todo lo que han hecho, ¿por qué habrían de conseguir lo que quieren? Crearon a los vampiros. Acabaron con Vivian. Echaron por la borda tu vida y a mí me la robaron. Lo de «demasiado malas para el cielo y demasiado buenas para el infierno» ya no sirve... no hay ninguna criatura que se merezca tanto como ellas el sufrimiento eterno. Se lo han ganado a pulso. Te crearon, te obligaron a vivir de esta manera y a que les abrieses un portal. Pues adelante, ¡ábreselo!

—No estoy segura. —Una cosa era deshacerse de ellas y otra muy distinta condenarlas al infierno para siempre.

—Claro que estás segura. ¡Tienes que estarlo! ¿Tienes idea de qué significa crecer con ellas? ¿Que necesitasen tu amor y cariño, cualquier cosa? ¿Que te adorasen para luego desentenderse de ti a la mínima de turno? Me hicieron de todo... y estaba dispuesto a hacer cualquier cosa por ellas. Y, aun así, para ellas no era nada, ni siquiera una mascota. ¡No me digas que no se lo merecen! Viste lo que es capaz de hacer la Reina Oscura. ¿Crees que esos seres humanos se merecen ese infierno? ¿No piensas ayudarme a poner remedio a esta situación?

La expresión de esas personas me perseguía y carcomía. Las hadas les habían arrebatado todo, hasta el libre albedrío. ¿Acaso no es lo que hacían siempre? ¿Privarnos de la capacidad de decisión para que fuésemos títeres de sus juegos enfermizos?

—¿Qué me dices de Reth? —dijo Jack en voz baja, pero en tono apremiante—. Después de todo lo que te hizo, de que quisiera robarte el alma y te dejara esa cicatriz, ¿no quieres que desaparezca para siempre?

Asentí y me miré la muñeca. Las hadas eran malvadas. El dolor que sentía en el brazo era una prueba fehaciente de ello. Ya no creía que fuesen amorales. Tal vez no tuviesen las mismas ideas sobre la vida que los humanos, pero habitaban en el mundo de los humanos. Nosotros no nos estábamos cargando sus leyes ni sus vidas ni sus derechos. Si desapareciesen, por fin estaría a salvo.

Ya no tendría que preocuparme de sus planes maquiavélicos ni de que me atacasen de nuevo. Jack estaba en lo cierto.

Sin embargo, no recordaba haberle dicho nada a Jack sobre la cicatriz. Ni sobre Reth ni que las hadas habían creado a los vampiros. Tampoco estaba segura de haberle hablado sobre los portales.

—¿Cómo sabes todas estas cosas? —pregunté.

—Ya te lo he dicho. He investigado mucho. Los archivos de la AICP y las leyendas sobre las hadas.

—Un momento, ¿también me investigaste?

—Es como el Camino. Aprendí a usarlo porque era sinónimo de libertad. Aprendí cosas sobre ti por el mismo motivo, porque podrías liberarnos de las hadas para siempre.

Me aferraba la mano con fuerza, casi con desesperación. ¿Desde cuándo había intentado llevarme a ese lugar? Tal vez tuviera razón, no lo sabía ni lo sabría, pero no podía abrir el portal en ese momento.

—Necesito... pensar. —Estaba demasiado dolida como para pensar con claridad.

—No, tenemos que hacerlo ahora e impedir que las hadas sigan haciendo daño. Busca el portal. Siéntelo. Vendrá a tu encuentro, sé que lo hará.

Desde que Jack me sugiriese que abriese un portal, había notado que las posibilidades se multiplicaban a mi alrededor. Sabía que con el más mínimo esfuerzo encontraría un portal.

Portales.

Cientos, miles, infinidad de posibilidades, todas ellas a mi alrededor. Notaba el influjo inevitable y angustioso de la Reina Oscura. Bastaba que abriese cualquiera de esos portales y desaparecería para siempre.

O que una raza entera despareciese para siempre.

Mientras que la noche con Vivian solo me había llamado el portal correcto, ahora parecía que todos los portales equivocados me pedían a gritos que los abriese. Tal vez esos portales reflejaban mi desasosiego interior. Quizá la naturaleza misma del Camino contribuía a que los portales fuesen proclives a la oscuridad.

—Piensa en Arianna —susurró Jack—. Piensa en Vivian. Piensa en tu madre. Recuerda lo que le hizo el hada, la abandonó y luego te olvidó. Está perdida para siempre por culpa de las hadas y ni siquiera llegaste a conocerla.

Cerré los ojos. ¿Cómo era posible que Jack supiera eso? ¿Acaso importaba? Las hadas se lo merecían; había que detenerlas. Yo ayudaría y así protegería a muchas personas inocentes. Sin embargo, el caos que me tiraba de las yemas de los dedos me asustaba. ¿Y si no tenía fuerza suficiente para cerrar lo que abriese? No sabía mucho sobre los portales, pero sí que sabía qué significaba jugar con fuerzas mucho más poderosas que yo. No sería sensato dejar abierto algo así.

—No sé si puedo.

Jack suspiró, molesto.

—Vale, ¿necesitas más energía? ¿Qué me dices del vampiro loco? Te bastaría, ¿no?

—¿Qué? ¿Piensas usarlo como si fuese una especie de batería humana?

—¿No se lo merece?

Me froté la frente, tratando de pensar. Sí, el vampiro había matado a niños troles indefensos y había intentado matarme, pero... Pero ¿qué? ¿Por qué motivo no debería hacerlo? Al fin y al cabo, no sería la primera vez. Además, siempre me habían usado, tanto la AICP como las hadas. Desde luego, la vida del vampiro sería más útil si se usase para acabar con la amenaza de las hadas. No se había ganado la inmortalidad. No había hecho nada bueno. Al igual que las hadas, era un monstruo. ¿Qué es lo que había dicho? «Los mataré a todos.» Estaba resuelto a destruir a otros paranormales inmortales por el mero hecho de serlo.

—Oh —dije en voz baja. Era un monstruo por odiar a otras criaturas. El clamor de los portales invisibles iba en aumento, retumbaba en mi interior y me provocaba un cosquilleo en los dedos, pero en lugar de atraerme me revolvía el estómago. ¿Cómo era posible que tan siquiera me lo planteara? ¿Quién era yo para decidir el destino de las hadas? No podía condenarlas al infierno por ser como eran.

Podía elegir y no pensaba convertirme en un monstruo con la excusa de proteger a los inocentes. Durante las últimas semanas había perdido muchas cosas. Había perdido el pasado, el futuro y mi hogar, pero eso que me quedaba, la capacidad de distinguir el bien del mal, era humano. Nadie me lo arrebataría.

Recordé las conversaciones con Lend, cuando discutíamos sobre sus métodos frente a los de la AICP. No existían valores absolutos. Las cosas no eran «buenas» o «malas». El súper vampiro era malo y Arianna buena, pero ambos eran vampiros. Independientemente de lo que algunas hadas hicieran (estaba claro que la Reina Oscura se merecía ir al infierno), eso no quería decir que no fueran irredimibles.

Observé el rostro de querubín de Jack contraído por la desesperación y la ira. Estaba dejando que el odio que sentía por las hadas lo consumiese, del mismo modo que Vivian había permitido que el rencor la destruyese. No dejaría que las hadas ganasen. Pasara lo que pasase, era mi vida y nadie, ni siquiera Reth o Jack, me obligarían a convertirme en algo que no era.

—No puedo —dije en voz baja para que Jack no se lo tomara tan mal—. No me parece bien. Las hadas son malvadas pero no pienso juzgarlas. Tal vez las enviaría de vuelta a casa, pero no las castigaré en el infierno por ser lo que son.

—Pero ¿qué dices? —Le temblaba la voz. La sonrisa irresistible había desaparecido por completo.

—No puedo hacerlo. Siento esos lugares... y no puedo hacerlo, no puedo enviarlas por ahí.

Jack soltó una carcajada y me sobresalté.

—¿No puedes? Llevo trece años viviendo un auténtico infierno, ¿y ahora te echas atrás y no quieres enviar a esos demonios al infierno? —Me apretó tanto la mano que me dolió—. Me temo que eso no es aceptable, y menos teniendo en cuenta lo mucho que me ha costado traerte hasta aquí.

Nunca había pensado que tendría miedo de Jack, pero al mirarle me di cuenta de que los paranormales no eran los únicos monstruos del mundo.

—¿Por qué no lo hablamos en otro sitio?

—No, no podemos hablarlo en otro sitio —me imitó en tono burlón—. ¿Sabes cuánto he tardado en planearlo todo? Tuve que robar los libros sobre las leyendas de las hadas, congraciarme con la AICP y convencer a Raquel para que te aceptara de nuevo. Ni te imaginas la de misiones que tuve que desbaratar y los problemas que tuve que inventarme para que se desesperara y te llamara. Y no tienes ni idea de lo difícil que resulta dar con una sílfide.

—¿Fuiste tú? —Las piezas del rompecabezas comenzaron a encajar. El hada no me había perseguido aquella noche en el Centro. Buscaba a Jack por haber robado los libros. Reth no había ideado los ataques.

—Encontrar al hipocampo fue más fácil, pero estuve a punto de ahogarme mientras le explicaba lo que quería que hiciera. ¡Y apenas lo aprovechaste! Tuvimos suerte de encontrar al vampiro. Tuviste tiempo de sobras para vaciarlo en Suecia, pero no quisiste y le dijiste que se escapase y tuve que arrastrarlo inconsciente por el Camino el día de Halloween. Ni me hables de Fehl. Llevaba toda la vida esperando usar el nombre de un hada y cuando le ordeno que te haga daño pero que no te mate, a ti no se te ocurre otra cosa que desterrarla. Maldita sea, Evie, no vales para nada.

Estaba boquiabierta.

—Me has estado manipulando desde el principio, tratando de convertirme en... ¿Cómo te atreves?

—Total, para lo que ha servido. —La ira le consumía—. Abre el portal. Ya.

—¡No!

Dejó de apretarme la mano y me entró el pánico.

—Jack, yo...

—¿Cuál me habías dicho que era tu infierno particular? ¿Perderte para siempre en el Camino?

Rompí a llorar.

—Por favor.

—Abre el portal.

—Llévame a casa, por favor.

Sonrió y volví a ver aquellos hoyuelos malvados e inocentes en las mejillas.

—No tienes casa. Pero seamos justos. No quieres enviar a las hadas al infierno así que te dejaré aquí, en tu infierno.

—¡No! —chillé mientras trataba de sujetarle la mano con las mías a pesar del dolor insoportable del brazo. Se zafó sin apenas esfuerzo y me dedicó una última sonrisa antes de retroceder hacia la oscuridad y alejarse.

Me quedé sola.

HOLA, INFIERNO

Estaba sola.

Estaba sola en el Camino de las Hadas.

Una vez rota la conexión era imposible encontrar a la otra persona. Nadie me encontraría en aquella oscuridad infinita. Recordé las muchas veces que me había despertado asustada tras esa pesadilla y ahora...

Oh, por favor, ojalá que esto sea una pesadilla.

Miré en derredor frenéticamente. Tal vez vería a Jack. Quizá lo que me habían contado del Camino era mentira, algo que Raquel se había inventado para que no hiciera el tonto con los transportes.

—¿Jack? —grité. Mi voz resonó en el silencio de tal modo que me pareció incluso más aterradora que el propio silencio. En cuanto mi voz se hubo apagado como una luz, noté el peso cada vez mayor del silencio en los hombros.

Tenía opciones, seguro que sí. ¡La puerta! Estaba junto a la puerta que daba a los Reinos de las Hadas. Alargué la mano, temblando y desesperada, tratando de encontrar la puerta. Lo único que noté eran los tentáculos de los portales que daban al caos, al infierno, a esos lugares malignos a los que Jack quería que envíase a las hadas.

¿Qué pasaría si en lugar de abrir una puerta abriese un portal?

Maldita sea, estaba en el infierno y mi única salida eran otros infiernos.

Todo saldría bien. Alguien me ayudaría. Alguien tendría que ayudarme.

—¡Reth! —De repente, necesitaba ver su rostro dorado—. ¡Lorethan! —chillé sabiendo que no funcionaría pero confiando en que, tal vez, todavía recordase su viejo nombre y obedeciese.

Vendría a buscarme. Me lo había dicho: siempre sabía dónde estaba yo. Lo sabía y vendría a buscarme. Solo tenía que esperar.

¿No había pasado ya mucho rato?

Había pasado tiempo de sobras para que me encontrase.

Conté hasta mil. Me ayudé de la respiración para contar.

Dos mil.

Tres mil.

Moriría.

Cuatro mil.

Moriría en aquella oscuridad, sola.

Cinco mil.

Nadie lo sabría. Nadie me echaría en falta.

Seis mil... ¿dónde coño estás, Reth? ¿Dónde estás?

No vendría. Se me aceleró la respiración y el pulso. Parecía que el corazón se me saldría del pecho. Di un paso, luego otro, luego otro y otro más, comencé a correr, pero no notaba el aire ni nada, lo único que se me movía eran los pies y no me llevaban a ninguna parte.

Allí no había nada ni nadie aparte de mí. Bajé la vista y sentí vértigo. ¿Cómo sabía si había algo bajo mis pies? ¿Y si estaba cayendo? ¿Y si había estado cayendo todo el rato y seguiría cayendo para siempre?

Me acurruqué y adopté la posición fetal. Me sentía entumecida, insensible. El brazo roto apenas me dolía. No sentía nada a mi alrededor. Me pregunté cómo moriría. ¿De sed? ¿De hambre? ¿En el fondo del abismo? ¿Y si no moría y me quedaba en la oscuridad para siempre?

Tenía el pecho oprimido y los latidos del corazón me dolían. Tal vez moriría de un infarto.

Moriría.

Moriría y no volvería a ver a Lend. Nunca sabría qué me había pasado. Nunca podría disculparme ni decirle lo mucho que lo quería y que siempre lo querría aunque tuviese que separarme de él. Tampoco había podido despedirme de Raquel, Arianna, David, Vivian y Carlee. Estaba tan desesperada por averiguar quién era, por saber qué lugar ocupaba en el mundo, que había mentido y abandonado a las personas que me querían y que estaban dispuestas a aceptarme tal y como era.

La pobre Vivian estaría siempre sola en sus sueños. Tal vez antes de morir podría soñar y así iría a verla por última vez. Ojalá.

Lend estaría con David y Arianna, preocupado. Me odiaba por todo lo que le había hecho y por lo destrozado que se quedaría. ¿Cómo podía haber sido tan egoísta y haberle mentido durante tanto tiempo? Tenía derecho a elegir, pero le había arrebatado esa posibilidad al ocultarle la verdad, al igual que muchas personas me la habían ocultado a mí. Y, sí, no me había elegido ni lo haría, pero era su elección. Al menos, a su lado había sido feliz.

Y había tenido una taquilla. Algo es algo.

Respiré hondo para calmarme. Si de verdad iba a morir quería hacerlo relajada. Me tumbaría y moriría pensando en Lend, Raquel, Arianna y David. Abandonar esta existencia de ese modo no estaba tan mal.

Sonreí y recordé la vez que Arianna maldijo a Reth y

la acabaron arrojando contra un árbol como recompensa. Una pena que nunca supiéramos si Cheyenne y Landon habían acabado juntos. Esperaba que sí por el bien de Arianna. Ya había vivido muchos disgustos y muertes.

David y su ridícula fe en quienes lo rodeaban, su amor incondicional por una paranormal que jamás podría corresponderle. No era estúpido ni ingenuo. Amar a alguien de ese modo era un acto de valentía y nunca se lo había reconocido.

Raquel, con su ligero acento español y la variedad infinita de suspiros. Me preguntaba cuál usaría cuando supiese que yo no volvería. No me pregunté si estaría triste. Ya lo sabía, sabía que para ella yo era como una hija, del mismo modo que para mí ella era como una madre. Las dos estábamos un tanto tocadas, pero cuanto más veía de cerca la vida real, más consciente era de que era normal.

Y Lend, mi Lend. Me bastaba recordar su cara para soportar el vacío, siempre me hacía sentir que no estaba vacía. Nunca había estado vacía con Lend.

Se me calmó el corazón y el dolor dio paso a otra sensación, una especie de tirón, como si fuese la aguja de una brújula. Cuanto más pensaba en las personas a las que quería, sobre todo en Lend, más intenso se volvía el tirón. Lo deseaba. Quería estar con él, era lo que más deseaba en el mundo.

Me puse de pie. Estaba demasiado asustada. No sabía qué hacía ni esperaba nada. Seguí esa sensación sin dejar de pensar en Lend, en qué sentía al cogerle la mano o verle dibujar, en esos momentos mágicos en los que era él mismo, en su modo de reír, en su mirada cuando estaba a punto de decir algo que sabía que era ingenioso, en cómo me miraba mientras yo hablaba, como si yo fuera lo único que necesitaba en el mundo.

Cerré los ojos y avancé guiándome con la mano buena. Sonreí mientras seguía aquella sensación. Me imaginaba a Lend con Arianna, Raquel y David. Era la viva imagen de lo que yo entendía por hogar. El aire inerte se agitó y solidificó, tropecé y salí de la oscuridad dando un traspié. Allí estaba Lend.

Mi Lend.

Me abrazó y me eché a llorar. Raquel, David y Arianna también estaban allí. Lend me acariciaba el pelo mientras me repetía las mismas palabras una y otra vez:

—Tranquila, estás en casa. Ya estás en casa.

Por primera vez en la vida supe que era verdad.

EN EL MEDIO

—En serio, niñata —dijo Arianna mientras terminaba de entablillarme el brazo—, si llego a saber que me ibas a dar tanto trabajo nunca habría compartido piso contigo.

Sonreí y apreté los dientes por el dolor.

—Yo también te quiero, Ar.

—Por cierto, eres idiota. Si me hubieras dejado hablar, te habría dicho que me tomé la libertad de enviar en tu nombre la solicitud para la American University y la George Washington University, ambas bastante cerca en tren de Georgetown.

—¿Qué? ¿Cómo?

—Si no te aceptan, estoy más que dispuesta a emplear mis trucos de vampiro para convencer al comité de selección. El que yo no pueda tener una vida normal no significa que vaya a permitir que eches la tuya por borda. Ya me darás las gracias.

La miré boquiabierta. No sabía qué decir. Estaba tan obcecada con Georgetown que no había contemplado otras posibilidades. Aquel gesto de Arianna me conmovió de veras.

Por supuesto, estando cerca de Lend ya no importaba.

—¿Estás segura de que no quieres ir al hospital ahora? —La mirada de Raquel era de preocupación. Había ido a casa de David en cuanto Jack le dijo que yo había desaparecido. Estaban sentados juntos.

—Puedo esperar hasta mañana.

Raquel exhaló un suspiro del tipo «¿por qué eres tan terca?» y negó con la cabeza.

—No puedo creerme lo de Jack. Estaremos alerta. Si lo atrapamos acabará en una celda de hierro. Ahí no podrá abrir puertas. Por cierto, todavía no sé muy bien cómo lograste salir sola del Camino.

—No lo sé. Reth y Jack dijeron que era necesario tener cierta intuición del lugar al que se quiere ir, una especie de conexión. A Reth le servían los nombres y a Jack visualizar el lugar. En mi caso... —Me sonrojé y miré a Lend, que estaba a mi lado, aunque sin tocarme—. Bueno, fuisteis vosotros. Todos. Me bastó recordaros y di con la salida.

Arianna parecía confundida. Todavía les quedaban por asimilar muchas cosas, como que Jack era un psicópata que me quería matar o que era menos humana de lo que creían. Lend no dijo nada y me puse nerviosa. ¿Se iba a comportar de manera extraña en mi presencia? Lo seguía queriendo, siempre lo querría, y haría cualquier cosa por nuestra relación, pero todo ese rollito de no tocarse ni hablarse tendría que acabar pronto.

De acuerdo, tal vez no estuviera lista para dejarlo.

Seguramente nunca estaría lista.

Arianna frunció el ceño.

—Pero ¿por qué no invocaste a tu padre cuando estabas atrapada en el Camino? ¿Reth no te dijo su nombre?

Me quedé boquiabierta.

—Maldita sea, ni se me pasó por la cabeza. —No podía creerme lo estúpida que había sido; podría haber muerto en el Camino sabiendo el nombre de un hada que no era Fehl. Pero eso quería decir algo. A la hora de la

324

verdad, no pensaba en mi «padre» ni de dónde venía, sino en las personas que me importaban.

A la mierda todo ese rollo de la ascendencia de las hadas. Saber cuáles eran mis orígenes no cambiaba para nada quién era yo. El estúpido de mi padre podía pudrirse eternamente en el Camino de las Hadas. No era nadie.

Y yo era alguien, eso lo tenía clarísimo.

Una pena que no lo hubiera sabido antes de acabar con el amor de mi vida. Estaba tan obcecada con crear una vida ideal y temía tanto perder a Lend y sentirme mal que lo había echado todo a perder. Miré a Lend y deseé que hiciera o dijera algo.

A modo de respuesta, se levantó.

—¿Damos un paseo? —preguntó tendiéndome la mano.

—¡Claro! —Me ayudó a ponerme de pie y no sabía si me soltaría la mano o no, pero no lo hizo mientras me conducía por el sendero que daba al estanque. Se detuvo a mitad de camino.

—No puedo... —El rostro se le contrajo con una mezcla de ira y tristeza—. No puedo creerme que no me lo dijeras. ¿Por qué?

No me atrevía a mirarle a los ojos, así que me fijé en las hojas secas del suelo.

—Eres la persona que más me importa del mundo, lo mejor que me ha pasado en la vida. Y casi que me da rabia lo mucho que te quiero. Me han abandonado muchas veces y quererte significaba que podría volver a pasarme. La idea de perderte, de que te convirtieses en alguien como tu madre, que ya no me quería, es mejor superarla lo antes posible. No creo que me matase ahora, pero tal vez sí a la larga. Y lo siento, debería habértelo dicho, pero creía que si no lo sabías lo nuestro funcionaría. Siempre conseguías que me sintiese cálida y que olvidase el vacío. Fui egoísta y nada justa. Todo el mundo merece saber quién es.

—Evie... tú... ¡NO! —gritó. Lo miré, sorprendida. Había apretado los puños y miraba hacia las alturas. Al cabo de unos instantes volvió a mirarme, pero ya no había rastro de enfado en su expresión—. No soy un inmortal.

—Pero vi...

—Sé lo que viste, y seguro que tenías razón, pero ser inmortal no me convierte en un inmortal. No me trates como si fuera mi madre. Siempre ha sido así, no sabe ser de otra manera. No crece ni cambia. ¿Me estás diciendo que siempre soy igual?

—¡Claro que no!

—Entonces no te comportes como si no tuviera elección. Nunca quise esa vida ni ese mundo. Y sé que algún día tendré que decidirme, pero, maldita sea, Evie, ¡tengo dieciocho años! Todavía no tengo que enfrentarme a la eternidad.

—Pero tendrás que hacerlo tarde o temprano.

Puso los ojos en blanco.

—Hablas como si fuera a hacer las maletas y a desaparecer la semana que viene, lo cual sería una idea terrible porque tengo que entregar un trabajo importante. Ese no es mi mundo. Este, sí. Y pienso vivir la vida como me dé la gana. Primero me licenciaré y me especializaré en criptozoología, y luego tendré hijos y, aparte de ocuparme de las criaturas paranormales y cambiar de forma, seré de lo más convencional. Y haré todo eso con la chica que amo, y me prometerá que a partir de ahora siempre será sincera y así podrá contar conmigo.

Contuve las lágrimas. Era lo que quería oír, lo que no me había atrevido a confiar que oiría. Pero Lend no lo sabía. ¿Cómo era posible que estuviera tan seguro?

—¿Y si cambias de idea? Ni siquiera sé cuánto viviré.

Se me acercó y apoyó la frente en la mía.

—Quiero vivir contigo. No termino de ver esa distancia que según tú nos separa, pero ¿crees que podríamos encontrarnos en el medio?

—¿En el medio de qué?

—No lo sé, en el medio del mañana y el para siempre, en el medio de la vida y la muerte, en el medio de lo normal y lo paranormal. Donde hemos estado siempre.

Me mordí el labio mientras asentía apoyándome en su frente.

—Ahí podremos estar juntos, ¿no?

—Siempre.

Unió los labios a los míos y selló ese lugar que compartiríamos en el mundo. Juntos.

AGRADECIMIENTOS

Resulta que escribir el segundo libro de una serie no es tan fácil como parece. Tal vez pensasteis que sería muy difícil, en cuyo caso sois mucho más listos que yo. Como de costumbre, tengo que dar las gracias a muchas personas. Tal vez debería intercalar los agradecimientos con escenas de besos para recompensaros por el esfuerzo.

En primer lugar, mi esposo, un genio adorable. Gracias por llevarte a los niños a la playa los sábados mientras yo me tiraba horas en la biblioteca (un momento, quizá deberías darme las gracias por eso). Gracias por creer en mí con tanta convicción. Gracias por dejar de sugerir que matase a Evie en cada escena; me gusta que siga con vida. Sobre todo, gracias por hacerme reír todos los días. Te quiero, Tío Bueno.

(Lo siento, nada de escenitas con besos entre Noah y yo. Aunque me encanta besarle quedaría muy raro.)

Elena y Jonah, sois una fuente inagotable de dicha y placer. Veros crecer es el mayor privilegio de mi vida, y del título del que más me enorgullezco es del de «mamá».

Mamá y papá, sois los mejores padres del mundo. Kit

y Jim, gracias por tener un hijo fantástico y dejar que se casase conmigo. Erin, Todd, Lindsey, Keegan, Lauren, Devin, Matt, Tim, Carrie, Seth, Shayne, Eliza, Christina, Josh, Emma, Beverly, Thomas, Colton, Dee y Mary: me alegro mucho de que formemos parte de la misma familia, y también me alegro de no tener que comprar regalos para todos en Navidades porque sois unos cuantos.

Natalie Whipple, gracias por estar siempre ahí. Gracias por leer el libro a medida que lo escribía y por ignorar los primeros borradores para ayudarme a acabar y arreglar los desaguisados. No podría escribir sin tu ayuda. Stephanie Perkins, los borradores no serían nada sin tu visto bueno. Tus sabios consejos logran que mi estilo sea cada vez más mío. Estoy muy agradecida de que las dos seáis tan buenas amigas.

(De acuerdo, tampoco voy a besar a Natalie ni a Steph, aunque las quiero a las dos.)

Cristina Gilbert, mi directora comercial, y Kim Bouchard, publicista de *Paranormal*; Christina Colangelo, Kristina Radke y Caroline Sun, el equipo de publicidad responsable de *Supernatural*, gracias por vuestro esfuerzo entusiasta en nombre de Evie. Torborg Davern y Alison Donalty, vuestras portadas son auténticas obras de arte. Gracias por diseñar los libros de tal modo que Evie fliparía. Si fuera real, claro, pero no lo es, aunque yo ya flipo solita con diez personajes imaginarios. Tyler Infinger, gracias por ayudarme y ser tan enrollado. Los días que recibo paquetes tuyos siempre son buenos días.

(No sé quién debería besar a quién. ¿Los personajes imaginarios? ¿La gente de verdad? Quiero dar las gracias a Snow Patrol, Paramore e Ingrid Michaelson, pero no creo que deban besarse. Sin embargo, si alguien intentase besar a Lend, Evie lo paralizaría y entonces los agradecimientos se volverían demasiado violentos.)

Erica Sussman, editora genial donde las haya, trabajar contigo es un placer. Me encanta dar vida a estos libros contigo. Gracias por las cartas editoriales para mejorar el texto, llenas de emoticonos sonrientes. Hasta tu letra me alegra el día.

Michelle Wolfson, no suelo creer en el destino, pero tú y yo estábamos hechas la una para la otra. Gracias por ser una agente tan enrollada. Tengo mucha suerte de que seas mi amiga y agente. Eres increíblemente maravillosa.

(¿Os apetece un beso en toda regla o un besito en la mejilla? No creo que un beso con lengua quede bien en los agradecimientos. Le estoy dando demasiadas vueltas. Maldita sea.)

Finalmente, gracias a todos los lectores. Gracias por leer *Paranormal*, recomendarlo a vuestras amistades, escribirme mensajes y todo lo que hicisteis para animarme y conseguir que fuera un éxito. Espero que *Supernatural* también os haya gustado. Me muero de ganas de explicaros lo que pasa en el siguiente libro.

(Lo sé. Os quiero un montón. ¿Qué tal si os doy un besito? Pero, claro, igual me tiro un montón de tiempo. Eso dependería de cuántos leáis los agradecimientos. Además, podrían darse situaciones incómodas ya que os iría a besar en la mejilla, pero quizá volveríais la cabeza en el sentido contrario y nuestras narices entrechocarían, o tal vez vuestra media naranja malinterpretaría el beso en la mejilla y pensaría que entre nosotros hay algo más que amistad, y tendríamos que decir «No, no, ¡es para que los agradecimientos sean más interesantes!», pero acabaría siendo un follón, así que mejor nos conformamos con unos cuantos besitos volados.)

Así pues, «Kiersten se llevó la mano a los labios y

sonrió con picardía (la mejor manera de sonreír, según ella) mientras daba besos volados exagerados a todos quienes leían los agradecimientos para demostrarles lo mucho que los quería por participar en sus mundos imaginarios».